論創ミステリ叢書

25

戸田巽探偵小説選 I

論創社

創作篇

評論・随筆篇

凡例

一、「仮名づかい」は、「現代仮名遣い」（昭和六一年七月一日内閣告示第一号）にあらためた。

一、漢字の表記については、原則として「常用漢字表」に従って底本の表記をあらため、表外漢字は、底本の表記を尊重した。

一、難読漢字については、現代仮名遣いでルビを付した。

一、あきらかな誤植は訂正した。

一、今日の人権意識に照らして不当・不適切と思われる語句や表現がみられる箇所もあるが、時代的背景と作品の価値に鑑み、修正・削除はおこなわなかった。

一、作品標題は、底本の仮名づかいを尊重した。漢字については、常用漢字表にある漢字は同表に従って字体をあらためたが、それ以外の漢字は底本の字体のままとした。

戸田巽探偵小説選 I

創作篇

第三の証拠

A

大正十四年四月十三日暁、満洲安東県上六道溝《どうこう》材木置場で年齢二十四五歳の束髪の女が、刃物で滅多切りにされて惨殺されているのを一通行人が発見した。死体発見者は同地に住む邦人で、市内三番町遊廓からの朝帰りの途中、この惨事に出会《でつくわ》したのであった。暁《よあけ》といってもまだ暗かった。提灯で容貌をてらしてみると、顔面数ケ所の刺し傷あり、その他胸部腹部に無残な傷痕があった。致命傷は心臓部の一突きにあったらしい。発見者は急を警察署へ報告した。

この凶行は、痴情関係であったことは明らかだった。が、検屍の結果、凌辱はされていなかった。懐中を調べてみると、血に染んだ財布がとり出された。二十円余の金額が在中していたので、強盗でないことは明白であった。書き加えて置くが、女の惨殺屍体は、死後五六時間を経過しておった。だから、凶行は発見前夜十時前後になるわけである。

B

財布には二十円の現金が残っていた。なおその他に、奉天京城間の汽車の切符が発見された。だから、女は奉天から乗車して途中この安東で下車、この六道溝に到ったものである。六道溝といえば都会でいえば郊外、しかし邦人にとっては、全然必要のない土地で市《まち》から約半里、鴨緑江岸《おうりょくこう》の支那街である。何が故に女をかかる土地へ誘い出したか——男の意志は判然たるものがある。このため、男は安東について地理の知識がある者と見て間違いない。また、財布から発見された一枚の切符——その切符を取り上げて、検事はふと首をかしげた。何かしら不審の点を発見したらしかった。何かが鋭くその職業的意識にひらめいたものがあったらしかった。

一

私の頭は血の記憶で一ぱいであった。うつらうつらしていても、すぐ目が醒めた。何故か車中の人々が一せいに私の方を瞶《みつ》めている気がしてならなかった。

「ああ、俺は人を殺したのだ！」

念頭には逃げたい、助かりたい、ただそれだけが渦を巻いていた。

——女の悲鳴に狂いたった私であった。夢中で短刀を振り回した。すぐ私の手には血汐が染んでいた。女がぐったりと倒れた。それなり私は駈け出したのだ。そして、汽車に飛び乗った。

逃げるんだ！　逃げるんだ内地へ！　車輪の響きが頭に感じ出したのは、随分もしてからだった。

「とうとうやってしまった！」……

汽車の窓が白んで来た。暁《よあけ》だった。私がうっすら目を開いた時、私のそばに何時《いつ》どこから乗り込んだのか、一人の商人風の男が、新聞を読んでいた。

「おや、お目醒めですか？」

とその男は、心易げに私に声を掛けた。私はぎょっとして警戒的な眼でしばらくその男を瞶めていたが、黙っているよりはと思って、

「もうどこいらでしょう?」

「もうすぐに平壌です」

男は答えながら、新聞から眼を放した。

「朝ですね」

仕方なく、私は大儀そうに座席から起き上がって、窓から外をすかして見た。一面の平野だった。広漠たる田園だった。そして起伏した山脈だった。鴉が群れて飛びたった。

「この俺は殺人犯だ!」

ふと私は昨夜《ゆうべ》の血の記憶を思い出した。その記憶はまるで夢のようだった。

――平壌はすぐだとこの男は言った。平壌に着けば刑事がこの俺を捕縛するかも知れない、ひょっとすればこの男も、刑事ではないのかしら……私はおずおず男を見た。が、男は普通の旅の人のようでもあった。

私は両手を嗅いでみた。ぷんと血なまぐさい香りがしたようであった。いや、しかしそれは記憶の嗅覚であったかも知れない。

「どちらまで?」

汽車の知り合いの礼儀として、商人風の男は私に行く先を訊ねた。だが秘密をもつ私には、何故かその言葉が一々探られるような気がしてならなかった。

危ない! 素性の知れぬ男に行く先など言っては――そう思って私はこんな出鱈目をさえ答

えた。

「京城まで……」

「京城?」

男は何故か私をじっと瞶めた。その態度は私をすっかり無気味にしてしまった。それっきり、だから私はなるべく、男と口を交わすことを避けた。恐かったからである。

女の幻が私の眼をかすめた。私は何故女を殺さなければならなかったのか? 自分自身、昨夜の私の凶行が不可思議なものに思われた。

朝鮮平野を汽車は涯しもなく走り続けた。きのこのような百姓家が散在していた。そして、のらりのらりと白衣の悠長な民族が、絵のように窓を走った。

朝が明るくあけて来た。

「内地へは私はこれで十年振りなんですよ、内地もずいぶんと変わったことでしょうな」

急に黙りこくった私を、促すように商人風の男は話し掛けた。

「京城にお知り合いでも?」

「ええ、ちょっと」

仕方なく私は答えた。

突然、ブレーキの音が耳をかすめた。車内が少し小暗くなったかと思うと、汽車は急に速力をゆるめた。構内へ這入《はい》ったのだ。平壌だ! 私の足がわけもなく顫《ふる》えて来た。心臓がずきんずきん鳴った。分かるものか、分かるものか、私は強く否定して、自分を安心せしめた。が、何かが圧迫して来るようにも思えて、私は子供がするように、じっと眼を瞑《と》じて俯向《うつむ》いてしまった。耳のそばで売り子が騒がしく呼びたてていた。それがまるで夢のようだった。

「弁当は如何です?」

何時の間に買ったのか、男は私に折詰をすすめた。私は男の親切がますます不気味で仕方がなかった。どやどやと新しい客が車内へ押し込んで来た。俯向きながら私は、それらの乗客の中からぎらぎら光る両眼を想像して、ただ怖れで一ぱいだった。

「これはどうも……」

私は小声で軽く礼を述べたが、箸をとる気などしそうにもなかったが、空腹ではあったが、恐怖のため、私には食欲など皆無であった。列車はすぐ平壌を発した。そしてまた、だだッ広い平野を走り甫《はじ》めた。

「おや、これはあなたの切符じゃありませんか?」

足許にかがんで、男は私に切符を拾ってくれた。何時の間に落としたのか、私には分からなかった。

「すみません」

と言って、私は慌てて男から切符を受け取って、全くそわそわと懐へ収めた。何故ならその切符は内地行きの切符であったからである。私は男に行く先を訊ねられた時、警戒のため、口から出まかせに京城までと言った。だからもし切符を見られでもしようものなら、男にどう弁解していいか――そのため私は急いで男からもぎとるようにして受け取った。京城までと言った以上、私はどうしてもこの場合、京城で下車しなければならない。京城といえば未知の土地だ、下車しても知己もなし、といって市中見物をするほど悠長な今の私ではなかった。が仕方がない。ともかく京城へ着けば下車してみよう。その方がこの気味の悪い男からも離れられるわけで、私にしてももっけの幸いではないか……。そんなことを私は考え続けておった。

がらりとドアが開いた。その音で私は思わずずきんと胸が鳴った。そんな気の弱いことではいけない！　私は自分で自分をたしなめた。しかし、犯人というものはこうも神経過敏になるものかと思って、私は自身呆れさえもした。ドアには車掌が直立不動の姿勢で立っていた。

「皆さん、御面倒ですが切符を拝見させて頂きます」

旅なれた人には、この列車事務が五月蠅《うるさ》いほどのものではあるが、私にはそうではなかった。車掌がすでに警察からの電話で、犯人の眼星をつけるのではなかろうか――そんな懸念もしてみた。だが、あの殺人現場には誰もいなかったはずだ、しかも咄嗟の場合だったとはいえ、私は細心の注意で、遺留品なども残さなかったはずだ。犯人がこの自分であることが、だからそう急に分かるはずもない、嫌疑さえもかけられるはずはない。

私のこの気休めも、だが総てが無駄であった。車掌に続いて二人の鳥打ちを冠《かぶ》った刑事風の男が、鋭い眼付きで車中を見回しながら、這入って来たからだった。

商人風の男は、何のこだわりもなく切符を示した。車掌の後から鳥打ちの男達が、疑念の眼で覗いていた。仕方なく私も渋々切符を車掌に差し出した。

私の切符を車掌はしばらくじっと眺めていた。そして、刑事風の男に何か眼で語りあっていた。

「逃げられないのか！」

私は腹の中で絶叫した。

が、私にはまだ自信があった。一枚の切符で、どうして殺人犯人である証拠がある。手だ！　そんな手に乗るものか！

「どうかしたんですか？」

車掌が去ってから、男が私に問いかけた。それほど私は不安げな様子であったからである。私の面《かお》は蒼白《まっさお》になっていたかも知れない。

「いや、べつに……。あまり念入りに車掌の奴が切符を瞶めるものですから、気を悪くしたのですよ、まさか私が薩摩守《さつまのかみ》を決めこんでいるわけでもなし――」

そして、私は男の前で空虚に笑ってみせた。

二

男は鞄から万年筆と葉書をとり出した。それを私の前へ差し出しながら、

「まことに恐縮ですが……」

と頭を下げた。そして、さもきまり悪げに言うのであった。

「お恥ずかしい話ですが、私は元来が無筆のもので――恐れ入りますが、ちょっと代筆願えませんでしょうか？」

この言葉はなお私を不審がらせた。この男はやはり私をつけねらう刑事なんだ。無筆だと言って、この男は私から私の筆蹟をとろうとしている。筆蹟が殺人犯に何の証拠となるんだ！　私はきっとなって、男に対する敵意を感じた。心中、秘かに男の愚かさを嗤《わら》ってみたりした。

「はア、代筆で良ければ……」

私は渋々こう答えた。筆蹟をとられることは決して利益ではない。が、筆蹟をとってどうしようというのだ?

「どうも恐れ入ります。奉天の知人へちょっと私が内地へ発ったということを書いて頂ければ——ええ、簡単なもので結構です」

奉天と聞いて、私はぐらぐらと眩暈《めまい》を覚えた。私の乗車駅まで知っている。それではひょっとすると、この男は私の影になってどこからか、私の後を跟《つ》けてあの殺人現場を見ていたのではなかろうか? 私はさっきの敵愾心《てきがいしん》なども忘れて、急にこの男に蜘蛛のような妖気をさえ感じて来た。この男は何から何まで、私の行動について熟知しているようにも思われる——私はもう極度の恐怖で戦いた。

私は頼まれて仕方なく、ピストルを突きつけられて、サインを強制されているスクリーンの人のように、葉書に私の筆蹟を残して行かなければならなかった。

拝啓毎々格別の御引立てをこうむり有り難く厚く御礼申し述べ候《そうろう》。

陳者《のぶれば》今般私儀急用のため内地へ帰省致すことに相成り候。奉天滞在中は種々御配慮にあずかり深謝仕《つかまつ》り候、付いては今一度来月下旬貴地へ参上致したく、その節御注文の条件御回答申し上げべく右取り敢えず御礼傍々《かたがた》御通知まで斯くのごとくに御座候。

草々

私がこの葉書を認《したた》めている時、男は私に喰べさせるつもりか林檎を剝き始めたのである。白い小刀《ナイフ》の腹が太陽に光るので書きながら私にはひどく不愉快であった。小刀は私に昨夜の惨劇を想起させたからであった。そう思っている間に、どうしたはずみか、男は手をすべらせて、林檎をぽたんと床の上へ落とした。男はうっかり左手の指を切り込んだのである。

「失敗《しま》った！」

男は軽く叫んで急いで指を圧《おさ》えた。小刀にたらたらと血が流れていた。

「指を切りましたか？」

私は書きかけの葉書から、眼を上げて男の手を見た。右手に握った小刀の血は、私の気持ちをすっかり曇らせてしまった。血だ！　私は思わず不吉の前兆を感じた。短刀をふりかざした昨夜の私が眼に泛んだ。私の前で、血に染んで倒れた無残な女の姿が、まざまざと思い出された。

「いや、何でもないですよ」

男は気にもとめず、ハンカチでぐっと指を圧えていた。

書き上げた葉書を私は男に渡した。どうせ出鱈目のものを書かせたに違いない。私の殺人と、私の筆蹟とは、だが何の関係もないではないか——そう思って、私は割り方平気でいられた。

「こいつはどうも、大変御手数でございました、恐縮でした」

男は礼を述べた。血が止まったのか、指からハンカチをそっと放して、窓から男はそれを投げ捨てた。小刀を紙で拭って今度は注意深く、再び男は林檎を剝いた。

「ひとつどうです？」

半分に割ったのを、私に男はしきりにすすめた。もちろん、私は軽く会釈しただけで喰べてみようともしなかった。それよりも、一時も早くこの気味の悪い男から離れたかった。

窓から夢のような朝鮮の田園の絵巻がとんで行った。陽に光った池の面があった。牛を樹に繋いで、長々と寝そべっている男があった。一家揃って、藁を叩いているスケッチ風の百姓家があった。それらは皆、私にはお伽の国のような、のんびりとした印象を与えた。が、私のこのまどらかな旅愁の想いはすぐかき消されて、次に頭へ泛んだのは鉄鎖であった。暗い牢獄であった。赤い囚人服であった。長々と連なった監獄の赤煉瓦塀だった。そして、ああ死刑だった！

私はこの妄念を打ち払うようにして、窓から顔をそっと車内へ移した。自分の頭を人から向けられでもするごとく、私は私の顔に重みを感じた。

「あっ！」

ドア側の座席には、こちらを向いて、さっきの鳥打ち帽の刑事風の二人の男が、じっと私に視線を投げているではないか！　私は慌てて眼をそらして、

「やはり駄目か」

と観念した。それきり、私は俯いて、眼を瞑《と》じたまま、眠った風をした。

汽車は凄まじい音で走り続けた。一時間、二時間、その時間が重苦しく、私にはあまりに長すぎた。

「さア、もうすぐ京城ですよ、支度をなさらないと」

男の声にはっと気付いて、窓を見ると、市街に這入《はい》ったのか、もう田園はどこにもなく日本

家屋がちらほら見え出した。長い工場の煙突が煙を吐きながら、幾本も立っていた。

私は立って、網棚の荷物に手を伸ばした。

「相済みませんが……」

商人風の男は、私を見上げながら、

「お降りになりましたら、先ほどのこの葉書、お邪魔でしょうが、ちょっと投函しといて頂けませんか」

と言った。そして、私の代筆の葉書をポケットに入れた。こんな葉書は破ってしまってやる――そうも思ったがふと、この男は結局何でもない男ではないかと考えて、私は急に笑い出したくなった。私の筆蹟をとるのなら、投函を頼むはずはない、何でもないことに、私はまた何という気苦労をしたものだろう……私は急に朗らかな気持ちになってきた。それになお私をほっとさせたことには、こちらを瞶《みつ》めていた二人連れの姿も何時《いつ》の間にか消えていたことであった。あの人達も何でもないのだ。罪人というものは、こうも事々《ことごと》に気を使うものかと私はむしろ自分の気弱い感情に、莫迦莫迦しさをさえ覚えたほどである。

――何でもないのだ。何でもないのだ。

私はひとりそう思い続けた。

「承知しました、投函して置きましょう」

そして、付け加えた。

「御無事に」

それほど、私の気持ちは安心で、和らいでいたのであった。

京城の構内へ、列車は悠々とすべり込んだ。私はすっかり不安を忘れて、いそいそと人々の後から、戸口へ歩いて行った。

三

駅から南大門がすぐ見えた。市電がのろのろ走っていた。午近かった。

私はぶらりぶらり的《あて》もなく市中を歩き回った。京城の本通りらしかった。大阪の心斎橋筋を少し広くしたような通りで、人通りがとても多かった。ずらりと並んだ商店だった。大きなビルディングの前へ来た。見上げてみると三越だった。覗いてみようかしら？　私は陽気にそんなことを考えてみた。

「もしもし、ちょっとお訊ねしますが」

私の後ろで声がした。はっとして振り返って見た時、私は息が切れるほど驚いた。列車内で見た刑事風の鳥打ち帽の二人の男が覗き込むようにして私の顔を見た。

私は思わず二三歩後へ退《の》いた。そして、すたすた黙って歩き始めた。走ってやろうか――そう思った瞬間、ぐっと二人は左右の手を握ってしまっていた。

「逃げては君の不利益だ」

二人は声を揃えて言った。

「一体私がどうかしたんですか？　それにあなた方は全体誰方《どなた》です？」

「しらばくれるものじゃないよ、君、僕達は警察の者だが」

「警察？　私は何もそんなとこに用のある人間じゃないですが、何かお間違いではありませんか？」

私は飽くまでも頑張ってみせた。その癖、胸が早鐘のように鳴っていた。

「間違いどころか、君は重大犯人だよ、そのため僕たちはわざわざ平壌から君を尾行して来たんだぜ。さア、神妙にしたまえ」

私は眼の先が暗くなって来た。駄目だ！　とうとう最後まで来てしまったのか。しかし、私はまだ刑事達に逮捕理由を聞いてみる必要があると思った。この点、不思議にも落ち付いたものだった。

「重大犯人だとか、神妙にしろとか、一体私がどうしたというのです？」

「こいつ！」

刑事の一人が小声でこう呟いたがすぐ、

「君は奉天から乗ったろう？」

この言葉は私を一刺しした。私はそれ以上何も言わなかった。もう黙って、二人に跟《つ》いて行くより他はなかった……。

署へ着くと私は身体検査を始められた。そして、ポケットから穢れたハンカチが引き出された。が、どうしたのか、そのハンカチは黝《くろず》んだ血痕でどろどろに穢れていたではなかったか！

「こんなものを持っている以上、殺人犯人だろう、殺人犯ならこんなものは捨ててしまわねばいけないね」

刑事は皮肉に嗤《わら》った。

私は列車内で知り合いになった商人風の男を想い起こした。あの男は、私に林檎を剝いてくれた。そして、過って小刀《ナイフ》で左指を切った。血をハンカチで圧《おさ》えていた。そして、たしかにあのハンカチは窓から捨てられたはずであったが、それが奇妙にも私のポケットから出て来たのではないか！　私は私自身を疑った。たしかに女を殺したが、血染めのハンカチを、ポケットへ蔵《しま》うなど、そんなへまはやらぬはずだ。

「これは立派な証拠だがね」

刑事は私の鼻先で、ハンカチをぶらぶらさせて笑っていた。

「おや、君はこの葉書を出すんじゃないのか？」

私のポケットから、さっき、男から投函を頼まれた、あの葉書が出て来た。私はすっかり忘れていたのだ。

「あ、それは同車していた隣席の男に頼まれて、投函する葉書ですが……」

だが、刑事は私の言葉などには無頓着に、その葉書の文面をじっと読んでいたが、その眼は徐々に輝いて来た。

「ほう、君は商人なんだね」

「違います、それは私の葉書じゃないんです」

私は何故こうも刑事が、熱心にこの葉書に注意深いのか、全く解せなかった。

「嘘を言ってはいかん！　隠しても君の殺人が否定せられるわけでもないし――じゃ、君、君はこの葉書が自分のものでないことを証明したまえ、そうだ、君の筆蹟鑑定だな」

刑事は私にペンと紙を与えた。あの葉書は代筆したものだ――私の頭にそれがぴんと来た。

「私はその葉書を、代筆してやったのでしたが……」

「言いそうなことだ、逃げたって駄目だよ、だがね、君、君の殺人はいよいよこの葉書でより有力になって来たよ、君は自身、実に愚かな証拠を残したものだね」

「えッ！」

「読んでみたまえ、犯罪心理という奴は恐ろしいものだね、そらありありと字にまで出てるじゃないか」

刑事に示された第二行目の文字を見た時、私は愕然とした。「内地」の地がどうしたのか血の字になっている！　書き違い？――私はしばらく考えたが、やっとあの時、商人風の男が過ってナイフで指を切ったことを想い出した。そうだ、あの時見た血が、昨夜《ゆうべ》女を殺した時の血を聯想させ、そして、無意識に同発音の文字に書いてしまったのだ！

「それにまだあるよ」

刑事は次に第六行目の字を示した。

「この字も自己曝露だね」

みると、「回答」の答がどうしたのか、刀になっている！　そうだ、あの時、男は私の眼の先で小刀を太陽に輝かせながら林檎を剝いてくれた。ぴかりと光るあの白い反射は、明らかに私が女を殺したあの短刀を想起させたのだ！　私は私の反射心理を、刑事に説明しようとしたが、弁解する気力が段々と消え失せて来た。反射心理とはいえ、あまりにもまざまざと、自分の犯罪を証明した、書き損じではないか。

「君の殺人証拠はまだこれだけではないんだよ、第三の証拠は最も君には不利益のものであり、最も君には有力なものなのだ」

そう言って、刑事はポケットから一枚の切符をとり出した。

「君は君の列車切符の特徴に気付いていなかったか？　この第三の証拠は、たとえ前の二つの証拠がなかったところで、充分君の殺人罪を認定するものなのだ、それほど、これは愚かな証拠であるとも言える」

その切符を刑事は私の鼻先へ突き付けた。

「この突き痕《きず》は何だろうね、誰が見ても、これは何か鋭利なもので、突き刺したとしかみられないね」

示された切符には、なるほど小刀で突いたような痕があった。が、私は私の切符を何の必要があって、突き破るだろう？　全然、覚えもないことであった。しかもよく見るとその切符の行く先は、内地は内地であったけれど、私の着駅とは全然異《ちが》っている。

「この切符は私のものではありません、第一岡山駅まで買った覚えもありませんし……」

「駄目だよ、弁解は君を不利益にするだけだ、さア、まずこの切符の発行番号を見たまえ、3908——間違いないね。ところがだ、女の所持していた切符番号は、電話によると、奉天京城間3909だと言って来てるんだがね、念のため後ほどに、現物を見せてもいいが……——、被害者の番号は次番で3909——いいかね、だからこの切符の所持者、つまり君が惨殺した女は、君と同時に奉天駅から乗車したことになる、連続番号が何よりの証明だ」

「そ、それは……」

私はすっかり面喰らってしまって、刑事の言葉を止めようとしたが、無駄だった。

「車中で君は途中安東で下車、女と一泊する約束をした。街を見物してから、急に君は女を一時も早くものにしたかった。そして女が土地不案内を幸い、人通り稀なあの六道溝《どうこう》の材木置場へ連れ込んだ。――これは君が安東の地理を熟知していることを証する。さて君は、女に挑んだが、女は思ったより手強い、無意識に君は女を殺してしまった――殺してしまってから、君は思い出したように女の財布から切符をとり出して、君は君の切符とすり変えた。京城まで行くはずの君が、殺人を犯したため、いっそ内地まで逃げてやろうという、これは君の意志を証明している。

だから、3908は女の切符で3909は君自身の切符であるはずだ、殺人の手懸かりというのは、つまりこの第三の証拠だったのだよ。

君も実にへまなことをやったものだ、切符のすり替えさえしなければ、或いは君は逃げ得ているかも知れないんだけどね、というのはこうだ」

刑事は何か言おうとする私を、抑えるようにしてなおも言葉を続けた。

「――女の財布は見事短刀で突きさされていたのだよ。だから中の紙幣はもちろん刀痕が残っていた、しかるに在中の列車切符だけがどうしたのか、刀痕がない。ここから推して、この加害者は必ず刀痕のある切符を所持しているはずだと睨んだわけだ。

どうだね、安東からの電話で、ともかくこうして君を捕縛したが、意外に君は他に二つもの有力証拠をもっていた、だから何と弁解しようが、君は正しく真犯人であることは動かせないよ」

刑事の説明を聞いて私は呆然とした。私にはもう恐怖よりも何よりも、巧妙な隣席の、あの商人風の男のトリックに、まんまとひっかかったことが、口惜《くや》しくてならなかった。

それでは白昼奉天で私が行《や》ったあの殺人罪は一体どうなるのだ?……

四

翌朝、刑事は私に新聞を見せてくれた。

「見たまえ、奉天でもこんな殺人事件があったらしいね。犯人はどうやら君と同様南行したらしい形跡があるんだが、かなり犯行が巧妙を極めているため、迷宮に入りそうだが、しかし君ほど下手な殺人ではなさそうだ。まだ捕縛に至らず——とあるが、これも警察力でわけはなさそうだよ」

新聞には、私が惨殺した女の写真が大きく載っていた。この女の加害者こそこの俺だ！——いっそ、何もかも打ち明けようかとも思ったが、私にはもう何の気力もなかった。女の加害者が私でないことが分からぬ以上、何かしら私には幸福のようにも思えた。

そして、いっそこの殺人事件が煙のように迷宮に入ることをさえ祈った。

とすれば、安東の真犯人が捕縛された場合、私は無罪になるとも限らない。

——気休めに私はそうも思ってみた。だがしかし、私は他人のつくったこの手品のような三つの証拠——しかもその第三の証拠で、今はもう何と弁明しようが、既にどうにも動きのとれない破目だった。

私はこうして、実にまんまと、あの男の術中に陥れられたわけだった。

財布

その夕方、寒い空っ風の中を、学生帽を冠ったまんま僕は約束通り良ちゃんを長いこと待ったもんだ。今宵、良ちゃんがどんな服装でやって来るか、僕は桃色の憧憬で、良ちゃんのかぼそい姿をさまざまと想像した。良ちゃんの女学生服の写真を貰ったことがあったが、まだ一度も、彼女の朗らかなボンマルシュエ仕立ての洋装姿を、残念なことに僕は見たことがない。月に一回くらいは、日曜日二人で歩くことがあったが、良ちゃんは何時もお太鼓の帯に、お下げに黄色のリボンをつけていた。

「良ちゃん、子供っぽいよ、もっとアトラクティブな服装にして欲しいなア」

僕が慨くと、彼女は慍って、

「あんただって、何時も絣の着物ばかしで、まるで弟と歩いているようだわ、すばらしいサック・コートでも着ていらっしゃい」

ところが僕は、当時まだ学生で、背広服はもちろん、大人びた着物さえも、ある道理がなかった。

「学生同志の逢曳きならこれでいいのよ、生意気よ、あんた」

だから、僕は良ちゃんのために、早く学校を卒業して、良い会社へ務めて、できるだけスマートな散歩服をつくって、その時こそ、細い彼女の洋装と、郊外を連って歩きたい——これが少年の頃の、僕のたったひとつの大理想だったのである。

……待っても待っても、しかし良ちゃんの姿がなかった。阪急終点の大時計がぐいぐい進んで、約束の時間を既に十五分を経過してしまった。待ち呆け？　僕は僂いじつに寂しい気になって、ともかくそれじゃ、良ちゃんが先へ行ったのかも知れないとも思って、淡い気持ちで電車に乗った。

良ちゃんと、手紙の約束というのは、S館へ懸かっている、宝塚歌劇の見物であった。僕の財布は、このオペラ見物の約束のため、苦心して本箱の書物を売り払った金で、二人の一等席を買うだけはあったけど、時間を失ったばっかしに、僕は良ちゃんへの好意の機会を完全に吹き飛ばしたわけである。

もし良ちゃんに、都合よく遭って居れば、僕は次の会話を交わしていたはずであったんだがなア……。

「待ったの？」

「ええ随分」

「電車だと友達に会うと厄介だから、タクシーで行こう」

「あんた、生意気よ」

そして、自働車の中で――

「良ちゃんのボンマルシュエはとても素敵だなア」

「お母さんにねだって買ってもらったのよ、似合って？」

「とても。良ちゃん煙草喫っても良い？」

「あんた不良少年よ、まア、スターだって、あたしこの煙草は、プチブル臭いので大嫌い！」

「そいじゃ？」

「そう、こうもりか、いっそとんでゲルベゾルテ。ウエストミンスターなんか俗っぽいし」

良ちゃんの煙草通は、断っておくが、彼女の兄さんの受け売りである。やっと十八のオペチヨコガールに、そう詳しくっては耐まらない。僕の視線は良ちゃんの指に移る。

「良い指輪だね。ルビー？」

「いやに賸めて、硝子じゃないのよ」

「良ちゃん、ルビーの意味知ってる？　例えば恋人がプレゼントにルビーを贈った場合」

「ええ愛。そうでしょう。あんただったら、それじゃルビーね。そしたら、ルビーが二つにもなる。二つも要らないから、あたしせっかくだけど、道ばたへ捨てちまうわ」……

僕の空想をのせて、電車が館の前へつく。人集りだ。開幕時間に遅れたので、座れないと諦めて、僕はともかく良ちゃんの姿を発見せなければならないので、渋々入場料を払った。すばらしく満員だった。私は人渦の中で良ちゃんを求めたが、そう容易く見付かるわけはない。

僕はとうとう最後の幕まで、良ちゃんを捜すことができなかった。というのは、ぎっしりつまって、立錐の余地もない大入りで、人の渦だ。その中に良ちゃんを求めようということは、ちょうど、河原へ石を投げて、投げた石を後から捜す——それと同様の困難であった。だが、僕は最後に大変なことに気付いて、蒼くなった。僕は何時の間にか、袂の財布をやられていたのであった。雑閙《ザットウ》で掏摸に見舞われる——しごく平凡なことであったが、被害者は至極平凡ではない。第一、帰りの電車賃がない。もっとも在中の金額は、僕の貧弱な蔵書を売り払っただけに大したものではない。だからそう惜しくもないが、困ったことに、財布の中には、恋人良ちゃんから、この間せびった、彼女の御真影が這入っているのである。何だかこう、羞んで撮った、だから、僕には離すべからざる愛する宝物なのである。弱った——そして次に畜生、学生の懐を覘うような掏摸は、将来そう出世もしないんだぞと、力んでみたが、はじまらない。さア、こうなると、出口で良ちゃんをつかまえるより仕方がない。もとはと言えば、良ちゃんが、僕を待たないから、こんなことになるんだと、甚だ僕の心は穏やかでない。

風船玉のような気持ちで、僕は出口で、良い気持ちでオペラを見飽いた人々の流れを注視したが、幸い僕は良ちゃんが、すましてフェルトを鳴らして出てくるところを、やっと捕まえてほっとした。

「良ちゃんはひどい」

僕は泣き声で言った。

「だって、あんたが遅いんだから仕方がないわ、あたし待つってこと大嫌い！」

「だって、僕は時間きっかり……」

「じゃ、あたしの時計進んでいたのかも知れないわ、まア、いいさ、じゃアね、ともかく、そこいらでお茶でも飲まない？」

「飲んでもいいけど……」

金がないとは言えない。どうせ良ちゃんが払ってくれるだろうと、ずるく構えて、今宵ばかりは、少女のお伴のような格好で、跟いて歩いた。その気持ちを、つくづく僕は情けなく思った。茶を飲んでも面白くないがと思いながら、良ちゃんの足早に合して歩いた。

「あたしは紅茶」

「何故?」

「コーヒだと亢奮しちゃうわ、眠れないと、どうも亡魂が出ていけないものよ」

「例えば?」

「キッスはどうすれば、上手にできるかってことなど」

「こいつは柄でもねえ」

「あたしだって、キッスは今にひとつやっておきたいと思ってるのよ」

「教えましょうか、僕」

「恥だわよ、あんたに教えてもらったんじゃ始まらない」

「じゃ?」

「うちのメリーとやってみようかと思ってるのよ」

「あのドラ犬と! 情けねえ」

良ちゃんの戯談に合していたが、どうも掏られた僕は面白くない。こんなお茶ぐらいなら、おごってやれているのになア、と思うとたまらなく佗しかった。

外へ出ると恐ろしく寒い。何と思ったのか良ちゃんが勇敢にぱっと手を揚げて、タクシーをとめた。近頃の女学生も、とても勇ましくなったものだ。中学生の僕は、いささかその元気に驚いた。だが、良ちゃんが車をとめた、その豪勢に、僕はすっかり面喰らってしまっていた。

「家まで送って行って上げてよ」

良ちゃんは、僕の言葉を代理に言った。

「良ちゃんは金持ちだなア、今晩」

僕は羞望の瞳で、彼女の白い鼻を見た。

「そりゃ、だけど、わけありさ、じゃ、白状するわ、あたし、W・Cでさっき財布を拾ったのよ、もっともいくら入っているか、まだ調べてないけど」

「財布を拾ったの？」

財布を掏られた僕とは、立場が逆だ。良ちゃんが、帯の間から出した財布は、妙にぶくぶくふくれた男持ちのものであった。

「まア、見て御覧、この財布の落とし主は、何とけちん坊よ、一銭銅貨が断然多いのね」

タクシーがどんどん走る。僕は全くしょげてしまった。良ちゃんが財布を拾う。僕はまたそれを掏られる。だから、良ちゃんの白い手を、握ってみる気もない。

「あら！」

良ちゃんが突然叫んだ。

「この写真あたしんだわ！」

見ればなるほど、彼女の写真だ。財布の中から出て来たのであった。

「おかしいな……」

良ちゃんが男みたいに呟いた。

「変だなア……」

僕の心が段々晴れて来た。

僕は突嗟に言った。「良ちゃん、裏を見て御覧」

――僕のこの恋人は、まだ接吻も知らないのです。そして、最初の唇を得るのはこの僕かもしれない。

「まア、莫迦にしてるわ、じゃこの写真あんたなの?」

だから、タキシ代は当然僕が払い、良ちゃんが拾った財布はもちろん僕が貰った。ここまでの経緯《いきさつ》は書かなくとも分かるはずだ。……

「――という風だと良いんだがなア」

僕はここまで空想して、掏られた懐を淋しく抑え、ぽかんと劇場の入口で、今か今かと良ちゃんを待ち佗びたが、ついに彼女の姿を見出さなかった。

だもんだから、僕はてくてく歩かなければならなかった。

最後に良ちゃんの言葉がある。

「ああ、あの日、すっかりお約束を忘れてしまっていてね、お風呂で長々と寝そべっていたっけ……」

「……?」

三角の誘惑

「あの女は、支那人の女房にしちゃ美人の方ですよ」

夕方、仕事を済ませて、石鹼で手を洗いながら、私が、職工長の長谷君に言った。

「少々おぼし召しがある噂を、苦力《クーリー》達から聞いてないでもないですがね」

「御冗談でしょう」

長谷君がにやにや笑って、打ち消した。

その女というのは、私達のやっている燐寸軸製造工場前の把頭《バトウ》（筏船夫の頭）の女房のことである。すんなりと背の高い、鼻筋が通っていて、ちょっと見に美人だ。

「長谷君のことだから、何時ものにするやら、見物《みもの》だと言ってるんですがね」

女に手の早いのは、長谷君の有名なところである。ちょっと可愛いなアと思っていると、何時の間にか、その朝鮮女を口説《くど》いてしまった先生である。

「親爺が把頭なんだから、仕事は至極やり良いのですがね、好機逸すべからずだ」

「御冗談でしょう」

あいかわらず、長谷君はにやにやしている。把頭という仕事は、一枚の筏が売れるまでは、家へ帰って来ない。売約が三日かかる時もあるし、長い時は半月もかかる。だから、月の内、帰っているのは一週間とない。しかも、苦力の話によると、その女は日本人がとても好きだと言うんだ。加えて、長谷君は、近眼だが、満更捨てた男でもない。しかも三十すぎにもなって、まだ女房もなく、肉親を内地へ残したまま十何年も満洲を放浪しているというんだから、堅気の方では決してない。金がある時は、気前よく使うが、さてすかっぴんになると、公休の日でも、天井を向いて唄をうたって、出ようとしない。すこぶる徹底している。

把頭の女房は、二十五六歳でもあったろうか、時々事務所の窓辺へ来て、長谷君の方を覗いては秋波を送ることがしばしばあった。

「ほら、やって来ましたよ」

私は窓をあけて、女に向かって、両手の指で三角形をこしらえてみた。すると、どうしたのか、女はさっと顔を赧らめると、それなりとっとと、逃げ出してしまったのである。

「逃げるとこをみると、信じてるんかも知れないな」

私はくつくつ笑いながら、呟いた。

「どうしたんです?」

長谷君が奇妙な顔をして訊ねた。

「例の三角ですよ」

「三角?」

「ほう、じゃ、あんたは知らないんですね」

そして、私は三角形の由来を説明しなければならぬ。

「説明しても良いけど、ちょっと困りますな、発禁もんでね」

「はて?」

「じゃ、話しましょうか。あの女は日本人が実のところ好きなんですよ。殊にあんたのその眼鏡に惚れているらしいんですがね」

「弱ったな」

長谷君が、ユニークな笑い方をする。

「そいで?」

「そいでね、あの女が苦力にこっそり聞いたんだそうです」

「何を?」

「日本人のは三角かって」

「のはってのは?」

「その以前、苦力達が悪戯に教えたものらしいですよ、それをまた信じていたが、どうも疑わしい。そいで念を押してみたんですな、のはってのは、やはりのはですよ」

「ふふふふふ」

やっと解って、長谷君が笑い出した。

「だから、私がああして手で三角形をつくって見せたんですがね」

「三角形の誘惑か……愉快なことを、また質問したもんですね」

「チャンスです。何といっても、このチャンスを捕えなけれや」

「御冗談でしょう」

長谷君は、例のニタ笑いでごまかしてしまった。

さて、そんな話があってから、四五日たってからのある夜、あんまり暑いので、ふっと目が醒めた。そして急に小便がしたくなってきた。一度風に当たってやれと思って、戸を繰って外へ出ると、工場の薄闇で、四五人が蹲《うずくま》って何かを窺っている様子である。

「どうしたんだ?」

と言っても、苦力達は静かにしろと手で制するのみで、何も答えない。わけがわからないままに、それなりうちらへ這入って、長谷君の部屋を覗くと蒲団だけで先生はいない! ぽんと手を打った私であった。

朝になった。

「長谷君、昨夜はどうもお楽しみ」

と、変な朝の挨拶をしてみた。

「やっぱり見付けられましたか、苦力の連中が妬《や》いて、夜通し家の前で立ってやがるのでどうも」

「どうでした?」

「いや、別に……」

結局、この三角の誘惑は完成したわけなんだが、私はその感想を女にきくことを決して忘れない。

道でばったり女に出喰わしたので、私はすかさず声をかけた。白粉を濃くつけて、女は殊に美しく見えた。

私は例の通り、両手で三角形をつくっておいてから、

「三角もいいけど、あんなことをすると、把頭さんが怒りはしないか?」

と訊ねた。

「ちっとも」

女は首を振った。そして、彼はまだ何も知ってはいないと答えた。

「で、どうだった、日本人は三角だったかい？」

すると、女は変な笑い方をして、

「あんなことは嘘だ、すっかり今まで偽《いつわ》られていた」

そして、日本人だって少しも変わりはしない、同じもんじゃないかと、付け加えたのである。

この話は、私の安東滞在中の、エロ実話のもっともナンセンスであるところの、ひとつである。

或る日の忠直卿

（一）

父秀康卿が慶長十二年閏四月に薨ぜられ、四年を経た春、越前少将忠直卿は雄々しくも、十七の年を迎えた。十七とはいえ、六十七万石の大封を継いだ城主であった。

その頃、忠直卿はひそかに城下のある刀剣屋へ、しばしば出入りされていた。忍び姿で、気に入りの家臣をつれて、今宵もその家へいそぐ途次である。

「のう、余は何としても絹野に心惹かるるが、何とかならぬものであろうか」

「殿、これは毎度申し上ぐる通り、時の問題で御座ります。今少し――つまり、根気もので御座いますことゆえ」

「うむ、それももっともなれど、しかし――」

刀剣屋のひとり娘、絹野はじつに城下きっての美人であったが、何時しか忍び姿の、忠直卿に見そめられていた。絹野の艶姿が、毎夜若き忠直卿の胸を焦がし、こともあろうに、一国の城主が、とるにも足らぬ町家の娘に、恋慕を感じるようになった。さればといって、召し上げるほどに、その頃の卿には強気もなかった。

「されば、殿、今宵こそ某、満身の智慧をしぼって、主《あるじ》を説き伏せますによって、一室にて女と対談なされては如何で御座います」

これは卿にとって、意外な言葉であった。思わずぽっと頬を染めた。

「対談して、一体そちは余に何を話せと言うのじゃ」

「これはしたり、日頃の思いを打ち明けるのでは御座りませぬか」

「如何にも、そうであったか――」

斯くのごとく、十七の頃の忠直卿は初心そのもので、後年の乱行などは、思いもよらぬほどの内気な性質であったのだ。

「――しかし、聞き及びまするると、小娘ながらにしたたかものの由で御座いますが」

「なんの、女のしたたかは知れたものじゃ」

刀剣屋へは三日にあけず出入りして居るので、主人も二人とも心易いもの。とはいえ、城主の忠直卿であることは、露だにも知っていない。

「ゆるせ――」

ずっと奥の間へ這入る。

「これはこれは、毎度御愛顧を蒙りまして、時に若旦那様、是非見て頂かねばなりません掘り出し物が出まして御座いますが――」

揉み手をしながら、是非ひとつと立ち兼ねまい主を、忠直卿は当惑しきった面持ちで、ひそかに従者沖浪大八郎に目くばせをする。

「いや、じつは今日、刀剣を求めに参ったのではないのだ」

大八郎も有繫《さすが》言いにくい。

「へえ、そうしますと――」

「なに、ほかではないが――時に絹野殿は居られるか」

「絹野って申しますと――」

「とぼけられるな、そちの娘じゃ」

「娘が何か無礼でも致しまして御座りますか、年に似合わぬ大胆な女で御座います故」

こうなると通商条約をする大八郎が、全く立場が悪い。が、ぐっと思い切って――

「こんなことを申すと、そちは変に思うであろうが、じつは若殿には、かねてからそちの娘絹野殿に思し召しがあってのう、――で、ひとつ内々に引き合わせ方を許してはもらえぬか、それについて、今宵わざわざ赴いて参った」

用意の金一封を包んだのを取り出して、じわじわ口を切り始める。と言われて、刀剣屋の主も、一時はいささかたじろいだが、割り方頭の捌けた方なので、

「左様で御座いますか。しかし、私の一存では分かりませぬによって、この旨一応娘に申し聞かせますから、しばらくお待ち下さりませ」

主が襖の蔭に隠れると、大八郎そっと忠直卿の袖をひいた。

「殿、何と鮮やかなもので御座いましょうが」

しかし忠直卿は含羞して、声も出なかった。


ただひとり、忠直卿は離れ間に通されてから小半時もたった。開け放した居間からは、庭の夜桜が、白々と咲き誇って、穏やかな春宵である。

廊下に絹ずれの音がする。やがて淑やかにあらわれたのは、恋慕して止まない絹野の艶姿、つと閾に手をついて、

「よくいらっしゃいました」

忠直卿は絹野を見るなり、はげしい心の乱れに襲われた。絹野は彼にとっては、夢よりもやさしく、希望よりも美しく思われた。

絹野はみじんも羞んだりしなかった、かえって忠直卿が威圧を感じるほどであった。さて、対座して、彼は話をしようと口を開いたが、一言すらも口に出すことができなかった。長い、きまずい沈黙がつづいた。——あまり黙って居るので、絹野は怒りはすまいか——そんな懸念さえ感じた。

だが絹野は微笑み続けていて怒った様子も見せなかった。まず彼女が口を切って、妙なる音楽にもまして美妙な声で言った。

「若殿様、今少し妾のそばにお座り下さりませ」

忠直卿はどっきり、その大胆な言葉に胸をつかれた。が、言われるままに、忠直卿はすぐ絹野の真近に座った。彼の血は躍った。声かけようとしても、喉がからから鳴るばかりである。

「殿様、何かおっしゃって下さりませ」

そこで忠直卿は考え深い愛の言葉を、たったひとくさりぶっきら棒に言った。

「余は巨人の相手をしたい、その巨人こそ、そちの敵であって欲しい、されば、余はその頸を捻《ね》じり切るであろう」

「若殿様には、何故にまた、巨人なんぞを殺したいなんかおっしゃるのでございます?」

ここでぐっと忠直卿は息を呑んで、

「何故といって、余はそちを愛すればこそ、左様申したのじゃ」

と、絹野をじっと瞶めて投げ出すように言い放った。胸には恋の情火が燃えたった。

「絹野！――」

忠直卿はそれ以上言わなかった。彼は絹野を両腕の中に抱えるなり、自分の唇の下に彼女の額を仰向けにしたのであった。

だが、忠直卿は暫しして、絹野が泣いて居るのに気がついた。そこで、忠直卿はごく低い優しい声で、あの乳母のやる、いくらか歌ってでもいるような調子で、話しかけてみた。

「そちは何故なく？　余の仕業が悪かったとでも申すのか、さらば、許せ余はただそちを愛したばかりにしたことゆえ――」

「いいえ――」

絹野はもう泣いてはいなかった。そして、何か物思いに沈んでいた。

やがて絹野は艶ましく微笑んで言った。

「殿様、妾は怖い目にあってみたいので御座います」

（二）

五日後の同じ春宵。空はどんより曇って、生温かい。――忠直卿は刀剣屋の離れ座敷で、小半時前から、恋人絹野と蜜語を続けている。

「そちは先夜、余に不可解な語を与えたが、今なお解釈し得ず惑うて居る」

と聞いて絹野は妖艶に微笑んだ。

「まあ、殿様には御記憶のお良ろしさ、あの時妾が何と申し上げましたか、当の本人が忘れ果てて居ります」

「そちは怖い目に会ってみたいと申した、そのことじゃ――」

すると絹野は忠直卿の耳元近くで、何かしらを囁いた。忠直卿は思わずにっこりした。

「そちは面白いことを申す女《おなご》」

「されば、御承知下されますか」

忠直卿は待たせてある大八郎を呼んだ。

「殿には有利な通商条約がお結べになれまして御座いますか」

その言葉を聞き終わらぬうちに、

「余は外出するぞ」

「今宵は既に更けて居りまする」

「用捨致すな、余は絹野と夜を歩きたい」

大八郎は忠直卿をまじまじと見た。

「――と申して、御帰館の頃おいに……また、日を改める方が得策と存じまするが」

「そちはしばらく当家にて余の帰りを待てば良いのじゃ、余はすぐ帰宅致す」

大八郎、弱ったが仕方がない。絹野の注文通りに忠直卿は商人髷に結い直し主の衣類をつけた。絹野は下女《しもおんな》の着物をつけた。

或るなよやかな商人とその情婦――そういった、ふたりのいでたちであった。

夜は暗かった。しかし闇は恋に対して、偉大なる福音である。大八郎の心配などは、気にも留めず、忠直卿は甘い空気を貪っていた。絹野にしても、父の渋面など、今はけろりと忘れていた。

絹野は夜の中にあって殊のほか小さく見えた。それがかえって、忠直卿には、快く愛着を感じさせた。

「殿様は下郎どもの居酒屋を御存じで御座いますか」

そう言って、下女の絹野は、街の人夫や人足どもが、賤業婦をつれて集って来る銘酒屋のひとつに案内した。そこで二人は一脚の台のまえに腰を下ろした。重苦しい空気のなかで、或るものは女のことや酒のために互いに拳を飛ばし庖丁を閃かしてわたりあい、あるものは食卓の下でいい気持ちになって鼾をかいて居る。忠直卿は珍奇なこの汚らわしい無頼の徒の群を眺めて、目を睜《みは》った。銘酒屋の亭主は、注意深く横目づかいをして、これらののんだくれの喧嘩口論を見まもっていた。

絹野にすすめられるままに、忠直卿は目をつむって、まずい料理を喰べた。土臭いどぶ酒も飲んだ。そうすることが恋人への義務のように思われたからである。

さて——勘定という時になって、忠直卿は肝心の財布を持って来ることを、忘れて居るのに気付いてはっとした。絹野も生憎持ち合わせがなかった。忠直卿が当惑して居る時に絹野は例の言葉を告げた。

「妾は怖い目に一度あってみとう御座います」

忠直卿は奮然と立った。そして、金を支払わぬことが、当然の権利ででもあるかのように、絹野の手を曳き、閾をまたいで出ようとする時、

「やいやいやい、金を置いて行きなよ、無銭《ただ》でものは喰えねえだろう！」と亭主のどら声。それでも出ようとしたので、さっと飛び出て、二人の前で大手を広げて、たちふさがった。

「この阿魔っちょも図太い下司だ、一体何の商人《あきんど》か知らねえが、生っ白《ちろ》い顔をしやがって、太え野郎だよ、金だよ」

赫っとして忠直卿は思わず拳を固めた。

「ははは、只飲み喰いした上に、まだ跳んで来ようって計《もくろ》みだな、喃、皆の衆、そうじゃねえか」

忠直卿は歯を喰いしばった。言葉が喉まで出かかっていたが、商人態をしていて、武士の声が出てはと、捷《さと》い絹野の合図に気付いて、

「――」

が、その無言の代わりにいきなりぴっしゃり亭主の横面を、忠直卿はしたたか打ちのめした。よろよろと倒れかかりながら、

「喰い逃げだ！」

のんだくれの群は総立ちになった。

庖丁を振りかざして、真っ先に進んで来た二人を続いて擲り倒したので、残った者は、妙に尻ごみを感じた。

「細長いが手強いぞ」

と中のひとりが叫んだ。その間、忠直卿は自分の体にひしと身を寄せて居る絹野の肌の温味《ぬくみ》

を感じた。これこそ彼の無敵の理由であった。

二人はひそかに闇に逃れた。

（三）

夜の静寂《しずけさ》は大地を包み、逃れ行く二人は、自分達の背後《うしろ》に、気まぐれに暗の中を追い回って居るのんだくれどもの喚き声が、段々静まって行くのを聞いた。

「妾は殿様が好き――」

と絹野は呟いた。何と強い――あの巨人どもを相手にした、雄々しい方だろうと――そういった感じがほんの上面《うわべ》だけに漂わせたが、じつは内心赤い舌を出していた。

憎むべき女の心を知らない、初心なる忠直卿はただそう言われて、恍惚《ほれぼれ》とした。しかし、女にしても、彼女の希《のぞ》み通りの、第一の快楽をすごしたのであるが――

若い二人はつい時をすごした。何時の間にか、街を離れた山麓近くを歩んでいた。その頃ようやく忠直卿は身に疲れを感じて来出した。

「余は疲れた、それにしても、かなりな道程《みちのり》を歩んで来たのう、そちも疲れ果てたであろうが――」

「いいえ殿様、妾は何時までも一緒にこうして闇に浸っていたく存じます」

絹野のほつれ毛が、彼の額に悩ましくさらさら触った。それほど近く、二人は抱き合うように歩んで居る。

ふと、闇に蠢く二つの提灯――

忠直卿はじっとその光を闇にすかせた。

「駕籠屋！」

「へえッ……」

こんな山麓の闇中で、声かけられた四人の駕籠屋、おったまげた返事をする。

「街まで大急ぎで――」

今度は絹野の艶めかしい声。男どもはすっかり驚いてしまった。逢曳きにしたところが、よくまあ、こんな人里離れた場所へ来たものだと、ぐっと提灯をさしつけると町人風の優男にその色女――

「旦那、闇夜の遠道、酒手はどっさり頼んどきますぜ、そらほいッ……」

やがて駈け出す二丁の駕籠。すばらしい早さで走り出す。

えッほいッ、えッほいッ……

時々鳴らす怪しい葉笛。忠直卿は動揺のため余計に疲労が出て、うとうとしかける、絹野はふと身体に匂配を感じて訝しく思った。それに谷の瀬音さえ聞こえる。よく耳をすませば夜鳥の声々。樹々の葉擦れの音――。

「駕籠屋、何やら山中のように思えるが、方角を取り違えたのではないのかえ」

不安な声で絹野が尋ねたが、

「お女中、もうすぐ街でさ、そら、ちらちら光るのは城下の灯」

外を覗いたが闇夜のこと、見当もつかない。第二の恐怖に近づきながらも、それを知らない絹野にとっては、いよいよもって不安が増すばかり。普通なら、怖い目に遭ってみとう御座います――と言うべき彼女ではあったが……。

ずしんと駕籠を下ろされて、忠直卿は初めて目醒めた。瞬間、ぱっと目に映じたものは、昼を欺く篝火の明るさ――。

「街だぜ。少し高いが勝手の違った街ってのはここだ」

見れば荒くれ男が十数人、駕籠を取り囲んで居る。

「良い玉だなア――」

忠直卿は女を思った。

「絹野！」

「殿様！」

謀られたと思ったがもう遅い。

「あっははは殿様が聞いて呆れる、商人風で殿様は生まれてから聞いたことがねえ」

おのれっ――と向かってみたが相手は多勢、それに刃物もない、二三人をとって投げたが、たちまち抑えつけられてがんじがらめに縛られてしまった。

「まあまあ仕事は明日のこと」

木の根に縛り付け、二人を残して、山賊ばらは掘っ立て小屋へぞろぞろ這入ってしまう。

それを尻目にかけながら、

「ほほほほいまにお前達皆の首を絞め殺してやるから、覚えておいで」

と絹野は大胆に笑って見せた。

その言葉に、忠直卿はこよない満足を感じた。絹野は彼に皮肉を浴びせかけたのであったが――。

（四）

一晩二人は夜露を浴びた。冷え冷えと山気が身に泳んだ。真白く朝はあけた。

盗賊は二人を調べ上げて、金のないことを知ると、臭いものにでも近付くようにして言った。

「けち臭え、嫦曳《あいび》きの男郎女郎《つがいめ》、着物を剝《は》ぐにしても、そんなぼろったじゃ役にもたたぬわい、しかし、女郎《めろう》は美しいな、どれ、俺達の手向けの花に松半と来ようか」

ああ、忠直卿に最後の時が来た。恋する女を他人に寝取られることは、身を剝がれることよりも辛いことである。

彼は絹野に今にも死にそうな眼差しを向けて、でき得る限り抵抗せよと教えた。

この時人馬物具の烈しい響きが聞こえて、大八郎を先頭に護衛兵どもが、昨夜来帰館を見なかった若殿を援助に来たのを見出した。

「殿には危ない所で御座いました。夜っぴしお捜し致したものの、皆目見当も付かず御母君には事のほかの御心痛、されば、言わぬことでは御座りませぬ、昨夜、あれなり御帰館下されぱかようなこともなかったので御座いますが――」

「大八郎、許せ、余が悪かった」

忠直卿は多くを語らなかった。家来どもに対しての羞恥で一ぱいだった。その間に護衛兵は盗賊どもの手を縛めてしまった。絹野は首《かしら》の方に振り向いて、やさしみをもって言った。

「お前方の首を絞めさせると言ったけれど、満更出鱈目な約束をしたとも、お思いじゃあるまいね」

忠直卿はただひとりの女のために、莫迦なことをしたと心から後悔した。町人髷に商人姿の今、穴があれば、もぐり込みたい気もしたりした。

絹野の第二の怖い目もこれでなんなく、かえってあっけなく済んだともいうものだった。

（五）

それ以来、忠直卿のお忍びは、堅く禁じられた。日ごと、彼は絹野を思い続けていた。半年たった秋の末、久方に忍び姿で、大八郎を引き連れて、思い出深い刀剣屋へ向かう途中、ばったり折よく出喰わしたのは絹野であった。

しかし、彼に甚だしく失望を感じさせたことは、女がひとりでなかったということである。

「一度言葉をかけてみようか、大八郎」

忠直卿は念のため、尋ねてみた。

「殿にはまだ未練が御座いますか、見れば女は男を連れて居るでは御座いませぬか」

と言われたが、うかうかと彼は絹野に近付いていてしまった。

「絹野――絹野――」

忠直卿は叫んだ。

だが、絹野は顔を振り向けようともしなかった。彼は焦だった。つと寄って絹野の手をとると、女はそれを荒々しく引っ込ませた。

「何をなさいます――」

「どうして、そちは左様なことを言う？」

忠直卿は潸然《さめざめ》と涙に暮れた。絹野は彼に、落ち付いた冷淡な眼差しを向けた。

彼は女がすべてを忘れて居ることを知って、あの一夜のことを思い起こさせた。しかし、女は言った。

「殿様、あなたは巨人を相手になさる方ではございませんでしたのね、だから、実のところ妾には殿様が何をおっしゃろうとしておいでなのか分かりませんの、おそらく夢でも御覧になって居らっしったんでしょう」

「何と申す――」

憐れな忠直卿は逆上した。そして、腕を振り絞りながら叫んだ。

「そちは余の接吻を忘れたか、あの夜のことを忘れたのか、絹野――そちはあれが皆夢だと申すのか――」

彼は呆然として立ち尽くしていた。

今は絹野の情人である、浪人風の男までが、彼に軽蔑的な瞳を投げた。一国の城主が、何たる不運な立場であろう。が、恋に位はない。大八郎は見兼ねて言った。

「殿、見っともないでは御座いませんか」

（六）

忠直卿は失恋した。

しかし、たかが町家の娘くらいに、城主なることを名乗ることも大人げなく、それだけ苦しかった。忠直卿は悶々として悩んだ。その寂しさを癒すために、最近彼は天文学に興味を持ち出すようになった。

毎晩、忠直卿は大八郎と月台に座を占めて、地平の方を眺め続けた。

「自然を眺めて倦むということは御座いません」

大八郎が言った。

「全くだ、しかし、世の中には理解することのできないものが数多くあるものだ」

「どういうもので御座いましょう？」

「女の心変わりだ」

忠直卿は暗然として答えた。

今宵は晴れて蒼穹には、あまねく星が輝いていた。男性の星、ベル、メロダックやネポは赤く、女性の星、シンとミリタは青く輝いて居る。

何かの折に大八郎が言った。

「あの絹野という女は、この町きっての妖婦の由に御座りますが――」

「誰が左様なことを言った？」

「いや、もっぱらの噂で御座います」

忠直卿は肩を竦《すく》めた。そして、今は既にそんなことを聞かぬ以前から、絹野に対して、侮蔑の念を抱いていた。

この時、突然忠直卿は叫んだ。

「大八郎、シン星がメロダック星に漸次近づいて行く。おお、あれをそちは何と占う？」

しかし、大八郎には分からなかった。

「あれこそ、男女が出発する前兆であると、書にも記してあるが、あっ――シン星は流れたな――」

忠直卿は空を仰いで夢中であった。

「されば何のことでござりますか？」

「わはっは……そちは頭が鈍いのう、シン星は絹野と占えば、他は男じゃ、によって、二人は遠国に出発致したものと占って、余は誤りないと信じる」

この星占いは的中した、絹野は飄逸と情人を連《とも》なって、他国へ走ったことは、後になって分かった。

LOVE

プリンス・トップにも倦きて、私がふと時計を見ると、もう十一時をすぎていた。

「あたし、どうしようかしら?」

と、眠そうな私の顔と、どろんとした酔眼の向井の顔を見較べながら、りう子が相談するように言った。その相談は、もう遅いし、帰るのも億劫だから、ひとつこの私のアパートへ泊まりたいといった意志もある。

「そんなら、俺とかえろう」

よろよろと立ち上がった向井が、りう子の手を引っ張り上げるようにした。

「いやよ、あたし、今晩泊まろうかと思ってるのよ」

と、とうとうりう子は本音を吐いた。

「へえ! そいじゃ俺は?」

「恋人同志を邪魔せぬように、とっと、帰ることだわ」

「絶対に帰れん」

と言って向井は、酔漢特有の態度で、ぐんとりう子の顔の前へ、首を突き出した。

私はにやにや笑いながらそばで眺めていたが、実を言うと、やはり向井に一時も早く帰ってもらいたかった。

りう子が突然、夜遊《よる》びにやって来て、色々楽しい会話の中へ、のっそり出掛けて来たのがこの向井であった。悪いとこへ来たと思ったが、さりげなく、

「やア、珍しい」

と言って私は向井を迎えた。

「これは、女のお客さまか、ぼくは友人です。どうぞよろしく」

と言って、向井はりう子に手を差しのべた。その時から、もう向井はぐでんぐでんに酔っていたのである。

が、どうしたのか突然、向井は、

「二人の邪魔をしても罪なこと、しからばそれがし、断然帰るとしよう」

と、巻き舌で言った。

「だが、俺は君達の愛を祝福しよう」

と言って、傍の丸テーブルの上にのせてある硯箱へ手をやると、すばやく墨をすって、筆へふくませた。テーブルクローズが床まで垂れていた。木綿の昨日洗いたての奴だ。それが向井の目についたのが悪かった。いきなり横へ、僕達に見えるように、ＬＯＶＥと書いた。

向井の悪戯書きを見て、僕は擽ったかった。正面からその横文字が、僕の頭へぴんと響いた。

「愛――俺だって欲しい愛、この楽書を味わってくれたまえと、そ、それじゃ、俺はこれで失敬」

挙手の礼をして、泥酔した向井が、よろよろと戸口へ出た。そして、足音が段々遠ざかって行った。

「誰なの、あれ?」

不機嫌な顔をして、りう子が僕に向かって言った。

「変な悪戯をするのね」

「よってやがる。だが、早く帰って良かったよ」

言いもって、僕はりう子をぐっと抱いた。そして、長いこと接吻した。

「そいじゃ、今晩泊めてくれる?」

「お泊まりよ」

僕は嬉しかった。ぞくぞく喜びが湧いてきた。

「あたし、おしっこがしたくなってきた、どこ?」

便所はアパートのずっと奥にある。僕は同居人の睡眠を妨げぬよう、足音を忍ばせて、りう子を案内してやらねばならなかった。りう子のおしっこが長いことかかって済んだ。

部屋へかえると、すぐ僕はガウンと着替え始めた。

「あたし、どうしようかしら?」

りう子が困ったような顔をした。

「シミーズと、ズロースだけで寝りゃいいさ、だが、りうちゃん、ダブルベッドじゃないから、狭いのは我慢してくれ」

僕が言った通り、りう子が僕の傍へ寝るとなるほど狭い。重みでベッドが大分凹みさえする。

「男と二人で寝るなんて、変な気持ちね」

天井を向きながら、りう子がてれ隠しに言った。

「ドアの鍵はかけたの？」

りう子が訊ねた。

「かけたけど、何さ？」

「恥ずかしいじゃない、朝、もし人が這入ってきたら」

くつくつ笑ってりう子が答えた。

が、結局、僕達は、僕の女のために、女は僕のために、朝まで眠らなかったことを白状する。

窓の鎧戸から、陽がさし込むまで、僕はりう子を抱いたまま、決して眠ろうとしなかった。

「あああ、とうとう朝になっちゃった」

りう子は、ばらばらになった頭髪を揺すりながら、疲れた顔をして、眠そうに言った。

「僕だってそうだ、女の泊まり客なんて、困るんだ、だから」

僕は左の腕のあたりを、きゅっとりう子に捻られて悲鳴を揚げた。

「あんたが寝ささなかったんじゃないの、莫迦にしてるわね」

夜通し、電灯がつけ放されていた。消すのが、僕には寂しかったのだ。

鎧戸をあけると、朝の光線がまぶしく部屋全体を照らした。そして、寝床の上に脱ぎ捨てられた、りう子のシミーズにも太陽がさんさんと光を投げていた。

部屋の真ん中のテーブルの上のバラの花が、瓶の中で萎れていた。そして、床に擦れ擦れにまで垂れ下がった純白のテーブルクローズには、昨夜向井が筆で書いた悪戯書きがはっきり読めた。

ＬＯＶＥ

ところが、これはどうしたのだ！　そのテーブルクローズの中で、人の欠伸の声がした。向井の欠伸の声だったのである。向井は一晩テーブルクローズの下で、私達の寝床遊戯を眺めていたのだ。

「これは、これは」

おどけた声で、にやにや笑いもって、向井が飛び出して来た。りう子は頭から寝床へもぐり込んでしまって、微動だにしなかった。

テーブルクローズには細長い破れ穴があったのだ。そして、その破れ穴が、何とLの片方になっていて、向井はそこから、一晩中私達の享楽を覗いていたとは！

「なに、君達が便所へ行った隙に、忍び込んでいただけさ」

と、向井は淡々と答えただけである。

目撃者

一

こんな車中で、学校友達の牧に逢うことは、じつに意外であった。

「やあ!」

と、私はあまりに意外な邂逅であったので、声高く彼に叫びかけたのであるが、どうしたのか、彼の声は憂鬱がこもっていた。

「御旅行ですか?」

その声は力なく、重かった。旅行かと訊ねられて、私はちょっと口籠もった。何故なら、私は楽しい旅行どころでなく、国許まで金策に出掛けて行って、それも、不結果に終わって、悄然と止むなく、車中の人となったのであるが、この場合、やはり旅行にして置くより他はなかった。

「ええちょっと、妹の結婚で国許まで……今帰りです」

「それはお目出度でございますね」

と、牧は興味なさそうに、それでもちょっと、御愛想にこう言った。そして私などには無頓着に、じっと俯向いて、何か考え沈んでいるようである。ひどく何かを考えているな——と思ったが、そんなことを訊ねるのは変なことであったし、仕方なく、目のやり場がなかったので、窓外に目をやったが、汽車は今山近みを走っている。滴るような初夏の青さが目にしんで、この輝かしいグリーンの風景は、人生の悲哀も、憂鬱も、煩悶も何もかも蹴りとばす活々しさをもっている。人生にこの青さほどの朗らかな輝かしさがあれば、どれほど幸福に生きて行けるだろうと、ふと私は考えたのであるが、輝かしさどころか、私は世にも平凡な、あの憂鬱な金策にでかけ、それもどうにもならず、すっかり気を腐らせて、車中にのっている。そして、この鬱々とした私の前にも、友である牧が、これも同じようにひどく考え沈んでいるではないか……ああ、これほどに人生は暗澹としたものであって良いものか？　苦しげに、こうして世渡りをして行かねば、人生というものが暮らしていけないものか！

「一年振りですね」

と、言って、私はふと、一ケ月ほど前、牧に手紙を貰ったことを思い出した。手紙の往復は稀にしているが、じっさい、一年ほど、牧には逢っていなかったのである。

「この間の御手紙ですと、母上が御病気であったそうですが、もうすっかり……？」

「有り難う」

牧は力なく答えて、空洞《うつろ》な声で、

「……だが、もう死にました」

「えッ！」

「病気じゃ仕方がありませんからね」

それで、私に牧の沈んだ態度が、幾分判った気がした。

「それは何時のことです？」

「あなたに手紙を差し上げて五日目――」

「ちっとも知りませんでした。御不幸をおくやみします」

「いや……」

牧は力のない声で、軽く頭を下げた。

「それにね……最近、色々の事情で、勤めているバルチック商会を辞しました」

「そいじゃ、商会の方もおやめになったのですか?」

牧は居留地の貿易商バルチック商会の倉庫主任をやっていた。デンマーク人経営の貿易商であったが、そこの倉庫主任をやっている牧の月収は、取引商人からのコンミッションなどで、すばらしく多額であるとは聞いていたが、そうした言い分のない勤め先をどうして牧が止さなければならなかったか?

「やめたのではないのです。止めさせられたのですよ。ぶざまなことです」

牧は自嘲するかのように寂しく笑った。

「何か間違いでもあったのですか?」

私は思い切って訊《き》いてみた。

「いや、ちょっと慾を出しすぎて、不正事件が曝露したのです。デンマークのジュスのような金銭に穢《きたな》い親爺のことです。用捨はありません。十何年も給仕から勤め上げたこの私に、何の未練もなく、奴は速刻一文の手当もなしに、キャンセルを申し渡したのです。結局は自分が悪いのですから、諦めては居りますが……」

「それは重ね重ね」

不幸がと言いたかったが、私は控えた。

「――そいで、あんまり気がくしゃくしゃするもんですから、ひとり旅で宮島へ遊びに行って、今その帰りです。宿でこんな句が出来ましたのですが……」

牧は紙片に鉛筆で、すらすらと書いた。

磨《す》り硝子頭のいたき五月なる

書かれて初めて、私はやっと、ああ、牧は俳句をやる男であったということを、思い出したのである。

二

牧は俳句にかけては、かなりの達人の方であった。新鮮な若さのあるその句は、非難を言えば癖はあったが、といって、決してまだ駄句を作ったことがなかったという噂を聞いている。以前、牧と親しくしていた頃は、旅行先から通信をよこして、その末尾によく句を書いていた。文学などにあまり趣味のない私は、だから、牧が俳句をやっているということを忘れていたのである。

「良い句ですね」

分からなかったが、私は讃めて置くより他はなかった。

「しかし、近頃のようにどうも気分が憂鬱になっては、句が出来ても重たいものばかりが出来て困ります。くよくよしていると、人間は碌なことを考えないもので、幸い私にはまだあなたのように妻も子もありませんから、ひと思いに、不孝なことですが、父を残して、自殺してしまおうかと思うことが、幾度あったかも知れないのですよ」

「まさか……だが、憂鬱は悪の虫ですよ、良いことは考えませんからね」

慰めるように、私は言ったものの、じっと牧の暗い顔色を瞶《みつ》めていると、口ばかりではなく、牧はじっさい、自殺するかも知れないほど、気を落としていることはたしかである。

「さしずめ、就職するということは不可能なことなのです」

失職は私でさえ、聞いても恐ろしいことであった。失職はするし、母には死なれるし、今後の方針をどうすれば良いか、あれやこれやを考え耽っているらしい牧の態度は、あまりにも悶々として、痛々しかった。汽車が駅へ着くと、時々牧は茶を買ってくれたり、菓子を買ってくれたりして私にすすめた。そして、夕方になって、二人で弁当を買って喰べた。

「汽車の旅の夕景は殊に奇麗ですね」

と、言って、牧は車窓から山の上《へ》に染まった橙色の夕焼け雲を指して賞《め》でた。

が、見たところ、憂鬱ではあるが、牧は、金銭上にはそう大して苦しんでいないように見えた。それにどうだ！　私の憂鬱は、金がない、ただその一事であった。汽車から降りて、さてもう困る私であった。家へ帰っても、金策のできなかったことを妻が知るとどれだけまた泣き叫ばれるかも知れない。私が思わず厚い吐息をついた。

「何だか吐き気がします。ちょっと便所へ失礼します」

急に牧が、顔を顰めて立ち上がった。弁当が悪かったのだろうか？

「大丈夫ですか？」

私は牧の顔を覗き込むようにして言った。

牧が便所へ行ってから、退屈まぎれに、先刻牧が読んでいた雑誌が見たくなってきたので、捜したがなかった。牧の手提げ鞄の中かしらと思って、何の気もなしに、それを開けた時である。私は雑誌の他に意外なものを見てはっとした。そこには私の求めている手の切れるような札束が三個、無造作に入れられているではないか！　何故か見てはならないものを見たかのように思って、目をそらそうとしたが、その時もひとつ目に付いたのは、一通の封筒であった。そして、封筒にかかれた二字をみた時、私は思わずぎょっとした。

「遺書」の二字は私を愕然とさせた。

「ああ！　牧は自殺する気になっている！」

それであの憂鬱だ。私は何もかもがすっかり分かった。

すばやく私は元通りそれを蔵って、そしらぬ顔をして窓外を眺めた。

車窓を走り行く、夕の風景を眺めながら、ふと私にある恐ろしい考えが閃いた。牧は自殺する気でいるのだ。遺書がある。それにあの紙幣の束、死ぬる者に金は必要であるか？　だが、汽車の中で自殺してくれれば良いが、もし下車してから自殺するとするならば、あの金をものにすることは厄介になってくる。牧がもし列車中で自殺してくれれば、あの鞄の中の札束を抜きとって置いても分からぬはずだ。

私の頭の中で、悪魔が踊りはじめた。牧を殺してしまえ！

自殺する気の男なら、殺されても同じことではないか！

「さっき喰べた弁当がどうやら……」

牧は顔を顰めながら帰って来た。窓外を眺めながら、どうして牧を殺してやろうかということを、考え耽っていた私は、その声にはっとして振りかえった。

「汽車に酔わされているのですよ」

そして、私は仁丹を出して、牧にすすめた。牧はこの私に殺されようとは夢にも知らず、色々の話をしだした。

夜になると、幸い、乗客が段々と減って来て、その上ひどく天井の電灯が暗いため、はっきりと顔を見分けられる懸念はなかった。旅客達はもう疲れのため、誰もが横になってしまっていて、計画を実行するものには、もって来いの機会である。私はひたすら、牧の隙をうかがっていた。

三

「どうもまだいけない」

夜中の二時頃、牧がむくむく起きて、呟くように言って、便所の方へ行った。機会をまっていた私は、うっすらと目をあけて、その後ろ姿を見つめていた。それから、五分ほどあいだをあけて、私は便所の前まで行って、

「牧さん、牧さん！」

と呼んでみた。

「どうも、とんだものを喰ったようですよ！　あなたがどうもないのが不思議だ」

中から牧の声がして、しばらくしてから蒼い顔をして出て来た。

「夜風に当たられる方が良いかも知れませんよ」

と、私は牧をデッキへ誘った。だが、私のこの親切は、じつを言えば、計画のひとつだったのである。

「今、どこいらを走っているのでしょう?」

「姫路をすぎたばかしです」

と、私は答えた。広い田園の真中を汽車は走っていた。水田に星がキラキラ輝いている。山が黒かった。

「もう、トンネル近くでしょう」

と、言って私は、仕事をやるなら、汽車がトンネルへかかるまでだと思った。車がガタンとひとつ大きく揺れると、そこから急カーブになっていて、カーブの遥か向こうに、トンネルが黒い口をあけて待っているのが見えた。夜風がはげしく頬を打って、寒いほどであった。私は牧が早く中へ這入ろうと言うのを恐れた。だが牧はよほど気持ちが良いのか、車室へ這入ろうとしないで、かえって私に、

「風邪をおひきになりますよ、どうぞ、私にかまわず……」

と言った。その言葉に、悪魔になりかけていた私の心が、あやうくとかれようとしたのであったが、私は逃げようとするその悪を、ぐっと両手で支えるようにして、決心を鈍らせまいと努力した。

と、反対側から、下り列車が押し出されるようにして、トンネルからどっと出て来た。線路がカーブのため、長い黒い箱が迫ってくるのがはっきり分かった。今だ！　私の心が踊った。私はそっと牧の後ろへ擦り寄った。牧は無心に空を見上げている。いきなり、強くどんと背中を突いた。あっ！　と牧は悲鳴を揚げて線路へ転落した。その後へ下り列車が来れば、計画はまんまと成功するわけである。あの手提げから札束だけを抜きとって、後はシートへ残して置く、線路の屍体、誰が見ても、これは自殺だ！　私がニヤリと笑って、車室へ這入ろうとした時、轟然と下り列車が驀進して来た。これで万事お終いだ！　牧の命は絶たれたわけである。牧は自殺したのだ！

四

私はその夕方、妻に金策がうまく行ったと言って、牧から奪った札束を見せびらかした。妻は不安に思っていた夫の金策が、割り方楽にできたことを喜びながら、私に久方の笑顔を見せさえした。その金のため、私は子供に玩具の汽車を買ってくることができた。思い出の悪い汽車であったが、何の気なしに買って来てしまっていた。

私は手伝ってやって、汽車が丸いレールの上を走ることができるようにしてやった。その汽車はじっさいよく走った。と、ガチャンとその玩具の汽車は脱線して横倒しになってこけた。

「父ちゃん、テンプク、テンプク」

子供は手を叩いて、はしゃぎながら、私の手を引っ張ったが、その瞬間、私は何かしら、いやな予感を覚えた。

妻が夕刊をもって来た。私はそれを貪るようにしてよんだ。果して、私は牧の飛び降り自殺の新聞記事を発見して雀躍した。

死の直前の一句浮かばぬが残念
遺書して列車より飛び降り自殺厭世の青年俳人の覚悟の死

××日午前二時山陽線××トンネル西口下り線々路へ飛び込み無残な轢死を遂げた男がある。顔面は粉砕され何人とも区別つかず、選書を所持して居るが署名がない。遺書には、「俺は俳句をやって一句も出来ずに死んで行くのが心残りだけれど、混乱した頭では許されないのだから仕方がない。今は生の未練もない俺だ。でも俺は何故か泣いている。死の旅に泣いているのではない。逝きし母のもとに行けるのだもの」

その新聞記事を妻に見せて、

「人間の死は、金のための死が結局、一番下等なものになるんだね、この記事を見ると、母の後を追っての死らしい。恋愛のための死もあるだろうし、だから、金に窮しての自殺は、まず軽蔑しても良いものだよ」

と、真面目な顔をして言ったが、その実、牧の自殺は、自殺でなく、この自分が殺したのだと思うと、何かしら知られぬ秘密への快楽味を覚えた。

その翌日の新聞記事を私は読んだ。

轢死した青年俳人

実は社金拐帯犯人

昨夕刊で報道した山陽線××トンネル西口での、身許不明の轢死男は、その遺書によって、神戸居留地京町貿易商バルチック商会倉庫係主任牧三郎なること判明。同人は不正のため、同商会を解雇され、それを憾みに思って、商会事務所へ忍び込み、勝手知ったる金庫をこじあけ、三千円余を盗みだした者で、厳探中のものであったが、当局の捜査きびしく、ついに自殺したものと思われるが、遺留した手提げには何ら紙幣を発見せず、或いは既に消費せしものかと思われる。

失職の揚句、社金を盗んだ牧は、半ば自責の念から、半ばは母を失った厭世観から、自殺を計っていたが、偶然、私に邂逅したため、自殺する以前に殺害された牧――しかし、世人は自殺したものと信じ切っているので、私として安心しても良い。だが、人ひとり殺した良心の苦悶は、悪人ならぬ私には、ひどく辛いものであった。誰も私の犯行を知っている者がないとは思っているものの、ひょっとするという感じは、悪事を働いた者の、誰もが感じるところのものであるが、ブリッジで牧を突き落とした時、何かしらぞっとした寒気を感じて、誰かが後ろで見ているような気がして、しばらくは頭を上げるのも恐ろしかったが……。

だが、私の怖れは実現された。

五

拝啓、昨日は車中にて失礼しました。と言ったところで、あなたはご存じないかも知れませんが、私はあなたの秘密の何もかもを知っている者です。あなたの犯行を陰から覗いていた一目撃者であるのです。じつを言うと、あの時、私は便所の中にいたのです。扉をあけて出ようとした時、突然、あなたは、ひとりの男を線路へ突き落とした。――そして、座席へ帰って、そしらぬ顔をして、その男の手提げから、札束を抜きとった、恐ろしいあなたの犯罪を見た私です。その夕方、あなたの犯行地点の、トンネル西口で、青年俳人が自殺したという、新聞記事が出ていましたが、私だけは、それが自殺ではなく、他殺であることを知っているたったひとりのものです。青年俳人はじつは解雇された商会の社金を身につけていたので、当然、警察当局のお尋ね者だったのです。その金に目をつけたのがあなたです。そしてその男の金を得んがために、線路へ突き落とした。その男は母親を亡くして絶望している上、自分が罪人であることのため、自殺しようと遺書までもっていた。それを知って、まんまと利用した、巧妙なあなたは加害者であるのです。屍体を発見した者は、青年俳人の轢死を、きっと自殺と認定します。何故なら、その証拠に青年俳人は懐中に遺書をもっていたという事実です。いやあなたがそっと牧の気付かぬうちに、彼の懐へ遺書を入れたのです。私はそんな細かい点にまで注意していた、熱心な目撃者であるのです。あなたを殺人罪として、警察へ訴えても良いのですが、それはあなたにとっては、一生の不幸です。殺人罪は死刑を免れないことを、あなたはご存じのことと存じます。私はあなたを救って上げたい。そこであなたがまんまとものしたあの紙幣を報酬として頂きたいと思います。あなたの貴重な一命が、紙幣で助かるのです。紙幣の手交は、山手のバー・フーピーが適当かと思います。夜、八時、約束を実行されんことを祈ります。約束不履行の節は、あなたの犯行は総て警察の知るところとなるでしょう。

一目撃者

この手紙はすっかり私を怯えさせた。あの時、それでは便所の扉の隙間から、この男に犯行の総てを見られていたのか？　私はすっかり血の気を失ってしまった。せっかく、恐ろしい思いをして、いいや、それよりも、友である牧を殺してまでして奪った金を、また金策がうまく行ったと言って欺き、妻を喜ばし、子供に玩具まで買ってきてやったあの金を、この手紙の差出し人である、一目撃者に、みすみすそっくり残りの全部を手渡しせなければならないとは！　約束不履行の節は、総てを密告すると手紙に書いてあった——その時は、この私は殺人罪だ！

「それではたしかにこの紙幣束は頂きます。その代わり必ずあなたの犯罪はこの私ひとりだけで止めて置きます」

山手のバー・フーピーで遭った目撃者である見知らぬ男は、私から紙幣を受けとると、こう誓約した。見知らぬ男であると、私は言ったが、じっとみると、不思議にどこかに見たことのあるような気がした。だが、この微かな記憶が、不思議であってはならない。同じ車中で、私は無意識に、この男を見ているかも知れないからだ。

六

殺人を犯してまで得た金を、罪の発覚を怖れるため、私はその犯行の一目撃者である男に、すっかり手渡してしまって、またもとのスカッピンになって、翌日から、私は如何に金策すべきかと、暗い気持ちにとざされたのであった。

その日の午後、私の犯罪の目撃者である男からの第二の手紙が来た。金を受けとった礼状だろうと思って、私は封を切った。

昨日は失礼しました。約束通りの金額を御持参下さいましたことを感謝します。その報酬としてと言うわけではありませんが、も少し詳しく事実をおしらせしたいと思います。

ブリッジからいきなりあなたは牧を突き落としました。そして、線路へ顚落した牧です。その後へ、轟然と下り列車がやって来たので、どうしたって轢死はしています。ところが驚いてはいけません、事実はそうではないのです。私はあなたの犯行を見て思わずぱっと前のトイレットへ飛び込んで、その窓から見たのです。勢い余って、牧は身体をレールへ強打させて、幸いなことに線路外へ転んだのです。

私はあなたの犯行の目撃者であったばかりでなく、車中であなたの態度を最初から注意していたものであることをお気付きになりますか？　牧とあなたがどんな会話をしたか？　私はそれを空んじています。私が隣席で盗み聞いたことは、牧が母を哀失し、最近では失職し、人生に何の希望もないと、あなたに語ったことです。そして、憂鬱の句として、あなたに一句を見せていたようですが……

だが、牧は殺されてはいない。しかるに、夕刊のあの記事です。遺書に署名がしてないこと、顔面が粉砕されてあったことのために、何人かを判別することができない。だから、その轢死体が牧であるか、どうかが分からない。だが、遺書によって、その男が俳人であること、母を失っていること等が一致している。が、この場合、牧の屍体に相違なければ問題はないが、そうでなかった場合、つまり私の目撃をお信じになるとすれば、それはあまりにも恐ろしい偶然です。

あなたは牧の復讐ということを考えねばなりません。殺されかけた加害者への復讐！　あなた注意せなくてはなりません。だが、安心なさい。あの男はあなたに何の敵意をももっていません。何故なら、牧は既に戸籍面から消滅した人間であるからです。そして法律上の拐帯罪というものも消失し去るわけです。また、牧はあなたに奪われた金についても、何の執念もないことだろうと思います。ここまで言えば、もうお分かりのことと存じます。じつは目撃者こそ、私です。牧です。牧はたしかに生きております。御安心下さい。私が突き落とされた同地点には、既に轢死していた、青年俳人が、悪の偶然と言いましょうか、倒れていたのです。

隣室の殺人

一

H合名会社の朝――。

出勤時間になっても、吉川るみ子の姿がなかった。彼女の机の上には、昨日の残りの、だから、今日中にはぜひやってのけねばならぬ計算伝票が、高く積み重なっているのである。

「あの女、また欠勤するつもりだな」

そう思いながら、私は、

「吉川は昨日《きのう》休むように言ってたかしら？」

と、隣席の女事務員に訊ねた。

「いいえ、何にも……」

「そいじゃ、無断欠勤にしといてやる！」

出勤簿を手にしながら、そう書き入れようと思っていた時、

「阿部さん、病気欠勤にしといて上げるといいわ」

と、隣席の女事務員が言った。

「でも、こうしばしば休まれると、第一仕事が残っている以上、他のものが迷惑なんだからね」

「だったら、その仕事、あたしが引き受けるわ、でも、欠勤常習犯だと損だわね」

女事務員はそう言って笑った。

吉川るみ子も、この少女達に混じって、終日計算を仕事にもつ、女子商業出の女であったが、どうも出勤率が悪かった。

「吉川はどうもいけませんな、近頃どうやら毎晩遊び歩くって、社内での評判ですが、注意しなくては……」

苦い顔をして、同僚の伊賀が言った。

「もう既に、注意などの時代の女じゃないですよ、さア、今頃はどこかのホテルの寝台で、欠伸でもしていそうですね」

私は白状するが、ひそかに吉川るみ子の、そのコケットな容貌に魅力を感じていたのであるが、その素行の点で、何かしら好感がもてず、こんな悪舌さえもした。

「はははは、そうかも知れませんぜ、欠伸してから、男を揺り起こして、そう、言やア、今頃ズロースでも穿きにかかってますかね」

女事務員達がくすくす笑っていた。男達のこの大胆な会話は、朝の事務室の空気を、たちまち陽気にした。

吉川るみ子は、この計算事務室の女事務員の中では、最年長者で二十歳を二つほど越した女であったが、頭が割合新しい方で、本などもかなり読んでいた。といって、イデオロ姫というほどのことでもなかったが、ともかく、どこかなしに超越していた。

その翌日るみ子と私はひそかにこんな会話をした。

「人間の男女関係など、一種の茶飯事ですわ、朝顔を洗う――極端に言えば、それくらいのことですわ、事実男にとっては何でもないことらしいわ、それを世間は女には不平等な見解を持っているため、すぐあいつは駄目だと言うけど、つまり、頭が古いのね、古いというより、これは男子の横暴よ、例えば結婚だってそうよ、男子は女に絶対的にバージンを望むって言うけど、自分らが童貞であるかどうかすっかり忘れてるんだから、勝手なものね、だから、女が夜遊んだって、別段大して悪いことでもなし……」

「そ、そりゃ、そうだよ、違いない、しかしあんたの言葉は超越論だ、そいじゃ、今の論法で行くと、僕が今あんたに、あんたは処女じゃないんですねと言ったら、どう？　慍るだろう」

「慍らないわよ、だいち、そんな莫迦莫迦しい質問には答えられないわ、え、そうだわと言えば本当にするかも知れないし、いいえと言えばこいつ柄にもねえって思われるし、結局、そんなこと問題じゃないのね」

「がだ、吉川さん、会社として、その会社員たるあんたが、毎夜遅くまで遊ぶということが、第一どうかと思うんだよ、そりゃ、ホールへ行って踊ろうと、不良とバアで飲もうと、干渉外だとは言え、会社というものを考えてもらわんと……」

「阿部さん、あんたはまだ若い癖に、随分おつむが古いわよ。いいわ、貴会社の名誉に関することは絶対にだ、行為致すまじくって、入社の時誓約書に書いた以上、あたしだってそう無暗に無茶なことはしないつもりよ」

吉川るみ子は、ともかくこうした種類の女であった。その癖、このるみ子は、一度だって誰にもその現場を見られたことがなかった。だから、ニックネームに、妖怪おるみと呼ぶものさえあった。

ところである日、突然るみ子が、私に囁いたのである。

「ね、阿部さん、一度今晩、あたしと一緒に歩かない？」

「うん……」

生返事をしたものの、どちらかと言えば、素行が悪いことは認めてはいるものの、日頃からひそかに憧れを抱いていたるみ子から、こう、言われたことは、私にとって、ひどい誘惑であったのだ。

そして、その夜、私はついに、一種の猟奇的興味も手伝って、人目を忍んでるみ子と連なって、暗い闇をよって歩いた。歩き疲れた私を、るみ子が一体どこへ案内したか？

二

るみ子がタキシを止めたのは、山手の広壮な、アパート風の洋館前だった。どの窓にも十二時過ぎになっているというのに、あかあかと灯が輝いていた。

……私はその夜、時間を過ごして、帰宅しなかった。いや、るみ子が私を帰さなかったと言っても差し支えない。そして、私は寝床《ベッド》の中で、るみ子の超越の実行を知って当惑したのである。

「困るよ、君、同じ事務室に机を並べて働く者が、こんな関係になったりしては、スキャンダルの模範以上だ」

だが、私はこう言った時はもう遅かった。るみ子の誘惑は、恐ろしく私にはアトラクティブだったのである。

るみ子は白魚のような肢体をもっていた。熟した山のような、私には苺の香《におい》のする乳房をもっていた。その可愛い唇で、やたらに接吻を続けたるみ子であった。器用に算盤を弾くその白い指は、今宵に限って、私の頬をやさしく撫でた。……


私が朝目醒めた時、ベッドにはるみ子の姿が消えていた。枕許に紙片が置いてあった。

あたし今日は出勤します。欠勤したいが、あんたも休むとなると具合が悪い、あんたは今日はお休みなさい、昨夜の失礼を言おうと思っていたけど、やすんでらしたので黙って出ました。明日は是非出勤して下さい。


その手紙を読み終ると、蒼惶として身支度を整えて、夢のような気持ちで、ともかく、外へ飛び出した。アパートを飛びだして、私はふと後ろを振り向いた。私の目には悩ましい昨夜の情痴をつくしたアパートの屋根が見えた。赤い屋根だった。この山手付近には、たったひとつしかない赤い屋根をもった建物であった。

さて会社を欠勤したとすると、朝、私は行きどころに当惑してしまった。今更、下宿へ帰るのも変だし――そう思って、私はおよそ十年振りに山手公園へと足を向けた。

公園には可愛い小さい動物園があった。春の朝陽を浴びて、手長猿が暢気にぶら下がっていた。朝鮮熊が懶《ものう》げに寝そべっていた。檻の中で虎の毛並がきらきら輝いて、その動物の美が、私の濁った気持ちを清めてくれた。夫婦仲の良いライオンだった。囁くように、雌が雄の顔へ鼻をくっつけて行く。それを五月蠅《うるさ》げに頭を振る彼女の夫だった。

――だが、私はくどくどと私の動物園見物を述べるつもりはない。ただ動物園へ来たために、私はすっかり明日の弁解を、自ら失敗に終わらせていることに、ちっとも気が付かなかったのである。

三

翌朝、私が出勤すると、皆がどうしたのか、私の方を向いて、にやにや笑っている。

「困りますなア、阿部さん、普段からああ欠勤をやかましく言われるあなたが、無断欠勤するなんて、もっての外ですよ」

この言葉は、最初から私も予期していたので、しごく平静を粧って、るみ子と遊んだことなど、忘れたような顔をして、

「ああ、昨日はどうも……頭痛でね、どうにも起きられなかったもんで……」

「頭痛?」

伊賀が変な顔をして聞きかえした。

「昨日はいちんち寝てましたよ」

「病気だったんですか、こいつはどうも……」

事務をとっていた女事務員達が、くすっと笑うのを聞いて、私ははっとした。はて、昨日の朝、誰かこの自分を見た者があったんかしら? 朝、動物園を見て、午すぎこっそり、下宿へ

帰って、あの夜の睡眠不足を補ったため、夕方近くまで、ぐっすり寝込んだはずだが……そして、夜は散歩をしたことはしたが、伊賀の言葉は、夜を指してはいないらしい。

弱点を指摘されたようで、ちょっとたじたじしながら、こっそりるみ子の方を偸《ぬす》み見ると、彼女は至極まじめに、背をかがめて、伝票の計算に余念がない。

「こいつはどうもって、一体どうしたと言うんです？　じゃ、君は仮病でも使ってるように思ってるんかい？　事実、私は頭痛で、朝から寝ていたんだがね」

「駄目駄目」

私の声が少しとんがって来たが、伊賀は一向に無頓着に、むしろにやにや笑いながら、

「駄目ですよ、阿部さん、あんたが弁解したって、ちゃんと証拠があるんですからね」

「証拠？」

「そうです。じゃね、昨日の昼、どこにいたか、あててみましょうか」

「言ってみたまえ」

「山手公園のライオンの檻の前で、立っていた――どうです」

伊賀がどうだといった顔をして、私を覗いた。

「こいつは……。じゃ、とうとう発見《ばれ》たかな、仕方がない、白状しよう、その通り、頭痛は仮病でござった、嘘言の廉《かど》、平に御容謝」

言い当てられて、仕方がないので、私はわざと茶化して、言葉尻を笑ってごまかして置いた。しかし、どうして、動物園で発見されたかが、不思議であった。ひょっとすると、或いはるみ子との件も露見しているかも知れないと思って、私は内心びくりとした。発見されているとす

れば、私は私の社会的地位――つまり、謹厳であるべきH合名会社員としての、これは名誉にも関することだ。こいつは少し困った……私はじっさい、蒼褪めざるを得なかった。

「たまには、しかし君、サボもやるさ、実はね、あの朝、寝過ごしてしまって……」

私はもうすっかり、日頃の威厳も何も失墜してしまっていた。事務室の者が皆、ペンを置いて、面白そうに私の方を見ている。るみ子までが、同じように私の方を眺めているので、私はいいいい、むしょうに腹が立った。が、るみ子の態度で、昨夜の件は、どうやら無事らしいことを知って、ちょっと安心した。そして、私は昨日の朝、寝坊をしてしまったと言ったことを、我ながら巧妙なつくりごとであると、内心舌を出して笑った。

「が、どうして昨日、動物園へ行っていたことが分かった?」

「これですよ、吉川さんが発見して、ひとつペシャンコにやっつけようと言ってるんですが、これは日頃のるみ子さんの鬱憤晴らしからかも知れませんぜ」

伊賀がほり出した新聞紙だった。指されたところを見ると、写真だった。「午すぎ」という題で、――山手公園にて――とあった。

なるほど動物園の檻が写っていた。その中で、ライオンが寝そべっていた。そして、麗らかに春陽が射しているらしく、檻の目が、はっきりと影になって写っていた。

「よく見て下さいよ、そら、この紳士の後ろ姿を!」

見ると、これはどうしたというのか、あまりにもありありと、この私自身の後ろ姿が、くっきりと、写し出されているではないか! 私はこの発見のために、完全に、ノックアウトされたわけだった。私の嘘言が、ものの見事に、露見してしまったわけである。

しかし、私が、不思議に思うことは、朝、動物園見物をやったにも関わらず、新聞写真は、画題を、「午すぎ」としている。朝にすると、気分が出なかったので、ひるにしたのかも知れないが、幸いそのため、私は幾分、救われた気もした。

が、その新聞を、私は写真を見ただけで、すぐ畳もうとした時、ふとこんな見出しのある記事を見付けて、愕然とした。

四

私はその記事を概略次に紹介してみよう。

山手赤屋根洋館の殺人事件

十三日午前九時過ぎ、山手赤屋根洋館アパート第六号室のドアが、内部からロックされてあるので、合鍵で中へ這入ってみると、会社員沖良一氏が何者かのために銃殺されているのを発見した。当夜六号室は、氏ひとりであったため、犯人は外部から侵入したものにて、痴情のためならんかと、犯人厳探中なるも、まだ捕縛に到らず。なお、六号室と隣室の七号室との間のドアが開放されてあり、犯人はこの七号室より逃走せるものにあらずやと活動中である。隣室のベッドの上にスナップ式のカウス釦を発見せるも、果して犯人の所持品であるかどうかは疑問である。同夜、隣室七号室に宿泊せるものは、若き男女にて、容疑人として行方捜査中であるが、事件発見一時間以前にアパートを出でしものにて、皆目見当て付かず、極力捜索を進めている。

アパートの主人は語る。

昨夜二時すぎだと思います。二階を巡回していますと、六号室か七号室か記憶にありませんが、何か男女が非常にはげしく口論しているのをききました。良くある奴で、別に気に止めませんでしたが、朝ボーイが六号室の事件を報告して来たのでおどろいて警察へ電話をしたわけです。と、言えば七号室には宿帳を見ると、若い男女が泊まっていますが、皆目どこの人とも見当はつきません。その方は事件以前にアパートを出ています。だが、まさか事件の関係人だとは思いません。

「スナップのカウス釦――？」

ぎょっとした私であった。今朝、出勤時私はどれだけ、このカウス釦を捜したことか！ 捜しながらふと思うと、これは一昨夜、アパートで紛失したものではないかとも思った。だから、もし落ちていれば、あの夜るみ子と遊んだ、あのベッドの傍だ。そして、私は夢を探り出すように、あの夜の出来ごとを思い出してみた。思い出しながらこれは一度ぜひ、るみ子と話さなければいけないと、慌ただしく考えた。

その夕方、私達はあるパーラーで向きあって話していた。

「……でも、あの新聞写真で、あんたは巧く言い逃れできたわけよ、だけど、あんまり、ぶらぶらするのも良し悪しよ」

しかし、私にはるみ子の言ったそんな写真のことなんかはどうでも良かった。それよりも、あの記事がひどく気懸かりになっているのだ。

「あの夜、あの部屋で君、僕はカウス釦を落としたらしいんだが、今朝の新聞記事、ほら、あの山手赤屋根洋館の殺人事件を読むと、犯人の遺留品らしいカウス釦が、ベッドの上に落ちていたと書いてあるんだが……」

するとるみ子は笑い出した。

「あんたは、お莫迦ね、そんなことを気にしてるの？」

「でも、殺人事件の隣室に我々がおった訳じゃないか！」

「あたしそんなことちっとも知らないわ、ともかくぐっすり寝こんでいたもんだから。そいじゃ、あんたはその殺人現場を覗いていたのね」

「覗いていたのだよ、鍵穴から隣室の凶行をすっかり見ていたのだよ」

「あんたはひょっと、昨夜の夢を新聞記事にこんがらかせて饒舌っているのじゃない？　隣室にそんな殺人があったことを、あんたが知っていて、このあたしがちっとも知らないっていうのは、少し変よ、夢よ、きっと、そりゃ、夢よ」

「夢？　夢じゃないよ」

私は慍ったように言った。

「たしかにありゃ現実だ、ピストルの音も聞いた。そして、被害者の悲鳴も聞いた。夢であるものか……」

私はあの夜の鍵穴から見た恐ろしい光景を目にまざまざと思い浮かべてみた。

あの隣室の口論に私が目醒めたのは、真夜中であった。男の声は図太く、女の声は金切り声に等しいほどの、疳高い声であった。じっと耳を澄ませていると、口早にじつに劇しく怒罵しあっていた。私は半身を起こして、片足でベッドの下のスリッパを捜した。突然、その時たしかに私は銃声を聞いた。はっとして私はいきなりベッドを降りて鍵穴から隣室を覗いた。と、そこには、ピストルを握ったダンサ風の日本娘が、鋭い表情で、倒れた男を見下ろしていた。殺人だ！　私は思わず声を揚げようとした。撃たれた男は、床の上に俯伏したまま、ひくひくと肩を動かしていたが、すぐその動きも止まった。呆然と発砲した女は、夢のように突っ立っていた。そして、私はその時、真夜中を報じる、隣室の鳩時計の音を聞いたのである。

ありありと殺人現場を見た私は、しかし、恐ろしさのあまり、猫のようにそっと、ドアから退くと、いきなりベッドへもぐり込んで、頭から布団を被った。傍では、何も知らないるみ子が、微かな寝息をたてて眠っていた。私は隣室の呻き声を、ただ恐ろしく聞いていた。

……その記憶を、幾度繰り返してるみ子に話して聞かせても、

「でも、あたしは何も知らないわ、あんたは夢でも見たんじゃないの？」

「そしたら正夢だ。に、したって殺人現場の隣室にいたということは最も不幸なことだ！」

私は溜息をついた。

「とすると、何時の間に、犯人はあたし達の部屋を通り抜けたのかしら？　ああ、そうだ」

と、急にるみ子は思い出したように言った。

「あたしあの晩、大変なことをしたのよ、朝になって気付いたことだけど、あの晩ドアに鍵をかけるのを忘れていたのよ」

「そ、そんなら、まんまと、犯人はそこから忍び込み、そこから逃げたのだ、きっとそうだ！　が、何よりも新聞にも載っている通り、カウス釦を忘れたということは、たしかに失錯だ、たとえ殺人事件とは何の関係もないとは言うものの、嫌疑という奴が恐いんだからね、警察はきっともう、隣室の宿泊者を捜査しはじめているだろう」

「でも、あたし達は、あのアパートへは初めて行ったのだから、とても顔なんかあそこの主人、覚えてはいないでしょう、その点は、安心よ、誓って！」

私の背で、パーラーの壁に鳩時計の音がした。そして、私はああどこかで聞いたことのある時計の音だと思ったが、すぐその記憶はあの殺人現場の部屋で鳴った、あの時計の音だと思い出して、急に暗い気持ちになった。

五

或る夜、私はかなり酔いしれながら、犬のように街をほっつき歩いた。終電車の赤いテールが、お伽噺の国の色に見えた。歩いているうちに、私はあの憂鬱な下宿の空気が厭えて来た。といって、路地奥の私娼《プロステイチウト》と、平凡な一夜を、あの腐った雰囲気の部屋ですごすのも、疲れたこの私の身体にとって、全く耐え切れないことであった。そもそもが、私は既に、るみ子の一存在だけで、女の総てが満喫せられたわけで、こうした酔体のやり場所は、結局が、女も悒鬱だし、下宿へ帰るのも野暮臭いという場合、ひとつどこか粋なアパートででも一夜を明かしたいということであった。

そして、私がそのアパートの前まで来た時、突然、後ろからパッとヘッド・ライトを浴びせられて立ちすくんだ。立ちすくんだ私の横を、自動車《タキシ》は徐やかに走り過ぎて、玄関口《ポーチ》でぴったり止まった。遠くから見たので、はっきりとは分からなかったが、一組の男女であった。──流れて来たな……私は何かしら儚い気持ちで、ぼんやりとその男女の後ろ姿を眺めていたが、急に私は瞳を据えた。そっくりな、るみ子だった。見覚えのある断髪、そしてあの洋装──私はあの夜以来、るみ子を極度に恐れていた。隣室に殺人事件があったにもかかわらず、何の恐怖もなく、私の恐れを嗤いさえした彼女であった。何の刺激もないもののような態度であった。

私がアパートのドアを排した時、二人の後ろ姿が、階段の曲がり角へ消えたところだった。だから、私は飛び込むなりすぐ、

「二階───」

と、命じた。

ボーイが案内した二階の私の部屋の前へ来た時、私はその隣室から聞こえる、朗らかな女の笑声を耳にした。

私自身が、るみ子に発見されてはならないという警戒から、私は総てに物静かな態度をとった。ボーイが寝床《ベッド》の用意に来た時ですら私は一語も発せず、目で指図をし、目で返事をした。隣室の声は、私が静かにすればするほど、高く混じって聞こえてくる。男には聞き覚えがなかったが、女のはたしかにるみ子に違いないことは、もう間違いはなかった。

私はやがて、どうすれば隣室の様子を覗けるかを、徐々と嫉妬を感じながら考え始めた。そ

して、呪わしいあの殺人を見た同じ鍵穴を発見して、やはり秘密はこうした小穴に住む世界であることを知った。

だが、私は最初からの男女の情痴を見ることを欲しなかった。私はその高潮だけで、満足するのであった。だから、酒の疲れもあったしたしたので、私はしばらく寝床に横になった。そして、隣室の二人のぼそぼそ語る闇の中の寝床の会話が、愛の言葉であろうがなかろうが、また知った女の痴態がどんなものであろうがなかろうが、私はそんなものには無頓着に、湧くような私語を子守唄を遠くで聞くような気持ちで、うとうとと眠り入ってしまった。

……ふと私が目覚めた時、アパート全体は死んだような静寂に浸っていた。そして、気付いたことは、この夜更け、どうしたというのか、隣室には電灯がついていて、鍵穴から、一脈の光線が流れていたのである。私の猟奇欲が勃然として湧いた。私は今まで、この高潮を待っていたのではないか——ということに気がついた。だが、その鍵穴から私は何を見たか？　男女の情痴の世界を覗き得たというのか？　いいや、そうではない。私は見た。見て私はそれが幻でないかと疑ったほどである。私は再びあの恐ろしい光景を目にして、愕然としたのである。

ああ！　そこには、ピストルを凝したるみ子が、何かをはげしく罵りながら、じりじりと男に近付いて行くのだ！　ホールド・アップの男であった。彼の口もとは恐怖でぴりぴりと顫え、顔は真青であった。

何か弁解めいたことを男が言った。だが、るみ子は目を怒らせ、容謝せず、やにわにピストルの引き金へ手を当てた、途端！　轟然とピストルの銃声が響いた。悲鳴をあげてばったり倒れた男であった。

しばらく沈黙が続いた。そして、しじまに響いたのは、私の良くきく鳩時計の音だった。三時を時計は報じていた。

これは私の二度見た殺人事件であった。何故、るみ子が男を殺さなければならなかったか？私には何ら見当もつかなんだ。鍵穴から血の香りが流れ込んで来たようにも思われて、私は慌てて寝床へもぐり込んだ。

赤屋根事件の時も、殺人現場に居ったため、私はあれだけ恟々とせなければならなかったではないか！　それが、犯人もまだ逮捕せられぬうちに、同じような事件に、二度もぶつかるということは、何という不幸なことだと、私は悲しんだ。

嫌疑！　何という恐ろしいことだ！　が、こんな夜更け、廊下へ飛び出そうなら、濃厚な嫌疑者になることは間違いない。加害者のるみ子が逃走してしまえばそれまでのことではないか。それよりも、騒がず朝をまって、誰にも知らさず、こっそり帰る方が、いくら賢明なやり方であるかも知れないのだ。だから、私は一年の明ける思いで、暁をまった。アパートの殺人事件――そんなものは、たとえ二度目のものであろうと、私とは何の関係もないことではないか。私は天井を見上げながら、無理にそう思い込んでみた。……

そして、やっと朝が来た。

六

隣室からはことりとも音がしなかった。もちろん、犯人のいない屍体ひとつの部屋に、物音のするはずもない。

だが、私はその屍体のある部屋の中を、鍵穴から覗けば見えるのであったが、そんなことをするには、あまりにも臆病な私であった。るみ子が何故に、男をたかが口論ぐらいのことで殺害しなければならなかったか、この疑問だけで、私の胸の中はいっぱいであった。

が、私は昨夜から廊下へでることを恐れていたが、洗面をせないわけには行かないので、タオルを片手に渋々ドアを押した。

その時である。同時に隣室のドアがすっと開いたので、ぎょっとした私は、いきなり首をひっこめて、細目のドアから瞳を光らせて待っていた。るみ子はまだ逃げもせず図太く居ったのだ！　と、私はその女の大胆さに驚き果てた。

しかし、何ということだ！　殺人犯であるところのるみ子の代わりに、ドアから出て来たのは、殺されたはずの当の男で、それに続いてちゃんと身支度を整えたるみ子が甘えた態度で蹤いて出て来たではないか！

それでは、昨夜のあの生々しい殺人現場は一体どうしたことなのだ？……夢であったのか？いいや、夢でなど決してあろうはずもない。私は幾度も聞き馴れたあの鳩時計の音を、何の気もなしに、ふと思い泛べた。一度は山手の赤屋根事件のアパートの部屋で聞いて、二度目はるみ子と茶を飲んだ時、喫茶室の壁に聞いたし、そして、三度目は、現に昨夜、隣室で聞いたのではなかったか！　音の記憶、それは何か記録的なもので、それが反覆されて行くごとに深く頭に残って行くものであるが、曲をなした音楽である場合、殊にそれがそうであるが、単にひとつの音響ではなしに、何か美を罩めた簡単律の場合にも、これは当て篏まる。そして、私の記憶というのが、この後者に属する。

だから、私は廊下を歩いて行く男が右手にポータブルをさげていることを見逃さなかった。真夜中の変態的な近代遊戯——全くだと、私はただぼんやりと、その後ろ姿を見送っていた。だが、山手の赤屋根事件をこれに適用することはどうかと思った。新聞にまで掲載された、真実の殺人事件であったのだから……。

ところで、アパートの食堂で見た新聞紙は、今朝こういった記事を偶然掲載しているのを私は発見した。

過日本紙が報道した山手赤屋根殺人事件は一時は他殺方面をのみ極力捜査していたが種々取り調べの結果、会社員沖良一氏の死は、自殺であることが判明した。

レコードに吹き込まれていた殺人、その殺人芝居を二度も重ねて見て置きながら、真実、心から恐怖にかられた愚かな私であった。

それなら、会社員沖良一氏の自殺した部屋はどこであったろうか？　私の隣の、部屋の、その隣室とでもして置こうか。

或る待合での事件

歳末二十六日の払暁《あさ》、紳士賭博の噂のある待合「都月」を臨検した時、警官達は一室から女と逃げ出した男を発見して、それが意外にも同僚であったこの話は、ひとつの悪の華として私は眺めたい。

1

暮二十五日の夜、待合「都月」の一室に、客らしくなくぴちんと座って、そこの女将と応対している男があった。

「――あの男が例の九州の放火魔だったのでございますか？　それはちっとも」

「その男がこの都月で遊んだ事実があがっているので、じつはこうして訊問する次第だが、詳しくありのままを答えて欲しいのです」

男はＤ署から九州放火魔事件について取り調べにきた柳原巡査であった。

この時、廊下の方でドヤドヤと跫音がして、四五人の男女が何か言っている。

「ヘマだなア、あんな札を出すから負けてしまったのだよ」

「まア！　下手なのは旦那《あなた》よ、すっかり今晩はすってしまったでしょう」

芸妓の声であった。

この会話に、柳原巡査はじっと視線を廊下の方へやって、呟くように、

「君！　君とこはやはり噂通りだね」

女将の瞳とガッチリあった。

2

「まア、せっかくいらっしったのですから、お酒でも如何です？」

茶で応対すべき女将が、こんなことを言い出した。「都月」の秘密を既に知った柳原巡査は勤務を忘れて図太かった。

「待合だけと思っていたのに、他に好い商売があるらしい、そうだね、酒ぐらい出しても損はいくまいて」

女将は芸妓達が、お客と花を引いたことを、運悪く柳原巡査に知られたので、何とか丸め込もうと、まず酒で誘惑にかかった。そしてかなり酔いが回って来た時に、そっと金一封をポケットへ無理に押しこんだのである。

「どうかこのことは御内聞に、でないと手前どもの商売がまるで……」

と、女将は付け加えるように念をおした。

そしてその夜、女をあてがった。

3

臨検した警官達は、友のポケットをさぐって、昨夜の金一封を発見して驚いた。

「柳原！　これは一体何か？」

芸妓と同衾していただけでも、瀆職である。それが金封を発見されたことはなおさら悪い。

「…………」

その返事の代わりに、待合の女将が答えた。

「ある秘密を守って頂くために、お酒などを出して機嫌をとっていたのですが、差し迫ったことがあるので少し金子を借用したいと言われますので仕方なく……」

と、意外な嘘言を述べたものである。

4

「三十円ポケットへ入れられたのを、酔いのためとは言え断る勇気もなく、そのまま貰ったのが不覚、決して女将に頼んで借りた事実などは毛頭……」

柳原巡査のこの言葉に対し、「都月」の女将は言った。

「もし金子を借さぬ時はと、一種恐迫態度で、仕方なく商売可愛さのあまり、金封を差し上げましたような次第で、別に何も警官を丸めたというようなことは決して……」

女将の方が一枚上手《うわて》であった。

どちらにも言い分はある。待合で宿泊したことは官職の身分から見て、明らかに瀆職である。しかし、これが恐喝に転化しようとするこの事件の場合、どちらに同情して良いものかどうか？

5

この事件のため、柳原巡査は元旦の朝を迎えることなく、あまつさえ馘首の悲運に陥った。そして反対に、陥穽《おとしあな》をつくり被疑者を籠絡した狡猾な女将が、被害者として、紳士賭博の件も、案外問題にもされずすんだことは、柳原巡査にしては残念なことであったには違いない。

花柳界にあったある年末の事件である。

出世殺人

第一章

春木満吉は宝塚の関西オペラ学校の機関雑誌「オペラ」の編輯主幹であったが、学校を出て既に五年がたっている今日《こんにち》、いまだに一回の昇給《プロモーション》もなく、毎日ブウブウ不平で暮らしている不幸な男である。

来年になると満三十才になるというのに、まだ独身生活を続けている。というのは、彼の意見に従うと、現在のサラリーでは、妻君どころか、自分ひとりが喰い兼ねる状態で、その上妻を貰い、子供でも出来ようものならという懸念で、もう一年、もう一年と、伸ばし続けて、三十に手が届いてしまった。そして、不平を言っているばかりでなしに、最近ではそろそろ焦燥を感じて来たのである。だが、彼の下宿のおばさんはそうはとらない。

「春木さんのお勤めは本当に楽でございますわね、朝は十二時頃に出かければいいし」

とよく言った。

編輯部の仕事は、新聞記者と同じように、朝早くから行っても用がないので、自然出勤が十二時前後になるのであるが、十時頃にのそのそ起き、昼支度をしているおばさんの傍で、悠然と歯ブラシを使うのであるから、如何にも彼の職業が楽なように見えたらしい。その上、おばさんは春木にかなりの収入があるように信じていた。下宿料を一回も停滞させたことのない理由にもよるが、そのじつ煙草銭にも困る日が、月に何回かあることを、おばさんはちっとも知らない様子である。

「春木さんも、もうそろそろ奥さんのお迎えですわね」

と、言われると、

「なかなか。月給が安いんでね、それどころではありません」

と、言うのが常であるが、その度に、

「御戯談《ごじょうだん》ばかり」

と、言って本統にしてくれなかった。

近頃、春木満吉はつくづくと、友のうちで自分が一番駄目な人間のように思えて来た。そして、しみじみと啄木の唄った、
友がみな我よりえらく見える日よ花を買ひ来て妻と楽しむ
の一首がぴったりと同感できた。……

雑誌の締切りが明日に迫ったので、今日もこうした心境にいらいらしながらも、かなり忙しかった。原稿を整理しているとたん、ジリジリと卓上電話が鳴った。

「劇場から祖国という方がお電話でございます」

交換手に続いて、

「祖国だが……今日は社用でこちらへやって来たが、忙しくなかったら、ちょっとやって来ないか」

新聞記者の祖国五平からだった。

「編輯締切り日でね……」

「いいじゃないか、ちょっと顔を出せよ、久濶だし……」

「じゃ、行くから図書室で待っていてくれ」

渋々答えて、春木満吉は、ワイシャツのまま編輯室を出た。

新聞記者祖国五平は、春木満吉とはクラスメートで、学生時代は弁論部の部長をやったり、野球試合があると、応援団長になったりして、春木満吉の性質に較べると、ずっと覇気《はき》があり、社交性にとんでいた。新聞社の入社試験に首席で通った秀才肌で、傲岸が彼の欠点であったが、考えてみると、学校を出て以来、祖国五平も春木満吉にとっては、啄木の唄のひとりであった。

図書室で祖国五平は、雑誌を繰って待っていた。

「ワイシャツなりで忙しそうだね、かまわないのか……？」

春木満吉の姿を見て、祖国五平は気の毒そうに言った。

「いや、かまわないよ、で、今日は何の用事で劇場へ来たんだ？」

「もちろん、新聞記者だから、その方面の仕事でやって来たんだが……じゃ、君はまだ知らないのか、スターの大河原澄子が左傾分子で、昨日ブタ箱へはいったことを……？」

大河原澄子は一週間ほど前に突然辞表を出して、惜しげもなくスターの地位を捨てて、舞台を退いたのであるが、噂は結婚話が持ち上がって近くに家庭の人になるということになっているのだが、左翼分子であると聞いて驚いた。

「へえ！　初耳だね」

「灯台もと暗しか」

祖国五平は大きく笑って、

「じつはね、最近、社会部の労働掛かりをやっているんでね、ルンペン生活の調査をやったり、娼妓の生活の統計をとったりして、なかなか多忙なんだよ」

と、言ってルンペンが如何にして性生活を行っているかを語り、遊廓娼妓の中にも如何に実直な女が居るかを話し、彼自身の仕事の面白さを楽しげに聞かせた。

「仕事が面白くやれて何よりだね、僕なんか年がら年中、スターの提灯記事を書いていて、収入と来た日には、たかが知れた女優の何分の一かで、全くどうにもならない」

春木満吉は暗い顔をして言った。

「いや、そんなこともなかろうが……しかし、僕も最近では税務所と関係ができるようになってね」

と、祖国五平は暗に収入の多額を誇るように言った。と、言えば、サックコートもサッパリとした夏物で、昔の無造作な祖国五平ではなかった。

「今日はこれから、君んとこの豪い人にあって、大河原澄子についての筆記記事をとりに来たのだ。これが済むと、心中で名高い三原山探検隊に加わって、実地調査を来月あたり行って来る予定だ。じゃ、君、忙しいらしいから仕事をやってくれ、手間をとって済まなかった、機会があったら、また仲間で飲んでみたいね」

そう言って、祖国五平は何かなしに、生活に疲れた風の春木満吉の肩を叩いてサヨナラをした。

編輯締切り日であったため、春木満吉は下宿へ帰ることを断念して、徹夜してやっと原稿を整理したのは、もう暁方《あけがた》近かった。

下宿へ帰ってから春木満吉は夕方までぐっすりと寝込んだ。ふっと目を覚まして、街へ出て夕飯《ゆうめし》でも喰べに行こうかと思いながら、枕許の映画雑誌をばらばらと繰っている時、ふっと目についたのは評論「監督論」を書いている友の活字であった。

「奈迦のやつ、映画評論に手を染め出したのかしら?」

と、目を通して見た。論法もなかなかしっかりして、新進映画批評家として恥じない筆致であった。

友人奈迦吉三郎《なかきちざぶろう》はやはり春木満吉のクラスメートで、学窓時代、祖国五平と三人で、文芸雑誌を出していたことのある文学での莫逆《ばくげき》の友で、現在プロダクションの新進監督で、名を鳴らしていた。

新進監督といっても、既に十本以上の映画を作っているし、その内、何本かは原作監督物もあって、映画ごとに彼の虚無思想が織り込まれていて、良い味のものであった。その映画を見た時、春木満吉はつくづくと、

「自分の好きな仕事をして給料が貰えて、その上、良い物が出来れば定評という貫禄が付き認められ……」

そう思って、じっさい羨ましく感じたことがあった。ヤクザなオペラ雑誌の編輯をして、無意な生活を続けている自分が、何時ものことながら、心から情けなく思った。

その奈迦吉三郎が、じつに堂々と隙のない映画評論を書いているのを読み終わって、春木満吉ははっとした。

「これで良いのか――」

と、天井を睨みつけながら考えた。友が皆、自分よりたしかに豪《えら》い気がすると、啄木の歌を再び思い出した。

この俺をたったひとり残して、皆ずんずん社会的地位をつくりつつある。しかるに、何と不甲斐ないことだ！　毎日毎日安月給に甘んじて女優の提灯記事を書きちらし、それで一体どうなるというのだ！　春木満吉は、奈迦の映画論文を読み終わって少なからず昂奮した。

春木満吉はもう街へ出て、夕飯を喰う元気も消しとんでしまって、悄然と寝がえりを打った。階下で下宿のおばさんが、誰かと話している声がした。

その声がどうも奈迦吉三郎のように思われたので、ガクリと寝床から半身を持ち上げた時、ギシギシと階段を鳴らして上がってくる跫音《あしおと》がした。

「やア！」

思った通り奈迦吉三郎だった。彼の論文を読み終わって昂奮している矢先、ひょっこりと当の本人の来訪を受けるとは、じつに偶然であった。だから、春木満吉は思わず驚きの声を揚げて彼を迎えた。

何時もながらの無造作な彼の頭髪は、妙に芸術家のように見えて、春木満吉を頭から圧した。

「劇場の方へわざわざ寄って来たんだよ、で今日は休暇なのか？」

「いや、昨夜編輯の締切り日で徹夜したもんだから……そいつは済まん、まア這入《はい》ってくれ」

と、春木満吉は急いで布団を畳んで押入れへ入れた。その間、階段の板の間でじっと奈迦吉三郎は立っていたが、

「今日は女の連れがあるんだ、上げてもいいか？」

と、ニヤニヤ笑った。

「ああ、かまわないよ、メッチェンか？」

「まア、何でもいいが、君が見たら、きっと驚く女だよ」

そして、奈迦吉三郎は下へ向いて、

「じゃ、上がって来なさい」

と、呼んだ。

白い女の顔がふっと浮いて、そのとたん、春木満吉はあっと驚いた。

「澄ちゃんじゃないか！」

あまりの意外さに、度外れをした大声で春木満吉は叫んだ。祖国五平に聞いた左傾運動でブタ箱へ這入ったはずの大河原澄子だったからである。

「一体これはまた？」

目をくるくるさせて、春木満吉は驚くばかりであった。

「今朝やっと警察を出たばっかしよ、それも嫌疑で……つまんなかったわ」

と、大河原澄子は、スター時代のお河童頭を振り振り言った。

「うん、そんなこと、祖国から昨日聞いたばかしだけど……」

「え？　祖国が……あ…、あいつは社会部の記者だったのか」

が、すぐそんなことはどうでも良いという顔付きをして、奈迦吉三郎は、

「大河原さんは関西オペラ学校を、スターの地位を捨てて辞職したが、じつは今度、僕の方のUプロダクションに入社することになってね、ひとつの転換というわけだよ」

そして、奈迦吉三郎は頭髪をモジャモジャと掻きながら、

「時に君を訪ねたのは、そんな次第で、大河原さんがUプロダクションに入社した記念として、映画雑誌方面に宣伝のために、もっとも良く大河原さんを知っている君に、提灯記事を五つ六つ書いてもらいたいのだ、どうだろうやってもらえるか？」

「そんなことならわけはないよ、大いに祝賀する意味で、モリモリ書いてみよう」

春木満吉は、職業柄、提灯記事なら天才だったので、そんなことはわけはないと快く承諾した。

「そいつはありがたい、じゃひとつ至急に頼む」

「心得た」

と言って、春木満吉は見直すように大河原澄子の断髪と、彼女の和装をつくづくと眺めながら、

「ほう、変わるもんだね、澄ちゃんが、今度は畑違いの映画界へ這入るんか、驚いた、驚いた」

と、何とも知れぬ声で、呟いた。

第二章

新聞記者祖国五平は、雄弁と押しとでかなりの自負のある男であった。殊に良き文章力をもっていたため社会部記者の中で、唯一の至宝とされていた。そんな意味も混じって、今度彼が、

三原山探検隊に加わって、特派員として派遣せられることは、既に春木満吉にも語り、いや、遭う友ごとに語ったほど、彼は内心特派記者として選抜されたことを、誇らかに感じていた。そして、何がなしに、俺はずんずんこの調子で、出世して行くのではないかしらと自惚《うぬぼ》れを感じていた。

……そんなことなど考えながら、祖国五平は探検隊の一行と、元気よく三原山の沙漠を歩いていた。風が強い日で、さっと巻き上がる砂塵に、唇に砂を噛まされ、ペッペッ唾を吐き続けた。彼方に目指す三原の噴煙が、風にちぎれては舞い上がっていた。

熔岩の小径《こみち》は歩きにくかった。息をつきながら、一行は上って行った。上りながらふと、小径から下を見ると、夏の日を浴びた鏡のような蒼い海が、静かに絵のごとく座っていた。伊豆の島々が長く並び、銀色に霞んだ富士山が悠然と見られた。

熔岩の径を上りながら、新聞記者連は博士達に、火山に付いて質問の雨を降らしていたが、話題が何時の間にか、大陸移動説に移っていた。

「先生、近頃やかましく大陸移動説の可能性について種々論議されているようですが」

ロイド眼鏡の若い記者が突然こんなことを訊いた。

白髪の理学博士陸氏は口許に微笑を湛えながら、

「学問的に可能であるかどうか、これは一考を要することだが、近年の学説によると、地球の外側を囲むものは、主として玄武岩質の層、つまりシマであって、その一部分に主として花崗石類や、水成岩からなる塊がのったものが、現在の大陸なんだよ。たとえば、それは鉛の板が、水銀の層にのったようなものなんだ」

と、言った。

「へえ！　むずかしいですな、先生」

困ったような顔をして若い記者が、大変なことを聞いたものだといった風の非科学的な顔をして首を振った。

「話のついでだ、まア、聞きたまえ」

博士は学生に説くように続ける。

「鉛は自分の重さによって、一部は水銀の中へ沈むが、一部は必ず比重の相違で突き出している。それ故、鉛の突き出した部分が、大陸になって隆起する部分を代表し、水銀の層だけの部分が隆起せずに、大洋の底となって、水に被われた部分を代表する。ところがだね、地球は回転を続け、それに対して月や太陽が引力を及ぼすので、水銀面の鉛板に当たる大陸は、一部千切れて赤道並びに西に向かって移動する。そして、それの前線では大洋底の抵抗に会して烈しく褶曲隆起する。これが、大陸移動説の大要なんだよ、分かったかね」

博士の説明を聞きながら、祖国五平は後ろから歩いていたが、彼はそうした議論に何の興味もなく、無意識に聞きながら、目は前方の凄まじい三原山の噴煙を瞶《みつ》めていた。

祖国五平は心秘かに、特派員としての何かすばらしい功名をたてたいことを、出発の時から考え続けていた。従って、この功名は何も今は頭にない彼だった。記者達の先手を打つ何かしらの術策を考え込んでいた。出世だ、出世だ、祖国五平は出世のための秘策を練っていた。

元来が彼は用意周到な男である。新聞記者の功名は他紙を抜きんでての記事のスピードであった。それを知っていた祖国五平は、愚かなことと考えながらも、何かの偶然を待ってという意味で、探検隊のひとりが、過失から噴火口へ無惨墜落惨死をとげたという、予言的な記事を、仮定的に既に出発の前夜、書き終えて、同僚に事情を話して、その記事を預けて来たほどの、注意さえ払っていた。笑う奴は笑え、そんな気持ちで、ともかく、祖国五平は偶然の手功《てがら》を願う男であった。

いや、偶然の手功を願うというより、偶然の実際化を願う、残酷性をさえ、彼は持っていたと言って良い。

足を踏み脱して火口へ落ち込むとか、石が崩れて来て諸共に火口へ墜落するとかが、或いは突発するかも知れぬことを予期をする祖国五平であった。不幸が事件として突発すればそれで良いのである。従ってこの場合、探検記事が平凡に事無事《ことぶじ》に書かれるようでは、彼の企図することは、彼の職業上の手腕の発揮という点において、絶好のチャンスを失うかも知れないのだ。

この意味において、祖国五平は偶然事の突発ということを、消極的に待つことがまどろしく思われた。そして、積極的に彼は、止むなく悪魔になって、事件を創造してみようと思い付きはしたが、果して実現でき得るかどうか、これは彼自身にも分からぬことであった。実現するとなれば、それはかなりの冒険であらねばならぬ。

やっと一行は火口の真近に来た。身を押しつけられるような思いのする、凄まじい噴煙が遠くで見た幾層倍かの濃度で、朦々《もうもう》と立ち上がっていた。身を震わすような地響きを立てて、噴煙が渦を巻き巻き、幾多の生命を吐き出すように、そして、何かしら秘密を包んでいるかのごとく、空高く立ち昇っていた。見下ろして祖国五平はぞっとした。きつい硫黄《いおう》の臭気が、むっと鼻を刺した。

「小手調べに、誰かこの火口へロープで降りてみる者はないかね？」

理学博士陸氏は助手と若い新聞記者達を見回して言った。

「降りてみましょう」

敢然と言い放ったのは祖国五平であった。

「少々くらい降りたところで命を落とすことはあるまい」

博士はこともなげに言って、

「祖国は勇士じゃな」

と、讃《ほ》めた。

「先生、僕も参考のために降りてみましょう」

助手だった。

「僕も降りてみる」

博士に先刻、大陸移動説の有無を訊ねたロイド眼鏡の若い記者が、雷同するように叫んだ。

「三人で結構、何か得るところがあるはずだ、ただ、無暗《むやみ》に下を覗いては駄目だよ」

博士は若者達の勇敢を喜ぶようにニコニコしていた。

暫時休憩してから、下降準備として、人夫が運んで来たロープを解きはじめた。十間《けん》余のロープがするすると火口へ垂れた。

上着を脱いで、祖国五平が第一番にロープをしっかり握ってぶら下がった。

「おい！　待ってくれ、一緒に降りよう」

そして、三人は揃って、ロープにつかまり溶岩に足を支えつつそろりそろりと下降を甫《はじ》めた。

それはすばらしきアバンチュールであった。ロープが切れた時は命はない。或いはロープを握る手を少しでも放したら、それでおしまいだ。さすが胸が躍った。息詰まるような、強烈な硫黄の匂いがつんつん鼻の奥底へ泌み込んだ。底の知れぬ火口から、むくむくと白い煙が、泉のように湧き上がっていた。白煙に包まれながら、祖国五平は全く魂まで火口へ吸い込まれるように感じた。

「おい！　下を見ろ、地獄の谷間がはっきり見える」

祖国五平は、元気に叫んで下を見下ろしていた。上を仰いでも溶岩の崖で、何か遠い世界の底へ来た気持ちであった。もろもろ岩が、今にも頭上へ崩れかかって来る感じがした。

若い記者は硫黄の臭気と恐怖で、顔色は蒼白で、声が震えていた。

「上がろう、早く上がろう！」

だが、祖国五平はゆっくりと、

「せっかく、降りたのだ、記事にもなることだ、気を静めて火口の光景でも見てみろ、何という壮絶さだ！」

と、言ったものの、祖国五平も既に息苦しかった。湧き上がる無気味な火口の響きは、反響もあろうが、上で聞いたよりも、強く重苦しく悪魔の咆哮にも似ていた。足を動かすごとに、ばらばら溶岩が崩れて落下して行った。

その時である。若い記者の足許から、硫黄で半死半生になった胴太の蛇が、溶岩に這って、上へ上ろうと努力しているのが、祖国五平の目に留まった。蛇は人に害するものでないことを知っていた彼は、別段驚かなかったが、ふと、頭に来たのは偶然の実現の実際化であった。この場合、黙っていればそれで済んだのである。が、特派員としての手勲を願う祖国五平には、この蛇こそ彼の出世の初めであった。

祖国五平は一段と声を張り上げて叫んだ。

「蛇だ！　蛇が君の足許で、君を見上げている！」

「蛇！」

ぎょっとした若い記者は、蛇を見た瞬間、全身をがたがたと震わせて、

「おい！　助けてくれ、あの蛇を追ってくれ」

と、金切り声で叫んだ。

「危ない！」

博士の助手が叫んだ時である。

若い記者はあっ！　と叫んでロープから手を放した。みる間に、身体が小さい黒点になって、石のように恐ろしい火口へ落下して行った。

「あっ！」

後は夢中であった。助手と祖国五平はロープをたぐるようにして、よじ上った。が、祖国五平は腹の中で赤い舌を出していた。

「莫迦なことを言うな、火口に蛇がいるはずがない！　蛇を見たというのは錯覚だ！」

這い上がるようにして、ヘタヘタと岩の上へ倒れた助手と祖国五平を、博士は睨みつけるようにして叫んだ。

「た、たしかに蛇には間違いないのです。私は蛇をさほどに恐れはしませんが、蛇だと叫ん

だ時、全身をがたがた震わせて……」

「ば、莫迦！」

博士は責任上、半狂乱の体で叫び続けた。

「救助の見込みもない！」

火口を見下ろして、山の人夫が歎息した。

探検隊の一行は、騒然と怒鳴り始めた。

「麓《ふもと》へ急報しろ！」

命を吸った白煙は絶え間なく、天に舞い上がっていた。

困惑した一行のうちで、ただひとり祖国五平は上乗首尾で快哉を叫んでいた。が、表面は無意識に、長い間、岩に倒れたまま、起き上がろうとしなかった。

急傾斜の砂漠を新聞記者達は、惨事を麓へ知らすため、ひとつは本社へニュースを送るため、我勝ちにどんどん駈け降りていた。

「あいつは蛇を死ぬほど恐がる性質の男だよ」

走りながら記者のひとりが言った。

「硫黄で半死半生の蛇だ、気に留めるほどのこともなかったのだなア」

祖国五平は平然と答えた。蛇だと言わなかったら、或いは若い記者は惨死しなかったのだ。それを蛇だと、殊に怯えた声で叫んだために、極度の恐怖で彼は墜死したのだ。この祖国五平の簡単な術策は、準備も何もなかった。その最初、偶然の突発を願ったのであったが、事件が突発した今の場合、それは完全に作成した偶然ではないか。

溶岩の小径を登って行く時、ふと岩間から青大将が鎌首をもたげた時、一行は蛇の出現よりも、蛇を見て、蒼白になった元気なロイド眼鏡の若い記者の恐怖の声に驚かされた。

「び、びっくりするじゃないか、蛇を君は好かないんだね」

陸博士がその時、若い記者に言った。

「小さい時から、爬虫類が嫌いで、もう寒くなるんです」

若い記者は答えた。蛇を極度に恐れる人々を祖国五平は知っていたし、そうした性質の男を小説にしたのを時々読んだこともあって、その恐怖をむしろ不思議に思っていたが、それが顔色を変え、死の恐怖にも似た声を発したので、これは何か特異な恐怖神経を持つ性質であることを知った。そして、祖国五平はこの恐怖症の利用をたちまち考えついたのである。この男がもし、冒険をやる場合、例えば火口へロープで降りた時、偶然にもし、再び岩間から蛇が姿を現した時のことを考えてみて、彼はこれをひとつの計画として頭をひねってみた。

それが何と調子の良いことには、祖国五平に次いで、その本人が、同じようにロープの冒険をしてみようと言ったのだ。その瞬間、彼はああ、不幸な男よ、お前はちょうど、火口へ投身自殺をすると同じでないかと口の中で呟いたほどであった。もっとも、冒険中に岩間から蛇が出ぬ時は、それまでであるが、もし出た時はという、どこまでも偶然事の突発ということを願う、祖国五平であった。

それが何と巧いこと運んだことだろう、若い記者は、祖国五平が願った通りの偶然事の突発のため、蛇の出現によって計画通り墜死してしまったとは！　火山特有のあの胴回りの図太い無気味な蛇、その蛇が若い記者のロープのあたりの岩間を這っていた、あの時の光景を目の前で見るようであった。恐怖に満ちた声が、溶岩に反響して、見る間にモロ岩を崩して転げ落ち、小さくなって行くあの時のことを考えて、祖国五平はぞっとした。永遠に湧き上がる白煙は、男ひとりを呑み込んでしまったのだ。

「……溶岩にからだを打ちつけて、下へ下へと落下するのを私は夢中で見下ろしていたのですよ」

身を震わせて、祖国五平は船着場の事務所へ駈け込むや否や、とり囲む人達にそう言って説明した。

事務所の人々は、探検隊の惨事を聞いて騒然とした。その中を祖国五平は悠然と隣室の電話口へ歩み寄っていた。そして、本社へ長距離を申し込んだ。

そうして置いて、またそっと事務所へ引き返した。記者達は懸命に報道記事を書き綴っていた。その中に混じって、祖国五平も紙片をとり出して、鉛筆を走らせ出した。しかし、彼の書く記事は、第二報であった。第一報は電話の一言で事足りるのだ。

隣室の電話のベルが鳴っていた。

「……こちらは祖国……例の記事を頼む、なに？　そうだよ、全く当て嵌《はま》ったように……間に遭うかしら？　そうか、じゃ、ひとつ是非、ああ、万事よろしく」

ガチャリと受話機をかけて、腕時計を見ると、三時前であった。夕刊締切りには間に合う――そう思いながら、祖国五平は何喰わぬ顔をして、記事の続きを書き始めた。

第三章

大河原澄子をUプロダクションへ入社させて以来、所長は殊に奈迦吉三郎に目を付けはじめた。そして、秘かに彼は出世の機会は今だ！　と思っていた。

大河原澄子は、さすが長年舞台を踏んでいた経験上、試験的に主演をして撮影したのが評判が良く、その他、美貌であるのと、ステージでの美声が役立ち、トーキーではそのエロティックな声が大当たりをうけ、Uプロの彗星として、映画評論界においても断然ピカ一だったのである。

その紹介者が名監督奈迦吉三郎であるというので、当時はゴシップ雀がやんやと根もないことを言い振らし、その弁解に遑《いとま》がなかった。

何日の日であったか、大軌電車のプラットで大河原澄子にばったり出喰わした奈迦吉三郎は、どちらが言うともなしにタクシで心斎橋へ走って、モリナガでお茶を喫《の》んだ。

「君が入社したことを所長はすばらしく喜んでいるよ、殊に今度の君が主演したトーキーが常設館ではとても当たって……」

「あたしの甘ったれ声が評判が良いってことは聞いているけど、でも田中絹代の声はあたし嫌いよ、似てるという評判があるって言ってるけど」

「ともかく、良いじゃないか、評判が良い、出世するということは、人の本望とするところだ、君の物を監督したため、君の評判と並んで自然僕の名も出て、名監督だなんて言ってるけど……」

「まア、あんなこと、仕方がない、あたし、このお茶おごるわ！」

奈迦吉三郎は、こうして大河原澄子を煽てていた。じっさい、思いもよらぬ好評は、彼女に自信を刻みつけた。映画雑誌には、奈迦吉三郎が約束したように、友人春木満吉がドンドン書いてくれたので、新進大河原澄子の名を、ファンは知らぬ者がなかった。

だが、ゴシップが噂立てているごとく、奈迦吉三郎と大河原澄子が恋愛遊戯を行っていると、考えてしまうのは早計である。モリナガでお茶を喫んだことを発見したのか、盛んにゴシップ欄に書き散らされたが、奈迦吉三郎は苦笑していた。恋人があるからという意味でなしに、彼は大河原澄子を愛してはならぬのである。同時に愛されてはならぬのである。奈迦吉三郎は秘かに、Uプロの好色所長に美貌の大河原澄子をしむけて、結果によっては、その報酬として、出世の種を得ようと考えていたのである。だから、ゴシップは単なるゴシップにすぎず、事実であれば、彼の計画が瓦解するはずである。

……そんなことを、何やかやと考えながら、奈迦吉三郎は久方の日曜日に、撮影のない日が当たったので、悠然と部屋の廊下へ籐椅子を出して、朝刊を読みはじめたのであるが、冒頭に出た特ダネ記事に目がついた。祖国特派員とあったのではっとした。

その記事というのは、既に述べたように、三原山の火口探検にロープで下降した時、突然、岩間から蛇に襲われ、探検隊のひとりが驚愕のあまり、ロープから手を放して、火口へ一直線に落下、惨死したという報道で、探検隊最初の犠牲であると書き加えてあった。

「祖国の奴、特派員として派遣せられるほどに出世したんかなア……」

ぼんやりそんなことを考えながら、奈迦吉三郎は、別段そんな記事を気にも留めず、ぽいっとその朝刊を畳の上へ投げて、ゆっくりと大きく欠伸《あくび》をした時、階下から、

「奈迦さん、上がっても良い？」

と、元気の良い女の声がした。大河原澄子で、今日は軽いワンピースであった。

「やア、いらっしゃい」

困った奴が来たと思ったが、さりげなく、同じように元気に迎えた。

「随分、この間の撮影で疲れただろう、でも、所長は上出来だと言ってホクホクしているよ、もう封切られるだろうが、その時はまた大した人気だろうと思うけど」

「でも、あんな禿所長に喜んでもらったところで嬉しくないわ、それより、あたし、一度奈迦さんと何か甘いものを共演してみたいと思ってるのよ」

「そんなことしたら、所長さんから一ぺんにお目玉だね」

「うわっ！　あんな助平爺《すけべいじじい》だなんて、いやなこった！」

と、聞いて奈迦吉三郎は佗しくなった。その理由は先にも言った通り、奈迦は何とかして大河原澄子が所長を抱きかかえてくれないかと思い続けている矢先、当の本人が、かくも所長を軽蔑することは、まことに佗しくならざるを得ないわけで、これには当惑してしまった。

何げなく大河原澄子は、畳の上の新聞をとり上げて、三原山探検隊員の奇禍の記事を読んでいたが、どうしたのか、さっと顔を曇らせた。

「あら！　この探検隊員の中にあたしの兄さんがおるのよ」

と、聞いて奈迦吉三郎も驚いた。

「えッ！　兄さんって、新聞記者でもやっているのか？」

「ええ、学校を出てからずっと勤めているの、死んだの兄さんじゃないかしら……？」

「そんなことはなかろう」

ひょっとそうだったらと奈迦吉三郎も心を曇らせた。

「早くアパートへ帰らなきア、兄さんだとしたら、今頃電報でも来ているかも知れないわ、奈迦さん、あたし、今日はこれで失礼してよ、何だか胸騒ぎがして……」

「まさか……君は少し心配屋だよ」

そう言って、見送って出た奈迦吉三郎は、惨死した新聞記者が、偶然にも大河原澄子の兄だとすれば、今、撮影中の映画の筋とやや似ているので、そのため、彼女の役が、精神的に衝動《ショック》を受け、効果的《エフェクティブ》なシーンが案外容易に撮れるかも知れないぞと、秘かにニヤリと微笑んだ。だから、職業的に奈迦吉三郎は、彼女の不幸を、悪魔になって願ったのであった。

そして、案の状大河原澄子が突然、親許へ帰ると言い出したので、撮影を途中で休止しなくてはならなくなった。澄子が主演していたためである。新聞記事の報道は、大河原澄子が懸念していた通りで、特派員のひとりが三原山探検の最中、不幸にも火口へ墜落惨死した——その男が、彼女の実兄であった事実は、電報が彼女宛てに来たことであった。

大河原澄子が親許へ急行したその夕方、やっと他新聞が三原山の惨事を報道した。が、祖国五平の新聞だけは一足早く、その詳報を報道していたことは既に述べた。これは祖国特派員の大手柄であった。新聞戦は報道の迅速を尊ぶ。その点、他新聞が第一報を発表しているにかかわらず、祖国五平の新聞が第二報を発表しているので、奈迦吉三郎は半ば驚歎し、半ば不審がった。

そう思っている矢先、ひょっこり当の祖国五平が、撮影所へ訪ねて来た。

「奈迦君、君んとこに大河原澄子っていう女優が居るんかね？　その兄が三原山探検で惨死したんだが……」

「あ、新聞で読んだが……で、何か、また記事でも？……」

「うん、その妹が君んとこの女優だと聞いたのでね、しかし、君、兄の惨事で、女優である妹の名までが、新聞に出るんだから、ひとつの広告にもなるわけだね」

「新聞屋になると、そんな風に考え方が変わって来るのかなア……」

奈迦吉三郎は、むっとして祖国五平を睨むようにして、

「大河原澄子は兄の不幸のため、親許へ帰って居らないよ、お蔭で撮影は中止になるし、完成が予定よりも遅れるので弱ってるのだ」

「が、そいつは仕方がない」

祖国五平は冷たく言って、

「どれ、所長にでもあって、大河原澄子のことでも聞くとしようか」

と、呟いた。

「が、君、君の報道は他新聞を抜いていたね、さすが……」

祖国五平の悪魔気質を知らない奈迦吉三郎は、不快であったが、ともかく、こう言って讃《ほ》めた。

「いやア……」

と、笑った祖国五平に、奈迦吉三郎は、どうしたのか、昔の文学友達だった頃のあの親しみを見出せなかった。それがひどく寂しかった。

話している時に、部屋へ助監督が奈迦吉三郎に一通の手紙を持って来た。

「お手紙です」

裏をかえすと、差出し人は春木満吉からだった。

前略。Uプロダクションが、関西オペラ学校のステージから、スター大河原澄子を引っこ抜いたことを手始めに、最近、噂によると、後のスター連をも着目していることだが、それは事実か？　事実であれば困る。というのは、映画雑誌に大河原澄子の提灯記事を書いたため、最近、俺が何かUプロと内通しているように思われているそうで、大変迷惑している。機関雑誌の主幹という地位から言って、上からそうした色眼鏡で見られることは耐まらなく苦痛なんだ、真相を調べて通知してくれたまえ。

しかし、これは何ら奈迦吉三郎の知るところでなかった。なるほど、大河原澄子をプロダクションへ紹介したのは彼ではあったが、その余のことは、いささかも関係したこともない。手紙を祖国五平に見せると笑い出した。

「灯台もと暗しか——そういう噂はあるんだよ、そして君、驚いちゃいかん、じつはその用件も兼ねて、今日僕がやって来たんだよ、君、済まないが、さア、所長室へ案内してくれ」

そう言って、祖国五平はツと立ち上がった。

その祖国五平が撮影所を訪ねてから、五日目に、思ったよりも早く親許から、沈み切った大河原澄子が帰って来たので、早速、撮影を開始したものの、主演である当の本人が、実兄の不幸のため、鬱々として朗らかさを忘れ、従って撮影が意のごとくならず、監督奈迦吉三郎はすっかり弱ってしまった。

が、奈迦吉三郎は頭の良い男である、大河原澄子の悲歎と憂鬱を、巧みに利用することを思い付いたのであった。それは三原山の惨事の新聞記事を読んで、大河原澄子がショックを受けた時、ふと思い付いたあの時の計画であった。目下撮影中の映画のストーリーが先にも言った通り、偶然にも、兄の死のために、その妹が悲歎にくれるという点が一致しているので、効果的なシーンが案外容易く撮れると、奈迦吉三郎はあの時、内心その不幸を願ったのであったが、それが実現したのであるから、大河原澄子の悒鬱に困っていてはならないことに気がついた。

映画の筋では、兄の死のため、極度の悒鬱症になって、主演の大河原澄子が、ついに一室で自殺することになっている。だから、ここを利用すれば、すばらしくビビッドな作品が出来るわけで、完成の暁は、大河原澄子はもちろん、監督としての奈迦吉三郎も、当然有名になるわけであった。

大河原澄子がUプロのスターであるため、婦人雑誌は競ってジャナリズムを発揮して、彼女の兄の惨死記事を呼び物に、売り出し始めた。何しろ妹が新進の大河原澄子であっただけに、記事としては、映画界を背景に、かなり効果的なものであったのだ。その婦人雑誌のひとつに、その死を目撃した祖国五平の原稿がのっているのがあった。

その記事を読んでいるのか、大河原澄子はさっきから、撮影時間が迫っているのに立ち上がろうともしなかった。

「大河原さん、撮影なんだがなア……」

のっそり部屋へ這入って来たのは奈迦吉三郎であった、読んでいるその婦人雑誌をちらっと見て、

「また、兄さんの記事を読んでるんか、思い出すばかりで、かえって悲しみが湧いて出ていけないんだ……」

「でも、あたし、この記事を読みながら、ふと考えたことだけど、蛇の嫌いな兄に、この筆者が兄に蛇だと知らさなかったら、ひょっとこんな不幸なことはなかったかと思ってもいるのよ、そのことは、筆者自身も書いてるんだけど……」

「筆者って誰だ?」

祖国五平だと知って、奈迦吉三郎は、

「ああ、これは友人なんだよ、この間も、君が不幸で帰っている時やって来て、記事をとってかえった男だ」

奈迦吉三郎は、多忙のためつい、祖国五平が自分の友人であるということを、彼女に告げることを忘れていたので、思い出したようにこう言った。

「あら! この方、あなたのお友達!」

じっと考え込んでいたが、

「一度遭って憾みごとを言ってみたいわ、変なことを言うけど、あたし、何だか兄が、この人のために殺されたような気がして仕方がないのよ」

「まさか、そんなことはなかろうが……」

幾分、友を擁護する意味で言ったが、

「しかし、この男の新聞報道は断然他紙を抜いていたよ、そのため、上からはかなり認められもしたし、言わば、君の兄さんのために、出世できそうに思える男だ、学校時代からの傑物でね」

「傑物か知らないけど、あたしには何だか敵のように思えるわ」

「それは悲しみの揚句の、君のひがみだ、そんな風に物事を考えることはいけない。さア、気持ちを直して、撮影だよ」

そして、沈み切った大河原澄子を促すことが、毎日のように、奈迦吉三郎には苦労の種のひとつであった。

×　×　×　×

奈迦吉三郎は、監督部屋で今、目下撮影中の映画の台本を読んでいる。明日の撮影シーンを、彼は幾度も読みかえしているのだ。

和子の書斎。本棚の上にモデルシップ。壁に日本画が二枚。真中《まんなか》にティーテーブル。壁側にソファ。窓側に鏡、そして化粧台。

ドアあく。和子が這入《はい》ってくる。鬱々としている。窓辺へ寄って見下ろす。

街の風景、甍、高架鉄道、ビルディング等高台の風景である。

和子のクローズアップ。ダブって、化粧台の上。化粧品に混じってひとつの小壜。独逸語の帯地。手がその壜をとり上げる。小壜を口へそっと持って行ってあおる。

再び和子窓辺へ寄る。高架線を煙を吐いて汽車が走っている。——移動——百貨店の旗が遠くでひらひらしている。風景徐々と霞む。

やがて風景傾斜し、或いは顚倒する。錯乱である。和子が毒薬を飲んだのである。和子ひどく苦しむ。テーブルへ駈け寄り俯伏す。そして、がっくりとテーブルから床の上へぶっ倒れる。……

つまり筋書は、澄子の主演する和子が、ある家庭悲劇から自殺するのであるが、これは目下の彼女の心境と、ほとんど暗合していると言って良いほど、兄の死を澄子は悲しんでいる。

そこで奈迦吉三郎は、ついに決心したのである。芸術のために、いや生活的職業のために、彼は恐る恐る事の決行に着手することをやっと決心した。それは、化粧台にある独逸文字の帯紙の薬壜へ、本統の劇薬を入れるという一事であった。この計画によって、過ってこれを嚥下した大河原澄子は、速座に苦悶《くるしみ》はじめることだろう。その苦悶の状態をカメラに収める。偽の苦悶でない。真実の苦悶である。これほど、ビビッドな苦悶がまたとあろうか、総てが自己の芸術のためである。が、芸術のためとは言え、死につつある者の苦悶を平気でカメラに収めることができるかどうか——が、真実を知らぬ者は、その苦悶は彼女の熱演だと思うであろう。充分、撮影し終えた時、はじめて人々は大河原澄子が、毒薬自殺をしたことに気付く。その騒ぎの隙に、そっと劇薬の小壜をどこかへ捨てれば万事上乗だ。写真が常設館へかかった時の絶讃、映画評論界は、必ず鬼才奈迦監督とか言って騒ぎ立てるに違いない。すばらしい！　じつにこの計画はすばらしい！

翌日、撮影のはじまる以前に、胸をときめかしながら、奈迦吉三郎は、セットである和子の書斎の前へやって来た。広いスタジオに人影のないのを見すませて、化粧台の上の薬壜を、すばやく、ポケットへ忍ばせた劇薬の壜とすりかえた。

そうして置いて、外へ飛び出すなり、助監督に、

「撮影をはじめるから、大部屋へ知らせてくれ」

と、命じた。

撮影の用意がされて、一同は大河原澄子を待っていた。

「奈迦さん、あたし今日少し気分が悪いのよ、休ませてくれない」

彼のそばへ来て、大河原澄子が、すっかりメークアップした顔を曇らせて、懇願するように言った。

「莫迦なことを！　もう何日遅れていると思うのだ、予定より遅れた日には、予告もしてあることだし、第一所長が承知しまいし、常設館にしてもプログラムが狂って来るし……そんなことは今更困る」

と、言われて、大河原澄子は渋々カメラに向かうことになった。

「カメラ、はじめ！」

セットのドアが開いて澄子が這入ってくる。部屋を歩き回って悒鬱げである。窓辺によって外を見る。ふと思いついたように、化粧台の上の薬壜を見る。

「深刻に！」

奈迦吉三郎が怒鳴った。澄子が薬壜をとりあげて、しばらく躊躇して後、思い切ってその薬を嚥下する。

「自殺表情をするんだ！」

その命令通り、大河原澄子は急に苦悶の表情をはじめた。

「椅子へ座って、テーブルへ俯伏《つっぷ》して！」

大河原澄子はその通りにした。肩を震わせて、あたかも毒薬が体内を循《めぐ》っているごとく、苦しげにもがくのであった。

「床の上へ倒れろ！」

大きな音をたてて、突然、大河原澄子が床の上へ倒れた。ドアを開けて、相手役の恋人が這入って来た。そして、驚いて澄子のそばへ近寄るのである。

「女を抱き起こして！」

奈迦吉三郎が怒鳴った。

が、その時である。恋人になった男優は、撮影を忘れたような声で叫んだ。

「血だ！　大河原が口から血を吐いている」

微かな呻きが聞こえて来た。カメラマンがびっくりしたような顔をして、手を止めた。

「莫迦！　撮影を続けろ！」

怒号するように奈迦吉三郎は叫んだ。が、その声のはげしさに似ず彼の顔色は蒼白であった。

狂気のようになって澄子を抱き起こした男優は、ぐったりとした女を示すようにして、皆に見せた。口から赤いものが流れていた。

撮影はめちゃめちゃであった。大河原澄子の周囲に、みんな仕事を捨てて近寄って行った。その混雑にまぎれて、奈迦吉三郎はそっと化粧台の上の劇薬の壜を空壜とすりかえた。そして、はじめて驚いて、人々をかきわけるようにして、

「おい！　騒いでは駄目だ、一体どうしたというのだ？」

と、大声で言った。

スター大河原澄子の撮影中の自殺事件は、新聞紙の特ダネだった。特ダネの理由は、撮影中の映画ストーリーと、彼女の環境が不思議なほど似ていることであった。ストーリーでは、兄の死の他に恋人に裏切られたことになっているが、彼女に恋愛事件がなかったので、これは一致しないが、ともかく毒薬をのんで自殺する筋が、そのままの実地に行われたのであるから、撮影所の奇聞とも言うべきで、ジャナリズムはまたしても報道合戦であった。不徳な新聞は、どこから聞き込んだものか、関西オペラ学校長佐藤元太と大河原澄子の桃色遊戯を描いて、そのための自殺であると書き、その上、彼女を色づけるために、彼女には赤化思想があって、関西オペラ学校を退いたのも、ひとつは放校されたのであると書き立てて、読者の人気を煽ったりした。

だが、ともかく、計画通り事が運んだので、奈迦吉三郎は不安の中にもほっとした気持ちで、しかし、何かしら落ち付けないで、その夕方不味い煙草を燻《くゆ》らせていた。

「奈迦さん、警察の方がお見えになっていますけど……」

下宿の娘にそう言われて、飛び上がるほどぎょっとした。誰も知るまいと思ってやったこと

が、はや崩れかけて来たのかと、目の先が真暗になった。駄目だ！　夢中で窓から外を見た。だが、階段をぎしぎし踏んで上がってくるらしい、刑事の跫音《あしおと》に、奈迦吉三郎は観念した。が、これはどうしたことか！　刑事とばかり思った男が、何と新聞記者祖国五平だった。

「はっはははは嘘だよ、嘘だよ、が、またどうしてそう顔色まで変えて……？　身にやましいことさえなけりゃ、いくら警察の者だと言っても、そう何もそう……」

「う、うん……が、それより、君はまた何のために刑事だ何か言って……」

全身の顫《ふる》えてくるのをぐっと抑えて、からからの声で、やっとこれだけ言った。

「いや、別段意味はない、が、君は何時もとひどく態度が違う、何かあったのか？」

「いや、何も……」

祖国五平がその弁解にニヤリニヤリ笑い出した。

「君は隠しているね、僕は新聞記者だよ、本職に向かってニュースを隠そうとするのは不味い、それじゃ言おう、大河原澄子が今日、撮影中に自殺した事件があったろう」

「あ、あった……それがどうした？」

「ただの事件じゃないんだよ、じつはね、僕は今日、撮影小屋の暗い片隅でじっと見ていたのだよ、知ってるかい？」

「…………」

「見ていてね、何か様子が変だと思ったのだ、大河原澄子があまりに生《き》のままだった。あの苦悶はあまりに赤裸々《せきらら》だ、あまりに真実すぎる、見ていて僕はそっ寒気がしたのは本当だ、それにも関わらず、君は平気でカメラに命令していたが、あれは人間業じゃないよ」

「ど、どうしてだ！」

「君は人間の死の直前の苦悶をありありと、残酷に撮ろうとする監督としての、もっともな欲望があったらしい、そのために、君は一策を循らせ、筋書通り壜に毒薬をもり、自殺の実演をさせた悪魔監督だ、そのため、可愛そうに大河原澄子は落命してしまったが、まさか君のために殺害されたとは思ってはいはすまい、君の殺人行為は誰も知るまいと思っているだろうが、この俺だけがちゃんと知っている。証拠まで持っている」

「証拠？」

くらくらと眩暈《げんうん》を覚えた。

「大部屋の窓の外は草叢《くさむら》だろう、その草叢へ事件後君は何か投げ捨てはしなかったかしら？その投げ捨てたものが、君、証拠だ」

「し、知らん！」

「駄目、駄目、僕は君を尾行していたんだぜ、そして、後からそっと新聞記者意識で、君の行動を見ていたんだが、投げたことはたしかに間違いはないはずだ」

友の詰問だとは言え、あたかも刑事の訊問に接しているように、奈迦吉三郎は不甲斐なくも顔色蒼白になった。

「そういうと、窓から何か投げ捨てたように思うが、それが何であったか、はっきり……」

「小さい薬壜だよ」

と言われて、甫《はじ》めて気付いたように、

「うん、何か小さい壜のようにも思えるけど、それがどうかしたのか？」

「何のために窓外へ投げたのかが訊きたい」

「じゃまっけなものと思って、窓外へ紙屑でも捨てるつもりで投げたが、意味はない」

「嘘を言ってはいけない、君は大河原澄子をその薬壜で殺したのだよ」

と、言って祖国五平は、奈迦吉三郎が計画した通りのことを述べたが、事実、全くその通りであった。が、奈迦吉三郎は極力これを否定することが、目下の急務であることを知った。

「莫、莫迦なことを言うものじゃない！」

「いや、隠すだけ野暮だろうと思う」

祖国五平は悠然と、

「君は君の芸術のため、いや、より良き映画を撮らんがために、言いかえると、職業意識のために、大河原の心境と映画ストーリーの合致という点を利用して、この殺人行為を敢えてしたと解釈しているが……」

「き、君は何時の間に刑事になった⁉」

奈迦吉三郎は怒号した。

「いや、しかし、安心したまえ、僕は君の友人だ。決して君を罪にしようとは思っていない。警察の知らぬ間に、ちゃんと草叢から、君の捨てた薬壜は拾いとってあるから、気付かれることはない。そしてなお良いことには、警察では大河原澄子の死因を自殺と認めているから、僕が緘言している以上、君に何の危険もないはずだ、が、明日にでも参考人として召喚は受けるかも知れん、その時は沈着に応答するんだね」

その心遣いが奈迦吉三郎には嬉しかった。

「そうか、黙っていてくれるか？　わずかな職業的虚栄のための大それた今度の行為は、誠に後悔しつくしている。有り難い」

彼は祖国五平の手を握った。熱いものが瞼の裏にたまって来た。

……そして、Uプロダクション超特作「涙の鋪道」は完成して市場に出たのである。何しろ自殺事件で新聞種になった映画だけあって、連日超満員を続けた。しかも、映画批評はすこぶるの好評で、日本映画としては最高の芸術作品であるとまで言われた。こうして映画監督奈迦吉三郎の名は、燦然と輝きはじめた。その裏には恐るべき彼の殺人があったとは、誰も知るものがなかった。

「君の作品は、じつにすばらしい評判だぞ」

と、街で友人に言われても、奈迦吉三郎は別段嬉しそうな顔もせず、

「そうですか」

と、軽く言って、目を伏せるのが習慣のようであった。

第四章

何時か関西オペラ学校の春木満吉が、奈迦吉三郎に宛てた手紙通り、Uプロダクションが、幹部女優候補として、レビューの舞台から人材の引っこ抜き運動はいよいよ露骨になって来て、春木満吉は顰めッ面をしていた。大河原澄子を手はじめに、その後二三のスターをもって行かれて、関西オペラ学校は狼狽をはじめた。折も折学校長佐藤元太の資本主義搾取態度に、かね

てから不満を抱きつつあったレビューガール三百の総数は、計画的にじつに突然に、日曜祭日の重なったある秋の行楽日に、絢爛たる舞台の上から、超満員の観客に対して、ストライキ決行を宣言したのである。

曰く待遇改善、給料の値上げ、地方巡業手当額の増加等を叫んで、大劇場はたちまち混乱に陥った。

春木満吉にしても、かねてからの不満もあったことだし、これは当然勃発すべき事件であると予期していたとは言え、あまりにも唐突たる罷業であったため、すっかり驚いてしまった。

「へえ！　とうとうやりやがった！」

と、叫んで、雑誌の編輯に余念のなかった彼はペンを投り出した。

編輯室は、たちまちひっくりかえしたように総立ちになった。

「社長へ知らせろ！」

社長室は煩雑を避けるため、わざと電話がなかった。そして、当然、報告役は編輯主幹の春木満吉ということになった。

関西オペラ学校より約一里の武庫川沿岸に邸宅を持つ学校長佐藤元太の門前に専用車を横づけて、息せき切って玄関へ飛び込んだ春木満吉は、日頃の不満も忘れて、この時ばかりは一個の忠実な使用人であった。

「おや！　春木君、何です、目の色を変えて……何か起こったですか？」

玄関口に鶴のような長身で突っ立って、春木満吉の狼狽振りを嘲るように、佐藤元太は狡猾な眼で訊ねた。

「生徒が、舞台上からストライキを決行したのです！」

社長佐藤元太は、しかし、格別驚きの声を発しない。と聞いても、石のような冷たい表情であった。

「ほう、やはりやりおったか、女でも近頃は勇敢じゃ、しかし、資本主義に抗することは愚も甚だしい」

「それで、善後策はどういう風に？」

「ほっときなさい！」

ぷいッと奥へ這入《はい》ってしまった。

そして、その翌日、佐藤元太は左の意味の宣言書を発した。

「今回のレビューガール争議勃発は、誠に遺憾とするところで、待遇改善を叫んだ結果とは言え、彼ら自己の利益を持するため、舞台上よりストライキを決行したるは、芸術的良心に恥じるの最たるものである。芸道精進がレビューガール本来の精神である。しかるに、かくのごとき行為は、オペラ界の不祥事であり、かつ、関係なき観客に、大なる迷惑を及ぼすものであって、その歎願書の二三は資本側から見て、何ら同情的価値がない。もちろん、当方としては、この争議は傍観するより他はない。

芸術的良心と言えば、かの鴈次郎《がんじろう》を見よ、ある時、高熱をおし舞台にたち、苦痛を忍んで、代役を拒み、熱演を続け、その結果、幕と同時に卒倒した事件があった。これは、鴈次郎を見物にやって来た観客のために、強いて代役をさせず、観客を満足せしめた芸人美談で、これに比する時、今回のごときレビュー争議は、全く観客を度外視した、非芸術的良心の暴露であって、劇場として甚だ遺憾とするところ、この破廉恥な態度に対し、断然歎願書全文を拒否するものである」

そして、社長佐藤元太は、驚くべき冷たさで、何ら争議に対し、微動だにしなかったのである。

争議は日とともに拡大し、確固たる団結をなし、最後まで抗争する意気を示し、資本家側は、何ら受諾すべき意味なしと声明し、お互いに睥睨を続けあった。争議団の背後には、有力なる闘士も混じり、その中に、極左の女闘士もいる噂《うわさ》が高くなった。

争議の真中《まなか》、全く突然、雑誌編輯主幹春木満吉が、煽動者である名目でもって、最初の馘首の犠牲者になったことは、学校長佐藤元太の性質の異常を如実に物語った。そもそもが、争議の原因は、大体Uプロダクションのスター引き抜き運動に発するもので、その最初大河原澄子が引退した時、各映画雑誌に彼が彼女の提灯記事を書いた——という簡単な理由で、春木満吉はひとつの災厄的な穴に落ち込んでしまった。

そして、これはかねてからの不満も手伝って、馘首された春木満吉は、日頃の温和を忘れ、烈火のごとく憤り、資本主義を呪った結果、秘かに佐藤元太の殺害意志を抱き甫《はじ》めたのである。が、ここで述べて置かねばならぬことは、学校長佐藤元太は極度のアブノーマルな性質の他に、ひどい秘密主義の男で、そのために、彼は彼の書斎を邸宅とは別個のものとして、広い庭園の一隅に、特別に建てていることである。

書斎と言っても古風な建物で、煉瓦でかためた、一見光線の悪い部屋であることがすぐ分かる。英国風の建築と言おうか、がっしりとはしているが、古ぼけたせいもあるが、何かしら無気味な感じのすることはたしかである。書斎の前は芝生になっていて、その中にぽつんと建った佐藤元太好みの建築だけあって、何かしら妖怪じみている。というのは、この書斎が全く近代建築ではなく、玄関口風《ポーチ》にドアの入口には広い石段があって、太い石柱が二本その左右に立っている。清楚な本宅の建築とは似ても似つかぬ建物であることは、いくら繰りかえして言ったところで合点がいかない。窓は三つあったが、夜になると硝子戸だけではおさまらず、中から厳重に鎧戸《よろいど》を下ろすのが癖であった。そして、絶対に他人の進入を許さぬため、ドアには絶えず鍵がかかっていて、最近では、多忙のため終日とじ籠もって、争議に関する秘密書類を整理したりして、食事もいちいち電鈴で運ばせるように命じていたほどである。書斎の掃除をするにしても、決して家人の手を煩わすことなく、自分でこつこつ床を掃いたりするほどである。掃除をすると言っても男のことだから、じつに雑っぱなことであった。

書斎といっても何の飾り気もない部屋で、光線の悪い薄暗い中の、ドアを開けた正面の壁には、等身大の鏡が張り付けてあって、これが何となしに気味悪い感じを与える。天井には古ぼけたシャンデリヤがつられていて、床の真中《まんなか》に、これも古風なデスクと椅子が置かれて、机上にはうず高い書類が重ねてある。

ある風の強い夜であった。闇に包まれた書斎の屋根へ、風が吹くごとに木立は限りない枯れ葉を雨のように落とし、ザワザワと絶え間ない木の葉擦れがやまなかった。

その闇の中を、忍ぶようにして腰をかがめ書斎の方へ歩み寄る男があった。姿は闇ではっきり分からなかったが、何か書斎の中を窺っているようであった。周囲に人影のないのを見て、最初窓硝子をほんの心持ちコツコツ叩いた。窓からは鎧戸を越して、かすかに部屋の光が洩れていた。多分、その頃、机に凭れて佐藤元太が懸命になって、何かをやっていたのであろう。闇の中の男の気配にも気付かなかったらしい。だから、男は思い切って、ドアの石段をそっと登って、ドアの把手《ハンドル》をぐっと握って回そうとした時である。急に庭園の隅から跫音《あしおと》がしたのでギョッとした。

「どなた！　どなた？」

女の声であった。その声に、闇の中の男は舌打ちをして、石段をとび降りて急に駈け出した。するとなおも金切り声で、

「泥棒！　泥棒！」

と、呼んだ。が、女は男を強いて追おうともせず、こわごわまた書斎の方へ戻って来て、ドアの把手を回そうとしたが、常にドアには鍵がかかっている佐藤元太の秘密主義を知っているため、無駄だとでも思ったのか、把手を握ろうとする手をふと引っ込めて、

「旦那様がお呼びになったのに、どうしてドアを開けて下さらないのかしら？」

と、言って、ドア口で大きく、

「旦那様、旦那様！」

と、呼んだ。その声も、強い風音に消えて、庭の木立の音に負けていた。先にも言ったように、書斎から本宅の方へは電鈴が通じていて、何か用事のある時は、このベルで佐藤元太は家人を呼ぶのであるが、女——いや、女中のおとせは、このベルの音で、書斎の方へ本宅からやって来たのである。だから、内部から佐藤元太が扉《ドア》を開けないのは、変なことであった。それにもひとつは、闇に消えた人影で、何故、逃げなければならなかったかを考えると、これも無

気味なことであった。

おとせは何かしら不吉感を覚えたので、すぐ本宅へ引き返し、家人にこのことを告げた。オペラ学校の争議中のことである。家人はみなはっとある不安を感じた。

ともかく、扉が開かないので、窓を打ち破るより仕方がない、窓を覗くとかすかに内部から光が洩れているのを見ることができた。が、どうしたものか、内部からは無人のごとく、ことりとも音がなかった。

下男の発議で、窓を打ち破ることになった。そして、書斎の床の上に、長身の佐藤元太が朱に染まって屍体になっているのを発見して、ぎょっとした。

急報によって駈けつけた刑事は、女中おとせに訊問した。

「あなたが書斎へ来る前に、人影を見たというのは間違いありませんね?」

「たしかに見ましたの、あたしの姿を見て、逃げ出そうとしたので、どなた! どなた? と二度呼んだのですが、それには答えず、闇の中へ姿を隠しましたが、あまり気味が悪かったものですから、泥棒! 泥棒! と怒鳴りました」

「その男に見覚えはありませんか?」

「何しろ暗い庭のことではっきり顔も分かりません」

「じゃ、どこか見覚えのあるというような……」

「と言われますと、後ろ姿がどこかで見たことのある男のようにも思われましたが、これははっきりと申し上げ兼ねます」

「いや、またあとで」

刑事はドアの把手を念入りに調べて、指紋を調べていたが、

「あなたはこの把手を握りましたか?」

と、訊いた。

「握りませんでした」

おとせははっきりと答えた。

窓から部屋へ這入った刑事は、佐藤元太の屍体の傍へかがんで検死をはじめた。胸部を短銃で貫通されていた。そして屍体は右手でしっかりと本宅へ通じるベルを握っていたのである。

「撃たれながらも、必死でベルを押しているところを見ると、意識はあったらしい」

と、刑事は呟いた。そして、この事実は、おとせの陳述通りであることを証明した。

刑事はドアへ近付いて行って、内部から把手を引くとわけなく開いた。

「おや! このドアはさっき鍵が常にかかっていて開かないと言ったじゃありませんか?」

と、家人に向かって詰問した。

「そうです、開かないのを知って居ればこそ、こうして窓を破って部屋へ這入ったほどです。佐藤は秘密を好む男で、妾であっても、部屋へ這入ることを許しませんでした。殊にただ今はレビュー争議中のことでもあり、日頃より一層、主人は注意していたことだろうと思いますから、ドアを開放しているというようなことは絶対にないはずですが……」

と、佐藤元太の妻は不審げに答えた。刑事はしばらく考えていたが、静かにドアを閉めかかったが、

「じゃ、私は外へ出ますから、中から指紋を把手へつけないようにしてそっと閉めて下さい」

いったん外へ出た刑事は、再び玄関口へ回って来て、石段をゆっくりと登って、指紋をつけないようにハンケチをあてて、そっと把手を握って回してみたが、家人の言の通り、外部からはやはりどうしても開きそうになかった。

「駄目だ！」

と、吐き出すように言って、

「しかし、変な扉だ、内部から開いて、外部からは開かない、もちろん、鍵のかかっているはずもない……これでは犯人がどこから部屋へ這入ったかが分からなくなる」

と、刑事は首をひねって呟いた。そして、渋々諦めたようにして、石段を降りようとした時である。これはどうしたというのか、刑事の背後で、今まで開かなかった扉が、勢い良くぱっと外部へ開いたのである。

「あっ！」

書斎の中で人々の驚いた声がした。

「誰が開けたのですか？」

刑事が詰るように言った。

「別段誰も……」

皆妙な顔をしていた。

疑惑に満ちた刑事の顔を、あたかも嘲笑するかのように、床の上で佐藤元太の死に顔が歪んでいた。

関西オペラ学校の争議中に、こうした学校長佐藤元太の殺害事件が勃発したので、新聞紙は、また報道戦であった。

オペラ学校全従業員の指紋調べがあったことや、殺害嫌疑人として、争議第一の犠牲者春木満吉が引致せられたことなどが、争議そっちのけのニュースであった。

そして、これは何と不幸なことであろう！　佐藤元太の書斎のドア外部の把手に残っていた指紋が、春木満吉のそれと合致していたことである。しかも、彼の手落ちであったことは、家宅捜査の結果、本箱から日記帳を発見されたことであって、それには、春木満吉が解傭《かいよう》された時から、事件前夜までの心境が詳しく書かれてあったので、学校長佐藤元太の殺害意志は、隠し得ぬことになった。

その結果囹圄の身となって春木満吉は覚えもない罪で、その悲運を歎いていた。そしてしみじみとまた、「友がみな我よりえらく見える日よ花を買ひ来て妻と楽しむ」の啄木の唄を、淋しく口吟《くちずさ》んでいた。

一番に遭いにやって来たのは、新聞記者祖国五平であった。

「大変な目にあったね」

「うん、いくら俺が殺人を否定しても駄目なんだ、第一日記帳に殺害意志を、真面目に書いたのが悪かった。第二は女中に後ろ姿を見られている。第三は把手に指紋がはっきりと出ている。だが、殺人を俺はしてはいない！　本統だ！　祖国君、何とかしてこの俺を証明してくれ、何か無罪になる物的証拠はないか？　が、何時かは罪の晴れる身だ、法廷にでるまでもなく、無罪は自信とともに確実だ。が、一日も早く無罪になるならなる方が……」

「しかし、君の嫌疑は不利な立場だ、馘首された当時であり、殺害意志をありありと日記にまで書いているし……」

「といって、俺がどうしてあの書斎へ這入ることができる？　事件当夜、書斎のドアはどうしても外部からは開かなかったそうではないか、指紋指紋と言っても外部の把手にあったのみで、内部にはない、これは書斎へ這入らない証拠になる」

「だが、君はそう言っても佐藤元太の殺害意志は翻さないだろうね？」

「認めよう、意志があればこそ特に風の夜を選びもした、だが、運の悪いことには、殺害する本人が既に誰かに殺《や》られていたのだからわけはない、そして、この俺が意志があったということだけで、殺人嫌疑だなんて、莫迦莫迦しい！」

「とすると、君は考えたことがあるか？　犯人は如何にして開かぬ扉の書斎へ這入り込んだかということを？」

「考えても分からぬから考えない、警察当局自身が無責任にも、この点を考えようとしていない」

「春木！　しっかりしろ！　君の無罪はもう既に分かり切っている」

「えッ！」

「明日まで待て、いいか」

奇怪な言葉を残して祖国五平が帰って行った後で、春木満吉は冷たい監房の壁に靠《もた》れて泣いた。友の有り難さを知って泣いた。……

関西オペラ学校長佐藤元太の死はレビュー争議をたちまち和解へと導いた。彼あるがため、双方の意志に疏通があったのだ。こうして、気の毒な春木満吉が未決にいる間に、争議は円満に春雪のごとく溶け流れたのである。

第五章

監房に朝が来た。鉄格子の外に梢があった。その梢に朝日が射して、冷たい白い壁に黒い影を映していた。

待つべき明日が来た。そして何時の間にか昼が来て、壁の陽射しが薄れて来て、夕方が迫って来た。それだのに、春木満吉の監房には何の物音もなく、また明日を待つのかと、佗しく諦めて、友の言葉を信じた愚かさを今更のごとく感じて、どっと押しよせる失望に、どうする術《すべ》もなかった。

だがその夜、春木満吉は重い鉄扉の音とともにネオンサインの輝く灯の世界へ解放せられた。無罪になると信じながらも、さて無罪になるとやはり嬉しい。人の世の楽しさ——わずかの独房生活であったとは言え、やはり解放された嬉しさはあった。

「おい！」

両腕を誰かに後ろから摑まれた。はっとして振り向くと奈迦吉三郎と祖国五平が立っていた。そのそばにはタクシが待っていた。

明るい灯の街が車の窓をかすめていた。祖国五平が春木満吉の疲れたぐったりとした軀を抱くようにして、

「新聞を見せてやろう」

と、言って拡げたその新聞紙には、佐藤元太殺害犯人の写真が大きく載っていた。女であった。

「あッ！」

春木満吉は叫んだ。

「こ、これは、大河原澄子だ！」

「大河原は死んだはず、似ているだけだ、澄子の妹だよ、しかも屈指の女闘士だ。妹くみ子は争議にかこつけて佐藤元太を殺したものの、事実はそうではない、姉の敵を討ったのだ。大河原澄子を殺したのは佐藤元太であると言っても良いほどで、スター時代、好色の佐藤元太は、澄子の貞操を奪ってしまった。絶望の揚句、結婚と偽って舞台を退いた。そして、一切を妹のくみ子に打ち明けたのだ。関西オペラ学校を退いて、Uプロダクションに働くうちに、澄子は秘かに、君に、おい、奈迦、君に恋しだしたのだ、え？　そうだろう」

祖国五平は奈迦吉三郎の肩をこづいた。

「莫、莫迦なことを言うな！」

「新聞記者だぞ、俺は。隠しても駄目だ、そしてだね、奈迦、君はどうしたのか、その恋から逃げたんだよ、そうだろう、理由は簡単だ、Uプロの所長が澄子を望んでいたからだ、出世のため、奈迦はこの恋を所長に譲ったんだ、あっはははは奈迦！　変な顔をするなよ」

祖国五平はあくまで人を喰った調子で、

「不幸は続くもので、その絶望的な気持ちの澄子に、突然兄が三原山で惨死したという凶報が這入《はい》って来た。が、今でこそ言う」

祖国五平は声を落として、

「兄は惨死したのではない、じつはこの俺が殺したも同然だ！」

自動車《くるま》がちょうど、交叉点の赤信号で止まっていた。ゴーストップの信号鈴の音で、祖国五平の言葉はほとんど聞きとりにくかった。

「うん、やっぱり！」

奈迦吉三郎が呻くように言った。そして、彼は大河原澄子の口癖のような言葉を思い出して、何かしらぞっとした。

「――噴火口に蛇が生存するはずはない、火口に蛇はいた、しかし、それは死んでいたのだ、かなり胴太の凄い奴だった。俺はあの時、蛇嫌いの他新聞の記者とロープで火口へ降りていたのだが、その男が澄子の兄だったとは！　蛇嫌いの男であることを知っていたがために俺は急に悪魔になった。そして、職業のために、いや、俺自身の出世のために、俺はその男を殺してしまった。蛇だ！　生きた蛇だ！　と、殊更、声を張り上げて叫んだものだ。あっ！　と恐怖の一声を放ちロープを放して、火口へ落下して行ったあいつ！　すばらしい計画だった。こうして俺の三原山探検記は他紙を圧して速かったのだ。何故なら、事件記事は既に予想して書いて置いたからだ。だが、運命の神はその妹まで殺してしまった、春木、犯人は誰だと思う？　奈迦吉三郎だぜ」

ニヤニヤ笑いながら、祖国五平は饒舌《しゃべ》り続けた。

「――俺と同じ心理の職業意識で、大河原澄子に、撮影中本物の劇薬をのませて、その苦悶するありのままを、そのビビッドなさまを、カメラに収めようとした事実があるのだ。もちろん、警察の知らない、この俺だけが知っている事実であるが、それは見事成功して、いささかの嫌疑を受けることなしに大河原澄子は自殺と認められた。そして、その映画はすばらしい当たりであった。そのため、奈迦は現在の地位にまで出世した。だが、奈迦、君は今でもきっと信じていることと思う。大河原澄子を殺したのは自分であると。が、安心したまえ、今でこそ言うが、君は澄子を殺してはいない、大河原澄子は警察の認定通りやはり自殺したのだ、これは間違いない。なるほど、君は大河原澄子が嚥下したと信じた劇薬壜を窓から草叢《くさむら》へ投げたことは投げた。それを皮肉にもこの俺自身が後ろから見ていて拾ったのだ。だが、解剖の結果、澄子の胃中の劇薬は、君が草叢へ投げ捨てた薬壜の中のそれとは、全然、異種類のものであったのだ。そのことはすぐ分かったことであったが、今日までわざと何も言わなかったわけだ、この事実に対し、俺は極力口を緘《かん》している。そのため君は殺人未遂から逃れてもいる好運児だ、総ての秘密はこの俺にある。だが、君もそして俺も――」

と、言って、祖国五平はつくづくと二人の友の顔を眺めながら、

「人を殺したがため、或いは殺そうと計画したため、こうした出世をしている。それにどうだ、気の毒なのは春木満吉、君一人だ、殺人意志はあったが、その意志を果たさず、かえってそのため、殺人嫌疑さえ受け、あまつさえ、争議の犠牲者となり、失職はする……だが、関西オペラ学校長佐藤元太の殺害犯人が、こうして新聞も報道しているように、逮捕されたため、当然、君も無罪になった、が、どうした経路で犯人が捕縛されたか分かるかしら？　まア、聞け」

自動車は灯の街を既に過ぎて、広い国道をすべるように、超スピードで走っていた。心地よ

くいくつもの車を追い越した。

祖国五平は言葉を次いだ。

「佐藤元太の書斎の開かぬ扉《ドア》、あの扉には赤外光線が施してあったのだ、それもあの長身の彼の頭の高さに光線が直線放射をしているため、他の低背の者が立っても光線には関係はない。知っているだろうが、現代科学の粋をこらした最新のビルディングの中で、いちいち扉に手を掛けて押すことなしに人がその扉の前に立ちさえすれば自動的に開き、人が室内に入れば再び自動的に閉じる仕掛けのものがある。これは現在、レストランあたりで大層便利だと評判になっているが、結局これは光電池の応用で、佐藤元太の書斎の場合、ドア前の石段の上に、この赤外光線が仕掛けてあったに過ぎない。これを今簡単に説明するとこうだ……光電池の性質として、光——つまり目に見えぬ赤外光線を受けている間は、電気構造のひとつであるセレニウム板の陰極から陽極の棒に向かって電子が流れているから、ひとつの電路が出来上がっているわけで、つまりコイルが働いて、そのため鉄片を吸引して、接点と接触している。それで普通の状態である。ところで、この光線が遮られた時、はじめて光電池内の電子電流がなくなるから、光線が切断される。従って、コイルの鉄片が落下して、次のコイルが働き、鉄片を引き付けて左に傾かせることになる。このコイルの上には硝子管が取り付けてあって、管中に水銀が入れてあるから、その重みで必ず元気よくどちらかへ傾くばかりでなく、左の端には電極を二本封入してあるので、同時に水銀スウィッチの働きもしようというわけになる。とすると、第三のコイルが強い電磁石になるわけだから、内部ドアの上端の梃子《てこ》を引っ張る。その結果、自動的に開くわけなんだ。大体を説明したが、分かってくれるか?……説明はこれで済んだ、さて、問題の赤外線扉を開けて書斎へ犯人が進入したというのだから、犯人は当然、佐藤元太同様の長身の者であるわけになる。さして大きくない春木満吉、つまり君の背丈の人間では、どんなことがあろうとも開かないのが普通である。そして、これが重大なる証拠にもなったわけである。もちろん、犯人自身がこうした秘密の扉について知るはずもないんだが、背が高かったため、自然に這入れと言わんばかりに扉が開いたわけだ、と、すると検死の場合、どうしてこの扉が開いたか？　僕の解釈だが、これは何かの拍子に、刑事が石段を降りる時、無意識に片手でも上げたのではないかと思う、そのため、光線が遮断されて、扉が自然に開放せられたのだ。刑事はさすがは職業で、直感的に赤外線扉であることを見破ったが、それまではいささかも気付かなかったらしい。が、良く注意すれば、扉の内部に電池構造が設けられてあったのが、すぐ発見せられたのであるが、秘密主義の佐藤元太だけあって、巧妙にこの構造をかくせるだけかくしてあったのだ。従って、簡単にこれを見破ることができなかったわけだ。さて、赤外光線扉と分かった以上、刑事の推理は、必ず犯人は佐藤元太と同様の鶴のごとき長身の者であると看破した。ここまで分かると後は簡単だ。春木満吉以外の殺人容疑者として、争議に関係する闘士を調べ上げた、すると佐藤元太以上の、女にしては珍しい長身の闘士がいた、それが大河原澄子と双児のような大河原くみ子と呼ぶ女で、かなりの極左であったのだ。色々調べた上、赤外線のことを犯人に訊ねてみると、この光線については、全然知らなかったのだよ」

　祖国五平が語り終わった時、ピタリとタクシが止まった。そこはかなりの構えの洋館の前であった。

「さア、奈迦、そして春木、今晩はゆっくりと三人で晩餐をとろう、そして、も一度詳しく語りあかそうではないか。昔友達だ、お互いの秘密は秘密として匿しておこう。春木も無罪になったことだ、朝が来ても良い、朝まで寝ずと話をしよう、俺の新しい妻が君達を待っているのだよ」

祖国五平はそう言って、いそいそとタクシを降りて、玄関のベルをせっかちに押した。金色の表札には、黒字で彼の名が彫りつけてあった。何時の間に、こうしたかなりの家を持つように彼がなったか？ それが、まだ下宿住まいの、いや、現在無職である春木満吉には、殊に佗しいことであった。

三つの炎（連作「Ａ１号」第四話）

I

国見戦太郎は、近頃、不思議に脅迫観念というものを感じはじめて、今に誰かに殺害されるような気がしてならなかった。と、言うのは、戦太郎は決して善人でないからなのである。それは彼自身よく意識していた。現在の富も、その悪のためにできたもので、幾多の人から狡猾な手段で金銭を巻き上げ、そのため、今はすっかり零落している人もあるし、自殺した人さえもあった。だが、悪運の強いためか、彼の富は徐々と膨脹して、現在《いま》の広壮なこの邸宅も、悪によってつくられたものである。

戦太郎は老齢のためもあろうか、近頃ではめっきりと健康を失って、この一年あまりというものは、外出さえしたことがなかった。そして、今となってはじめて、過去の罪業の数々を思い出し、復讐というものが、果してこの世に存在するものかどうかを考えだした。健康な頃の国見戦太郎は決して今までに、そうした復讐というようなものの存在を考えてみたこともなかった。いや、そうしたものが今までにやって来もしなかった。復讐は存在するものではあるが、戦太郎は今まで健康でもってそれを常に追い払っていたのだと信じていた。それが、最近の病弱では、とても抵抗できないことを知ると、復讐という強迫観念が日増しに強くなってくるのであった。

「旦那様、お手紙でございます」

小間使がもって来た手紙を、国見戦太郎は何げなく受けとって封を切って見た。

最近ではあなたの健康も徐々と衰えて来たようだが、過去の悪に対して、それは見えぬ復讐であるかも知れない。しかし、あなたの知らぬ約束の復讐の日が四五日のうちに迫った。これは今までのような消極的なものではなく、実行的なものである。その復讐は、或いは精神的なものであるかも知れない。が、肉体的な場合もあるかも知れぬ。約束の日は数日である。警戒せられたい。

A一号

読み終わって、国見戦太郎は、来るものが来たあの恐怖で、がたがた顫えだした。

「莫、莫迦な！」

ズタズタにその手紙を破ったものの、襲って来る強迫観念は、今までよりもはっきりしたものであった。

だが、国見戦太郎は、この強迫状のことについて、家人の誰にも話さなかった。そんなことを言ったとて、本気にもしないということを知っていたからである。何故なら、今までにこうした手紙なら、彼の悪を呪詛して再三舞いこんで来たのであるが、その度に国見戦太郎は冷笑した。かえって家人の者が心配して、警察の方へ届けようかとも言ったが、大人気ないことだと言って、彼は何ら懸念さえしなかった。じっさいその通りで、その強迫状は今までに一度だって実行されたことがない。だが、病弱になった現在の彼に、いや、強迫観念にとらわれはじめた彼に、もっとはっきり言うなれば、復讐を生々と意識しだした彼に、約束の日が近づいたことを知らせたこの手紙は、たしかに恐怖をうえつけた。豚のようにダブダブに肥った軀《からだ》を、国見戦太郎はゆらゆら動かせて、椽側へ歩いて行った。光沢のある廊下に、明るい初夏の太陽が反射していた。広い邸園には、青々と樹が茂っている。この広い庭のどこかに、ひょっとこの自分を覘《ねら》う男が忍んでいはしまいかと、国見戦太郎は考えたりした。

その茂みから、ふと白いものがとび出して来たので、ぎょっとして立ちすくんだが、それが、次男の三郎であることを知って、戦太郎は莫迦莫迦しい強迫観念を笑った。六月の真昼であるのにと思って、彼はカラカラと笑ったのである。

「オトウサマ、ナニヲワラッテイルノ？」

幼い三郎が白い上着の運動服で、椽側にぼんやりと立っている父を見上げて訊ねた。

「おや、三郎か、どりゃ、だっこして上げようか」

と、言って、国見戦太郎は、腰をかがめて三郎を抱き上げてやった。

国見戦太郎が、高熱を出したのはその夜であった。

Ⅱ

戦太郎の寝室は洋室であった。

彼は床につくなり家人に言った。

「呼鈴《ベル》を押す他は、この部屋へ這入って来てはならぬ。部屋は内部《うち》から鍵をかけて置くから、ベルの他に用があるなら、外からノックすれば良い」

この言葉は、たしかに彼の強迫観念から出たものである。彼に復讐を望む者の侵入を、彼は極度に恐怖したのである。熱はかなり高度のものであったが、彼はじっと我慢した。その熱の中で、彼の心に往来しているものは、あの手紙であった。知らぬ約束の日に復讐するであろう意味のあの手紙は、心根深く巣喰って、そんな莫迦なことがと思いながらも、信じる自分が不思議であった。だが、戦太郎に怨みをもつ者が多かった。その中の誰がこの自分に復讐するものか、それは戦太郎には見当もつかぬことであった。手紙の差出し人はＡ一号になっている。無気味な匿名である。

戦太郎は怪盗ゼットの映画を見たことがある。懲悪勧善の義賊であったが、悪人を滅ぼすその鮮やかさは怪盗ルパン以上のもので、その出現ごとに、剱で相手の額にＺの文字を刻名する特技があった。Ａ一号は何かしらこのゼットに似ている。或いは、同じようにこの額にＡの文字を刻名せられるのかも知れないと、その映画の筋と結び合わせて考えてみたりもしたが、そんな莫迦げたことがと、戦太郎は頭を振ってそれを消そうと努めた。

何かしら、しかし、油断をしてはならない気持ちはあった。煙のような復讐魔のように思えた。何時どこから忍び込んで来るかも知れない。幽霊のような怪盗を考えてみたりもした。それ故、戦太郎は一室を密閉した。病体であっては、抵抗できないことを知っていたからである。それでは何故、彼が看護人を見張らせないかを説明すると、そうした復讐魔が出現することによって、彼の過去の黄金魔であった仮面が剝がれることを恐れたからである。妻はともかくとして、使用人の誰もは、現在の戦太郎が立志伝中の人であると信じてはいたが、過去には獣類のごとき悪魔であったことを知るものはなかった。

恐怖のうちにその夜は明けた。朝、戦太郎は呼鈴を押して妻を呼んだ。

「ご気分はいかが？」

夫人が懸念げに訊ねた。

「少し熱が下がったようだが……」

と、戦太郎は声を落として、

「じつはまた例の手紙が来たのだよ」

「えッ！　強迫状が？」

ちょっと驚いたが、夫人はすぐそれを笑ってしまった。

「まあ！　今更、そんな手紙が来たといって何も……」

「ところが、今度だけは妙に気になって、何かしら、本統にやりそうなので」

戦太郎は恐怖で瞳を輝かせながら答えた。

「年のせいかも知れませんわ」

「いいや、そうじゃない、手紙には、このわしが知らぬ約束の日に実行すると書いてある」

「あなたに似合わぬ！」

夫人は案の状、先にも言った通り、戦太郎がせっかく、その恐怖を述べたのであるが、てんで相手にしなかった。

「それであなたは、この部屋を密閉なさるっておっしゃるんですね、少し神経衰弱じゃないのかしら？」

と、夫人は呟きながら、それでも、幾分心配げな様子で、

「しかし、そんなこと、お気にせないで、昔は昔の気持ちでおらないと、駄目ですわ、過去の罪悪は、悔悟によって解消されるものじゃないかと思いますから」

と、夫人は言った。戦太郎もその通りだとは思ったが、悔恨があっても、復讐と無関係の時がある。いや、甘んじて復讐は受けようと、決心はしてはいるものの、やはりそれには恐怖が伴って来るのであった。

Ⅲ

戦太郎の高熱は三日続いた。そして、恐怖に満ちた三度の夜を送ったが、戦太郎は何らの異変も見なかった。杞憂に過ぎないのであろうかと、考えてみもしたが、まだまだ安心ができなかった。それでも、昼だけは戦太郎にとって極楽であった。窓硝子をふらふらした手付きで開け放すと、六月のあったかい空気がさっと室内に吹き込んで来て、熱っぽい部屋中を清浄にしてくれる。そして、窓からは明るい庭の景色が見られるし、空の白い雲はその変化が面白いし、ともかく、白昼だけは開放された気持ちになれた。

だが、戦太郎の熱はなかなか下がらなかった。医者を呼ばなければと、夫人が提議したが、彼はそれを強く拒否した。

「そんなものはいらん！　いらん心配をせなくとも良ろしい、どうしても医者の必要の時はこのわしから言う」

と、言うのだから仕方がなかった。復讐者の入室を恐れての結果、部屋に鍵をおろすほどであるから、家人が出入りの時は、極度に戦太郎の神経は鋭くなるのであった。

「その扉《ドア》を早く締め！　悪魔が忍び込んだらどうする」

それはもう、精神病者の言葉であった。食事の他はもちろん、戦太郎は夫人の看護をさえ拒んだ。

熱の中で戦太郎は、いっそのこと、この熱で死んでしまった方がどれだけ良いかと、幾度思ったことか分からない。それは強い悔悟の結果、一時も早く復讐から逃避したいためであった。巨万の富を築いた現在、戦太郎には何ら不足とてはなかったが、人間離れのした肥満からくる動脈硬化症的な身体の異状を感じはじめて以来、襲ってくる不安が、日毎に大きくなって、しかも、予期していた呪いの手紙までも届いて、その危惧は倍加したわけであるが、今更、悔恨したからと言って、復讐の手から逃れることができないということは、とくと知ってはいるものの、これほどまでに苦痛であることは不思議であった。熱の苦痛より、良心の苦痛は、ピシピシと肉体を鞭うって、真夜中、ふと目覚めた時、闇の中に、恐ろしき形相の悪魔を見たことは、一度や二度ではなかった。その度毎に、戦太郎は怒号して、ベッドからはね起きるなり、その悪魔にとびかかるのであったが、すぐ消え失せるのであった。そして、その悪魔の姿を、戦太郎は幻でないと信じている。

「毎夜、この部屋に悪魔がわしを訪ねてくる」

と、戦太郎は夫人に熱の中で言うのであるが、夫人は笑いながら、

「それは夢ですよ、だから、悪魔が来ても、静かに目を瞑じていれば、何ともないのですよ」

と、子供に言いきかせるように言うのであった。

それでも、さすが、夫人は戦太郎を気使って、ある夜そっと寝室を抜け出して、庭石づたいに、戦太郎の寝室の窓辺へ近寄って行った。窓硝子は残念なことに擦り硝子であったのと、部屋の電灯が消されていたため、内部を覗くことができなかったが、窓に耳を当ててじっと窺うと、たしかに戦太郎の苦しげな呻吟が聞こえて来た。そして、その時、ふっと硝子にうつったのは、部屋で燐寸《マッチ》でも点火したものか、ぽっと明るくある一点に炎めいたものが浮かんだ。はっと思った瞬間、その灯はふっと消えたが、同時に荒々しい床を鳴らす音がして、

「だ、誰だ！」

と、戦太郎の声が破れるように響いて、窓辺へ近づいてくるのであった。近づいてはならぬ寝室に来たことを知れば、それが夫人であっても、必ず怒る戦太郎の気性を知っている夫人は、いそいでその場を逃れたが、病中戦太郎が何のために、燐寸を点けたかが、夫人には不思議であった。

次の朝、戦太郎は食事を運んで来た夫人に息をつきながら語った。その頬は、すっかり熱と恐怖で肉が落ちてしまっていた。

「昨夜、とうとう悪魔がやって来た。悪魔は最初火の玉だった、追おうとすると、何時の間にか、窓から抜けて、人間の姿に変わっている。いそいで窓をあけた時、悪魔は黒い影をヒラヒラさせながら逃れて行く後ろ姿をたしかに見たが、どうしてこの部屋に這入って来たかがわしには分からん、今日から一層、ドアの開閉に注意していてくれ」

と、言って、飽くまでも、悪魔が隙があれば忍び込んでくるように信じているらしかった。

夫人はよほど、逃げた悪魔と思っているのは妾ですと言おうかと思ったが、病人に反抗することは、かえって病熱を募らせるものだと思ったので、何時ものように、

「それは、あなたの幻ですよ、悪魔なんかいるものですか」

と、寂しく否定したのである。そして、戦太郎の恐怖は、熱のための発作的な精神錯乱であると見たのである。

Ⅳ

だが、戦太郎の言う火の玉は決して幻でなかった証拠に、その次の夜、彼はまざまざと二個の火が、部屋の闇の中をぐるりぐるりと循るのを見たのであった。

「悪魔が来た、悪魔が来た！」

戦太郎は熱でふらつく足をふんばって游ぐような手付きでその火を追うのであったが、するりと彼の手から逃れた。それが、彼にとって、幻であると言われようが、視力錯覚と言われようが、そんなことはどうでも良かった。約束通りのそれは、戦太郎の過去の悪がための、精神的なる復讐であると信じていた。闇に美しく旋回する二個の火であったが、戦太郎には、巨大な悪魔の眼球のように思われた。そして、ついには追う力もなく、ぐったりと床《ベッド》に身を投げるようにして倒れてしまった。

「毎夜、毎夜、悪魔がくる！」

半ば失神状態の中で、戦太郎は夫人に告げた。そして、この世に何故こうも恐怖に満ちた夜

を神様がおつくりになったのかと、夫人に詰問するのであった。

「私達を、夜、この部屋へお呼びになりさえすれば、そんな悪魔なんか、恐れて近づきはしまいかと思いますけど」

と、夫人が言っても、戦太郎は強く頭を振って、

「いいや、それはいけない、女がこの部屋に居ろうものなら、一夜のうちに、大きな目玉をした悪魔のために、必ず喰い殺されることは間違いない」

と、言って、断じて入室を許さなかった。その夜の恐怖のため、昼ははげしい発熱で戦太郎は昏々と眠った。そのため、夜になると、目がさえて眠れなかった。恐ろしい夜が眠れないことは戦太郎には最大の苦痛であった。Ａ一号と署名した強迫状には、約束の日は数日である、警戒せよとあったが、既にその数日も経過してしまったので、戦太郎は高熱の中でほッと安心したのであるが、彼は最後の日のあることをまだ知らなかった。

その最後の日が、ついに来た。戦太郎の恐れる夜が更けると、彼はまたも、忽然と現れた炎を見た。それは決して彼の幻ではない。夢でもない。現実の炎である。真っ暗な部屋を動く不吉な炎であった。

その炎は、最初の夜はただ一個であったが、それが二個になり、そして、今宵はああどうしたことか、三個の炎になっている。三個の炎は前後して闇の中を、舞うように移動するのであった。戦太郎の苦痛を嘲笑するように、ふわりふわりと、床の上を這うように、循るのであった。

「悪魔が来た！　悪魔が来た！」

戦太郎は呻いた。だが、声が出なかった。それは恐怖の頂点に達していたからである。三個の炎は、闇の中に絵模様のように赤く美しかった。死を讃美する、赤いゆらゆらと揺れる、無気味な炎の色であった。

戦太郎は跳ね起きてその炎を踏みつぶしてみたかったが、恐怖で軀《からだ》が、縛られたように動かなかった。

闇の中で、その炎を眺めながら、意地悪く腕を組んで、ニヤリニヤリ笑っている悪魔の姿を、戦太郎は想像して、ぞっとした。

「神さま！」

細い声で叫んだ時である。炎が宙を浮いて戦太郎にとびかかって来た。

「あっ！」

無我夢中でその炎を払いのけた時、炎がぱっと消えると同時に蔽いかぶさるように、戦太郎に死が訪れた。極度の驚愕は、戦太郎をわけもなく死へ導いた。彼はあたかも、炎に喰いつかれたごとく、身もだえした。そして、わけもなく、恐怖の中で息をひきとった。

残った二個の炎は、戦太郎が死んだ後しばらく喜悦に似た乱舞を続けていたが、やがて、それらも儚く消えてしまった。こうして戦太郎が悶死した寝室は、それからコトリとも音がしなかった。

そして、朗らかな朝が来た。

V

何時もの朝の時間になっても、どうしたものか戦太郎の部屋から何ら呼鈴《ベル》の音もしなかったので、かねてから強迫を恐怖している主人の精神異状を、無気味に思っていた夫人は、急に胸騒ぎがして、戦太郎の寝室へ走って行って、強くドアをノックしたが何の返事もなかった。仕方なく下男や小間使の力を借りて、ドアを叩き破って寝室へはいったのであるが、窓を開放してはじめて、寝台の上に、恐ろしき形相で、戦太郎が息絶えているのを発見して驚いた。

戦太郎の死はあまりにも恐ろしい形相であった。ベッドはかき乱されて、頭髪は苦悶したのかかきむしられていた。歯を喰いしばって、両眼をカッと見開いていた。殊に両手は虚空を摑んで、拳をしっかりぐっと握りしめていた。室内は別段、何の異変もなかった。

「驚愕死です」

出張した警察医が職業的な口調で検事に言った。

「――それで、奥さん、どうしてこの病人の部屋は密閉されていたのです？」

その検事の訊問に、夫人は詳細に、Ａ一号と呼ぶ者から、戦太郎が、強迫状を受けとって以来、極度に恐怖をはじめ、その男がこの寝室へ侵入してくることを恐れての揚句、内部からこうして鍵をかけて、呼鈴の他は誰をも、この部屋へ這入らせなかったことを言った。そして、付け加えて言った。

「一昨夜も主人は炎がこの部屋へどこからとも舞いこんで来て悩まされたと言いました。その炎を、主人は悪魔の両眼だとも言って、ともかくその強迫者を恐れておりました」

警察医はこの夫人の説明を聞いて、

「精神倒錯ですね、或いは、視覚の麻痺からくる一種の幻想ですね。視力錯覚ですよ、そして極度の恐怖のため、心臓麻痺を起こしたのです」

だが、これに対して、夫人は先夜、擦り硝子越しに、ぽっと明るい炎を見たことはたしかであると言った。が、ひょっと戦太郎が、燐寸《マッチ》の軸を燃したのかも知れないがと補足した。

「と、すると、君、一概に幻想であると言い切ってしまうのもどうかと思う。視力錯覚であるとすれば、夫人にまで、その炎が見えるはずはないじゃないか」

と、検事は言ったものの、何しろ密室であるため、その炎の正体が判らなかった。

戦太郎の口から、直接その炎について聞くことができたとしたら、幻想にしてはあまりにも無気味なことに、必ず検事は、たしかな疑念に陥ることは間違いない。

密閉された部屋へ、どうして炎が侵入することができたか？　密室の犯罪は既に古い。しかし、この場合、戦太郎の死は加害者によっての死ではなく、不思議な炎によっての驚愕死である。

検事は注意深く、ぐるりと部屋を見回して、ふと、扉《ドア》の上にある丸窓に目をつけた。

「あの窓は外からは開きますか？」

と、言って、つとその丸窓へ手をやって押すと、わけなく開いた。

「開閉が自由ですね」

と、独りごちるように言って、

「炎はこの窓から侵入したのですよ」

と、奇怪な言を弄した。

「A一号と呼ぶ奇怪な復讐者は、この丸窓から炎を投げ込んだのですよ」

「投げ込んだとしても、その炎が動くことをどう説明なさいますか?」

莫迦莫迦しいといった面持ちで、夫人が反駁した。

「炎の移動を御主人の幻覚であると説明しても、この場合、御得心がいくまいと思って、その点、はっきりしたことが言えないのです」

そして、検事は何を思ったか、戦太郎の屍体の傍へつかつかと歩み寄って、固く握りしめたその両手の拳をひとつひとつ開き甫《はじ》めた。その右の拳の中に、白い液体に混じったどす黒いものが、べったりと潰れていた。この発見で検事は満足げに莞爾《にっこり》と微笑んだ。

「この部屋の前へ、毎夜犯人は来ていたらしいですね、ときに奥さん、御主人の拳の中のこの潰れたものを何だと思われます?」

と、言われて、夫人は目を近づけてじっと、瞶《みつ》めたものの、それが何であるかが判らなかった。ただ、黒い何か昆虫の羽根のようなものであることだけが判ったけれど……。

「これは油虫ですよ、この油虫の利用によって、A一号と呼ぶ犯人は、完全に御主人を脅迫させることに成功しました。この油虫の背面に針《ピン》を挿して、その針に小さい黒い蠟燭をさして灯をつけて、丸窓から放すと、油虫は苦痛のため、部屋中をかけ回るわけです。黒い蠟燭は部屋の闇を利用したものです。炎の脅怖はこれによって、御主人の幻覚でもなんでもなかったわけです。この復讐は最小の努力による最大の効果と言って良いわけです。だが、犯人が果して、どこからこの寝室の前まで忍んで来たか、これは今のところ、判り兼ねますが……」

と、言いながら、検事は手の中で、針に残った黒い蠟燭の小片を、いじくり回していた。

幻のメリーゴーラウンド

私がこのアパートへ住んでから、もうかれこれ二ケ月もたつというのに、おかしなことには私はいまだに隣室に住む男の顔をしらなかった。私は或るデパートへ勤めている関係上、朝夕の時間は大体決まっていたが、隣室の男は何時も夜はおそく、大抵帰宅が十二時過ぎであった。従って朝の出勤もおそいため、かつて一度も顔を合わしたことがないのである。だから、多分職業は新聞記者ぐらいだろうと想像していた。

が、隣室のその男は、私のような独身者ではなく、ちゃんとした女があった。細型の美人であったが、口数の少ない女で、時々顔を合わすこともあるにはあったが、簡単に挨拶ぐらいのもので、深く口を利いてみたこともなかった。

デパート勤めのため、私は長い間、日曜日という長閑な楽しい朝をもったことがなく、従ってたとえ、隣室の男が日曜日を休んでいるにしても、私は結局が遭うことができないわけであった。が、隣室の男と二ケ月も壁一重で住みながら、声は聞くけれども、その顔を見ないことは変な気持ちのものであった。

だから、私はある日、アパートの管理人に訊いてみた。

「ね、君、僕の隣室の男の職業は何だね、何時も夜おそいようだが……」

「新聞記者じゃないかと思うのですが」

と、管理人は私が思った通りのことを答えた。

「妻君があるらしいが、夫婦者かしら？」

「じゃないでしょう、どうも夫婦者には見えませんよ、何だかこう女ってやつが変わってますぜ」

その通りで、私は言い洩らしているが、その女は、細型であるが、とても派出好みで、髪は断髪《ボッブ》で、朝からすばらしい化粧で、真面目な結婚生活だとは、決して思えない種類のものであった。

「画がかなりやれるらしいですよ、日曜日ごとに女連れで絵具箱を提げて出掛けて行きますがね」

と、聞いて、私も絵画には趣味がある方なので、隣室のまだ見ぬ男に殊更、一度遭いたくなってくるのであった。

おりを見て独身者の気軽さで、隣室へ出掛けて行ってやろうかと思うこともあったが、何を言っても、相手は妻帯者のことである。かえって突然の訪問では、迷惑を感じさせはしまいかという懸念もあったため、隣室でありながら、私は常に機会がなかった。

男が夜おそく帰って来てからも、しばらくの間、男女の声が、壁越しに聞こえることは、独身者の私にとっては、悩ましいことであった。

ところがこの四五日、どうしたものか、私は朝、洗面所で必ず遭う隣室の女を見かけなくなった。美しい女性というものは、それがたとえ人妻であってもなくっても、男に魅力を与えることは否めなかった。その証拠に、何かしら期待をもっている私の目に、その女の姿が現れて来ないことが、毎朝軽い失望になって感じられるのであった。或いは病気ではないのかしらと思ってみたりもした。が、男の夜の帰宅は例によっておそかった。私がうとうとしかけた時、廊下に跫音がして、ドアの開く音がするのであるが、話し声が聞こえなくなってしまった。女が病気で寝込んでしまったためかしらと思ってみたりしたが、不思議に気にかかるのである。

ある朝、私は思い切って、アパートの管理人に訊いてみた。思い切ってと言ったが、この意味は、隣室の人妻に変な懸念をする自分の愚かさに羞恥を感じている、その気持ちを打ち破った勇気を説明していると思ってもらえれば良い。

「僕の隣室の妻君を近頃見かけないようだが、病気で寝込んでいるのかしら？」

管理人は、しかし、この私のおずおずした質問に無関心に、

「おや！　お隣におられて御存知ないのですか、一週ほど前奥さんだけ、国許に不幸ができたと言っておかえりになったのです」

と、聞いて、私はほっと妙な安堵を覚えた。が、そうと知って以来、朝が来ても、私にはもう期待がなくなってしまった。ほんの朝の五分間であったが、洗面所で私は女の真白い腕の肌理《きめ》を見ることが楽しめたのだ。また、わずかな挨拶だけではあったが、私の朝の耳を、美しい声が楽しませてくれた。それだのに、もうその女と遭えないとなると、私にはそれが、部屋の花瓶に毎日花のない味気なさに似た思いが、佗しく感じられるのであった。美しい宝石を見失った時のような、いらいらした気持ちをさえ感じた。

朝が来ても、だから、今までのように元気に跳ね起きなかった。白状するが、私は人妻であることを忘れて、朝な朝な、洗面所で見るあの女の姿が、ひとつの幻になっていたのである。

それは私の幻影であったかも知れない。若い私には、朝の美しい女である。型《タイプ》が、何かしら情熱的に感じられて、女を見ることによって、異常な快味を貪っていたことはたしかであった。それが見られなくなって以来、毎朝私は、歯の抜けたような物足りなさを感じて、侘しく諦めさえした。と言っても、これは私の恋ではない。具備された朝の情景の欠如が、ひどく物足りないと述べているのにすぎない。

三月の下旬《おわり》であったか、それとも四月の上旬《はじめ》であったか、私は久方の休日に、ぶらりぶらり武庫川の遊歩場を歩いていた。川畔は桜並木で、桜はいまが盛りであった。微風とともに、はらはら花弁が散って、いっぱいの春であった。そのさくらの向こうに広場があって、そこでは子供達がメリーゴーラウンドに打ち興じていた。それはあたかも夢の国のようで、こんな世界もあるものかと、私はふと不思議がったほどである。メリーゴーラウンドの木馬はくるくる回って、春陽がいちめん照っていて、あたりはらんまんと咲き乱れた桜であるし、そしてあどけない子供達ばかりの世界——その世界にぽつんと大人が立って、ぼんやり子供達の遊戯に見耽っているのは、或いは滑稽なことであるかもしれない。しかし、ぼんやりメリーゴーラウンドを見とれているのは私ひとりではない。私は五六間先で、桜の幹に背を凭せて、先刻から動こうともせずに見惚れている男に気がついた。無造作にネクタイを締めて、春だというのに、真黒な帽子を被り、疲れた顔をしていたが、身じろぎもせずじっと瞳を据えて、いかにも楽しげにメリーゴーラウンドの回転を瞶めているのである。その横顔が、どうやら見覚えのある顔であることを知って、私は思わずつかつかと、その男のそばに歩み寄って行った。そして、男が中学時代の莫逆の友である信夫《しのぶ》であることを知って驚いた。

「おい……」

肩に手をかけると、男ははっとした様子で、しばらく私の顔を放心したように眺めていたが、やっと、

「やあ！　これは珍しい！」

「東京へ行っていたのと違うのか？」

と、驚き声で言った。五年振りであった。

「うん、しばらくあちらにいたが、面白くないので舞い戻っているのだが……」

私はふと思い出したことがあった。

「そうそう、君はこのメリーゴーラウンドが好きだったね、子供の頃から……」

じっさい、その通りで、信夫は少年の頃から、このメリーゴーラウンドの回転木馬が好きであった。二人で少年の頃、良くこのメリーゴーラウンドの木馬に乗りに行ったことがあった。自働ピアノが軍艦マーチを奏してくるくる回り出すと、私と信夫はお伽の世界に遊んでいる気持ちになって、天空を駆けているかのような快楽を覚えたものであった。

「君、この木馬を見ると、なつかしい昔を思い出すね」

としみじみと私が言うと、

「音楽がないので淋しいよ」

と、信夫は本統に淋しそうな顔をして答えた。私はやっと少年の頃の幻をほどいて、

「で、東京で絵の修業はできたか？」

「いや、からっきし……」

信夫は淋しく首を振った。中学時代に二科に一度入選《はい》ったのに力を得て、絵で身をたてたいと言い出して、周囲の反対をおし切って、単身上京したのであったが、今のありさまでは、とても成功している男の姿ではない。とは言え成功はしていないにしても、私は友の進歩は信じていた。

「やはり君は、昔言ってたように、エゴン・シウィエーレを研究しているのか？」

信夫は墺太利《オーストリア》の画家エゴン・シウィエーレの画風がひどく好きであったことを、私は記憶《おぼ》えていた。

「クリムトとシウィエーレの中間を覘って勉強をしているものの、お話にはならないよ」

信夫はあくまで淋しくこう言って、

「君、砂地へ行かないか？」

と、私を誘った。

砂地には三米《メートル》ばかりの流れが、清く澄んでいた。鮎が敏捷に、その流れをくぐっているのが見えた。空は青空で、土堤は絵のような桜でぼやけていた。私はこうした長閑な春の日に、五年振りの友との不思議な邂逅を夢のように思った。

「まだひとりでいるのか？」

と、私が訊くと、信夫は、こっくりと淋しく頷いて、

「東京でしばらく女と同棲してみたが、趣味性の点で別れてしまったよ」

そして、私はふと、信夫の瞳が、ひしがれた生活を続けたためかとも思われる友の眼が、ひ

どく鋭いことに気がついた。少年の頃、メリーゴーラウンドの自働ピアノの音楽の中で、信夫は殊にあの流れるようなダニューブの漣のメロデイが好きであった……。だから、私は物静かな性格であることを知っていたので、変わり果てたその友の目の鋭さにはッと驚いた。その光は、ひどく情熱的であったが、反面あの忌むべき悪魔的なものがあった。

「僕の絵の傾向は、先にも言った通り、シウィエーレとクリムトの中間を覘っているものの、その中へエロティシズムを盛り上げたい気持ちでいる。たとえば油切った裸体の踊り子に三稜光体《プリズム》をかけて、変形させてみて、それが死人の舞踏に見えるよう、いや、努めてそうであるように見ようとする力を養っているのだ」

と、彼は砂地に目を落としたまま話した。

信夫の眼光に私はある不吉感を微かに感じていたが、その目の鋭さによって、彼の作品に何か影響があって、ひょっと何かしら変わった傾向のものを発見できるかも知れないと思って、不思議な期待で、

「ね、君、僕は君の最近の作品を見たいと思うが……」

と、言ってみた。

「ああ、何時でもやって来たまえ、まずいものばかりで君の満足するようなものはないかも知れぬが、見てやろうと思うなら、やって来てくれ」

そして、彼は私に彼の住居《すまい》の地図をかいてくれた。……

桜並木の下で、昔なつかしいメリーゴーラウンドを眺めていて、そこで思いがけなく、五年振りの友にあった、不思議な夢のような休日を終えた私は、寝床へはいってからも、長い間、

信夫の姿がまざまざと目に泛んで寝つかれなかった。殊に彼の悪魔的に輝くあの鋭い瞳の光が、電気を消した部屋の闇の中にキラキラ光っているようで、不思議にも私は鬼気を感じて仕方がなかった。

が、その幻想も、コツコツなる廊下を歩む跫音によって消され、――ドアの把手を回す音ですっかり私は現実にかえっていた。それは隣室の新聞記者と考えられる男が、帰って来た物音であった。もちろん、妻を国へ帰したはずであるから、私は男女の囁きを耳にすることはないのであるが、何かしら女の声で、今にも夜の帰りの夫を迎える甘い言葉が、聞こえるように思われて、愚かにも耳をすませたのである。

次の公休日も、幸いすばらしい春日和であったので、約束通り、私は信夫の住居を訪れることにした。

郊外電車を降りると野原であった。その野原には春の花が一ぱい咲き揃っていて、滅多に市外へ出ない私の目に、こんな春らしさもあるのかと思い、そして、こんなところに住んでいる信夫の新鮮さを羨んだ。野原には斜めに一本道がついていて、その道の彼方に赤い屋根の洋館が見えた。その洋館が、地図で教えてくれた信夫の住居であった。

黝んだ煉瓦に、蔦が一面にはっていて、その中に窓が開いていた。信夫の部屋の窓であった。見たところ古風な英国式の建物で、妙に重苦しくて、悒鬱な建築であった。

ポーチで呼鈴を押すと、この家の管理人らしい老婆が出て来た。そして、信夫の部屋のドアをコツコツ叩いてくれた。

「おはいり」

中から信夫の声がした。ドアを開けると、もう昼近くだというのに、今まで寝ていたのか、信夫が呆《ほ》けたような顔で、

「今日は休暇なのか?」

と、私の訪問を忘れていたように冷たく言った。そして、

「君、僕はこの間から近作にかかっているんだ」

と、こころもち微笑んだ。製作の快味を瞬間に感じたあの微笑であった。

「ほう、そりゃ勉強だな、見せてもらえないかしら?」

が、部屋を見たところ、近作らしい画はどこにもなかった。

「いや、まだ未完成だから、出来上がってから見てもらおう、この隣室にあるんだけど……」

と、未完成作品を見られることが気持ち悪げであった。

窓側にベッドがあって、その上にかかっている画は素描《デッサン》であった。彼の鋭い目で描いたもので、その観察に同じような鋭さが光っておった。部屋の壁側のストーブの上の画は、労働者の顔で、じっと何かを瞶めているその眼は、資本主義に虐げられた憎しみの光が満ち溢れていて、現実の鉄の扉にひたと打つかって息をもつきかねる重くるしさがあった。それもみな、瞳の無気味な鋭さによって生きているのだ。

「君の画はエゴン・シウィエーレに憑《つ》かれている!」

と、私は批評でない言葉を口から出した。

「が、僕はシウィエーレを崇拝しているものの、模倣はしていないつもりでいるが……」

と、信夫は淋しく笑っていた。

くどく言うようであるが、私は信夫の瞳の鋭さが、五年振りであったなつかしい旧友であるとは言え、何かしら不吉な、いや、犯罪者のもつあの忌むべき瞳に似ていることに、徐々と嫌悪を覚え始めていた。悪魔的なシウィエーレの手法を学んだが故に、その画が、悪魔的な画になっていることは良いとして、彼自身の瞳の光が罪悪者のそれのような無気味さをもっていることは、耐まらなく不愉快のように思われて来た。

しかも、彼の態度には、何ら青年的な情熱が見出されなかった。それは生活のためもあろうが、ひどく厭世的で、その昔、メリーゴーラウンドを楽しんだ少年の頃の夢のような色彩を、どこかへ置き忘れてしまった風の、ひねくれた性格が、その鋭い不吉な瞳にのりうつって、私をじっと瞶めていても、無気味さが、私の軀全体を押し包むように思われるのだ。

信夫の部屋には、この二点の絵の他は何もなかった。

「これだけか?」

と、言うと、

「みんな、気に入らぬ絵ばかりだったので、東京を発《た》つ時、焼き払ってしまった」

と、信夫は答えた。

色々話しあってみたが、信夫には何の潑溂もなかった。すっかり疲れはてた人でしかなかった。私にはそれが、昔の彼を知っていただけに、ひどく物足りない寂しいものに思われた。

「せいぜい勉強したまえ」

と、帰りぎわに私が信夫にこう言うと、

「それよりも、金もなくなって来るし、絵ではとても喰えそうもないので、最近、職でも求めようかと思っているのだ」

と、答えて、付け加えた。

「ね、君、君はもいちどやって来てくれるだろうね」

と、訊ねた。

「そりゃ来るとも……」

「ぜひまたやって来てくれ、もっとも今の未完成品を仕上げるまでは、僕は君に来てくれとは言わないが、完成の日には、きっと通知するから……」

「うん、楽しみにして君の通知を待っていよう」

「ありがとう」

野原の道を歩きながら、私は信夫の性格が何時の間に、ああまで、淋しくなったものかと、不審がってみた。信夫はひょっと何かに憑かれているのではないかとも考えながら。


信夫の住居を訪ねてから一週間ほどしてからである。信夫から私の勤務先へ宛てて手紙が来た。その文面は、先日話しておいた製作中であった絵が完成した。描いているうちは、自信がてんでなく、そのため、君にもこの間、懇願されたが見せなかったのだ。だが、描いているうちに、だんだんと興味が湧いて来て、製作慾が勃然として起こって来たのだ。一生懸命に描いてみた。そして、完成すると、やはり描いて良かったと思った。今までにこの絵ほどに、描きあげてから自信を感じたことがない、実に我ながら良い作品が生まれたものだと感心している。製作後、疲れているからしばらくどこへも外出しないつもりでいるから、絵を見てやろうと思うなら、何時でもやって来て欲しい。君の批評も聞きたいから……という意味のものであった。どんなものを描いたのかと、私も好奇心を起こしてすぐ見に行こうと考えていたが、四五日、多忙な日が続いたため、信夫を訪ねてみようと思いたったのは、それからまた一週間ほどたったある夕方であった。それも勤めかえりの、電車の中で思いついたのである。

窓に灯がついていたので、私は信夫がひょっと、私の訪問を待っているかも知れないと思って、いそいそと玄関《ポーチ》の呼鈴《ベル》を鳴らすと、この間の老婆が出て来た。そして、私を見ると、さも残念そうに、

「たった今、お出掛けになったばかしです。あなたのお越しを毎日お待ちになっていました。今日も今までお待ちのようでしたが、急に外出の用意をして、何だか少し気分が悪いから、ちょっと散歩してくると言って、出られたばかりです。ひょっとあなたがお出でになるかも知れんから、もしお出でになったら、奥の部屋へお通しして、描きあげた絵を見せてあげてくれとのおことづけでした」

と、言って、老婆は先にたって、奥の部屋のドア口まで来て、

「それではごゆっくり……少しお待ちになったら、或いはおかえりになるかも知れませんけど」

と、付け加えた。

奥の部屋というのは、さすが、彼が画室に利用しただけあって、窓から出来た部屋のようであった。と、言うのは、三方が窓であったからだ。採光の良い、昼は野原のように、太陽の輝いている部屋であろうと思った。が、信夫はこの私を欺瞞《あざむ》いていた。何故ならば、この部屋に

は、彼の作品の数々が、私に見せるためにに懸けられたものか、キャンバスのままで、壁に釘でとめられてあった。作品はみな、東京を発つとき、焼き払ってしまったと言ったにかかわらず、まるで個人展のように絵が並んでいるのである。

彼の数々の作品は、しかし、みなそれぞれの味をもっていて、これだけの絵を描く男がどうして出世しないのかと思われるほど、すぐれたものばかりであった。それだのに、信夫は中学時代にいちど、二科へ入選《はい》ったきり、落選続きであったと言ったこの間の彼の失望を思い出して、私は怪訝に思ったりした。

ベッドの上で、男女が抱擁している絵があった。激しいパッションで、本能が火華をちらしているようであった。それははち切れそうな性慾が画面いっぱいに漲っていた。私はこの画で、信夫の眼を見ないでほっとしたものの、次の絵を見た時私は恐れていたものを見た。

ある一点を凝視した、乱れ髪の女のポーズであった。その目は恐怖そのもののような絵であった。いや、女が恐怖のためでの目でない。凝視している女の目の光が、不気味にも死を約束しているかのような輝きをもっているという事実を私は言いたいのだ。しかも、その目は、あまりにも信夫の目に似すぎている！　物事の内部を見透すことのできる、それは照魔鏡のような鋭い光をもっている。その光は、電流を私のからだに放射したかのような気味悪さを感じさせた。恐ろしき根元力《ウルクラフト》は、彼のかく人物の眼の底にひそんでいる！

ポーの書いた小説のなかに、或る青年が町通りで毎日出遭う老人の眼の光が、あまりにも無気味なため、日につれて、青年は一種の嫌悪というよりも、ある恐怖観念にとらわれはじめ、ついにその老人の眼から逃れたいばっかりに、老人を殺してしまうといった筋のものがあるが、それとほとんど同じと言って良いくらい、私は信夫の絵を見るごとに、その絵の中の人物の眼の光に極度の嫌悪を感じることを、どうしようもなかった。と、同時に、彼自身のあの不吉な目をまで、恐いもののように思われて来た。その目は、何かしらの不幸を暗示しているようにも思われた。

私はもう他の絵を見る元気がなかった。そして、むしろ、信夫の不在に訪れたことが、かえって救われたような気さえもした。私はもう一時もこの部屋にいることが耐えられないように思えた。そして、慌てて部屋を出ようとした時、私の目にぱっと映じたものは、作品の中で一番大きい二十号の画布で、まだ油が乾ききっていぬのからみて、これはきっと通知してきた近作の完成品であるにちがいないことを知った。この絵を見るために、せっかくやって来たのだからと思って、気をもち直して、彼の自信のあるというこの作品を眺めて見た。

橋を渡って帰って行く労働者の群を描いてあった。夕方であるのか、空があかかった。労働者はみんな疲れた顔色をしていた。みんな打ちひしがれたごとく、力なげな歩調が良く描かれてある。骨くれだった労働者は、重い息をついて、動かぬ眼を前方に据えて歩いているのだ。その眼の光は、ユニークな信夫の特異性を出していた。が、この絵を見て、その眼の光に別段に驚愕も感じなかったので、私はほッとして、すばらしき力作であることを感歎しようとした時である。私はぎょッ！とした。何故、私がそれを最初から気付かなかったかが不思議であった。全身にそっと寒気を感じた。それは労働者の群の錯綜した画を眺めたため、私の視力がぼやけていたのかも知れぬが、労働者の群の先頭にたって、腕をくんで濶歩するひとりが、労働者ではなく、それは死人の骸骨であった！

窓の外はすっかり暮れてしまって、まっくらであった。ガランとした空洞のような部屋で、骸骨の絵画を見ている私自身を知って、私ははっとした。こんな怪奇な画を何のために描くのか、私は信夫の企図を怪しんだ。いや、ひょっとすると、私の驚愕を、信夫がこの窓の下に忍んでいて、面白そうに眺め楽しんでいるのではないかとも思った。と思うと、窓の闇から、あのキラキラ無気味に光る、信夫の瞳が怪物のように迫って来そうで、私はもうこの部屋にいたたまらなかった。

信夫の帰宅を待ってみようという気持ちどころか、私は管理人である老婆に、挨拶もそこそこに追われるようにして、信夫の住居をとび出した。

その翌日の夕方、私は昨夜の不快な信夫の画のこともすっかり忘れて、朗らかに口笛を吹きながら、アパートの玄関へ、一歩足を踏み入れようとした時である。

見知らぬ男が帽子をとって、

「山田さんですね」

と、言った。

「山田ですが……」

と、私は答えたものの、男が誰であるかが分からなかった。

「変なことをお聞きするようですが、あなたはあなたの隣室の男とどういった御親交ですか?」

と、意外な質問にぶつかった。私はきょとんとして、

「親交どころか、君、僕は遭ったこともないし、第一顔も知らぬし、名前さえも知ってはいないんだ、で、どうしたと言うのです？　隣室の男が何ですか、流行の左翼分子で、それに僕が関係があるかとでもおっしゃるのですか……？」

見知らぬ男を、私は直感で刑事だと思ったのと、愉快な夕方の気持ちを、すっかり破壊された不快とで、苦々しくこう訊ねたのである。

「いや、そう言われては困ります。が、それよりも先にお聞きしたいのは、隣室の男が、昨夜帰ったのは何時頃でしたか、御記憶ありませんか？」

刑事は今度はやや丁寧に言った。

「十二時過ぎかと思います」

不気味な信夫の画を見た私は、昨夜、寝床《ベッド》で、おそくまで寝付かれなかった。読みかけていた雑誌をとじて、さて寝付こうと思った時である。廊下を蹣跚《よろめ》くように歩いて来て、隣室のドアをあけて、部屋をドタドタ大きく音をさせ、はげしい息づかいが聞こえた。だから私は、

「ひどく酩酊していたようですよ」

と、付け加えた。

「が、あなたがあなたの隣室の男を全然知らぬとおっしゃるのは、何か事情があってお隠しになるのですか？」

刑事が目をキラリと輝らせた。

「事情があるもないも、私はちっとも知らぬと先にも言っている。隣室の男が左翼分子であろうが、また、殺人犯人であろうと、私とは何の関係があるのです、莫迦莫迦しい！」

私は憤然として言った。

「どうも可笑しい……」

刑事は首をひねって、

「じゃ、ともかく、現場へ来て下さい、じつはその隣室の男が自殺しているのです」

「えッ！」

「しかも、その遺書の名宛て人があなたになっているのですよ」

解《げ》せないことであった。

刑事は私を、私の隣室へ連れて這入った。警察医が屍体から目を離してちらりと私を見た。

屍体は寝床の上に寝かせてあった。

「この男ですが、見覚えがありませんか？」

屍体の顔を覗き込むようにして、私はあっ！　と声をたてた。信夫であった！

「そりゃ、遺書があなた宛てだから、知らぬはずはないと思ったよ」

刑事は私をじろりと見て、皮肉に笑いながら、

「まあ、この遺書でも読んでみるんですな、この間遭ったとも書いてあるんだから、知らぬと言われると、妙にこじれてくる」

と言って、遺書を私に突き出した。

山田君
　この間は妙なところで邂逅したね、しかも少年の頃の僕達の好きなあのメリーゴーラウンド

なつかしかった。

を見物していた時に出遭ったのだから、じつに不思議だ。美しい桜の下で、あの日は昔話で

僕の完成作品を見てくれたことと思う。僕は何もあの作品にあのような無気味な骸骨を書かなくとも良かったのだが、あれは僕の腕が書いたのでなく、頭脳《あたま》が書いたのだ、あれは僕の良心だ、良心は正直だ、僕の心のありのままを良心はかいているのだ、僕はあの絵を描く以前から死を欲していたのだ、何故の死であるかと不思議に思うかも知れないが、今でこそ言う、じつは僕は、君は驚くかも知れないが僕の妻を殺害したのだ、愛してはいたが、ひそかに殺してしまった、何の理由で殺さなければならなかったかを次に書いてみよう。

僕はあまりにもシウィエーレの画風に沈溺していたように今でも思っている。殊に僕は、シウィエーレの描く人物のあの鋭い無気味な眼光が耐まらなく好きであった。そのためか、僕の描く人物の眼の光は、シウィエーレとそのままの光をもっていた。人々はこれを模倣だと言った。批評家達はだから、僕がいくら力作をものしても、褒めてくれなかった。その理由もあって、二科へ入選して以来、どんな良い作品を搬入しても、僕の名であるが故に、悲惨な落選が雨のように続いた。が、僕は屈しなかった。僕の作品には怪奇美が満ち溢れて来た。一部の人は絶讃してくれたが、どちらかと言うと、僕の作品は異端視されていた。評判の悪いにかかわらず、僕の絵はまずよく売れたといって良い。だから、東京生活ではその日に困るようなことはなかった。そのうち、僕は妻を貰ったのだ。妻を僕は愛した。妻も僕を愛してくれた。が、どうしたと言うのだろう、妻の愛情は徐々と薄れて行ったのだ、それも東京を発って、神戸へ来てから、それが目立って来た。妻は何かしらこの僕を恐れ甫《はじ》めたの

だ、そして、妻の恐怖に気付いたのは、あまりにも遅かった。僕の目は、それほどに人に不快を与える光を放っていたのかしらと、今でも不思議に思っている。恐い目！と言って、妻は口癖のように言った。妻に説明させると、僕の眼の光は、ある不吉を暗示していると言う。そしてまた、あたかもいま殺人を犯した男のように、恐怖に戦く目だと言う。と、言われて僕は佗しかった。君は僕に言った。君はエゴン・シゥィエーレに憑かれている！と。その通りだ、シゥィエーレの画風が僕にのりうつっているのだ。妻はこうして、僕から離れようと努めはじめた。愛した者のそうした態度を見た時、男は女をどうするか知っているか？　離れてはいけないという気持ちと同時に、離すものかといった気持ちもある。そして、僕は妻をひそかに殺してしまった。妻を殺してしまってから、人々には妻は不幸で急に国許へ帰ったと言いふらして置いた。愛妻を殺した以上、僕にも自殺の決心はあった。生へのなごりのためと思って僕は、その前に君と遭ったあの武庫川の川畔を歩いてみた。死んで行く前に、僕はあのなつかしいメリーゴーラウンドを眺め得たことは嬉しい。しかも、友である君にも奇妙な邂逅をした。だが、君も僕の妻と同様、なんと言うせつないことであろう、僕の瞳の光を嫌悪していることに気付いて、僕はどれだけ悲しんだことか！　いっそ早く妻の後を追って死んでしまおうと思った時、ふと気付いたことがあった。それは僕の生を記念するところの一作を遺して置きたいことであった。が、僕は嫌がらせにあんな絵を描いてわざわざ君に見てもらったわけではない。あれは、君に僕の死を暗示したものであると見てもらえばいい。そして、あの絵に秘そむ幻想味を君に味わってもらいたかったのだ。あれこそ僕の作風だ。何でシゥィエーレに似ているものか！　僕は僕の作風を持っているはずだ！

僕は君に遭いたくなかった。そのため、多分君が訪れるであろう日を予知して、僕はわざと僕の不在で君を失望させた。君よ、怒るな、老婆の言はみなこの僕のつくりごとであったのだ。最後に言う、君が訪れた僕の住居は、ほんのアトリエに過ぎぬ、僕が宿泊する部屋は、わざと君には言わなかったが、君の部屋の隣室だ、隣室に君が居ることは、顔こそあわさなかったが、妻から君であることを聞いて良く知っていた。だが、僕は君に遭いたくなかったのだ、願わくば君よ、僕の不実を許してくれ。

さらば我が友よ、幻のような、あの美しいメリーゴーラウンドを夢見つつ、永久にさようなら。

手紙はこれで終わっていた。

「それでは、信夫は隣室にこの僕のいたことを知っていたのか……」

私は彼に対して、彼の瞳の光を嫌悪したことを心から後悔した。シウィエーレの憑いた無気味な眼であったが、彼の芸術を理解さえしてやって居れば、不快も、嫌悪もなかったはずである。そして、或いは妻を殺しているとは言え、彼を自殺せしめなかったかも知れない。そう思って、私はほッと溜息をついた。だが、私は手紙を読み終わってから、刑事の瞳とばったり出喰わしたが、信夫と私との関係を説明する気にはなれなかった。説明したところで、卑俗な男に判りそうもないことであると知ったので……。

私の目は静かに、部屋の周囲をめぐった。そして、私の目に留まったものは、窓辺にかけられてある彼の作品であった。それは、ゆるやかに循っている、信夫の好むメリーゴーラウンドであった。私はなつかしいものを見て心を躍らせた。作品には彼の夢が織りこまれていた。そして、その絵は、幻のごとく今にも、ダニューブの漣を奏して、くるくる回転しそうに思ったのである。

相沢氏の不思議な宿望工作

1

戦場のようなデパートの十二月の末、紙幣の中で三十六番売場玩具部の出納係吉川るみ子は、顔をほてらして文字板《キイ》を叩き続けていたが、大きく息をつくごとに、両肩が波のように上下していた。むっちり肥えた、大柄な色白の少女であったが、十二月にはいってからというものは、人目にもその動作が大儀らしく、歳末のあわただしい狂的な繁忙にもよるものか、痛々しいほど、人の二倍もの努力で勤務を続けているのが、ひどく私の注意を惹いた。

「吉川の奴、ひどく参っているらしいが、君交《かわ》ってやったらどう?」

私はふとそばの春田幹子に言うと、幹子は四尺九寸の小軀をもち上げるようにして、売場の中のレジスターの雑閙《ざっとう》を眺めて答えた。

「吉川さんの身体じゃ、今日なんかの日には無理なこと分かり切っているわ、交ってあげてもいいけど、何だかおせっかいのようでいやだ!」

「おせっかい? どうしてだ?」

私は不思議なことを言う女だと思って、春田幹子を瞶めた。

「男ね、御存じないの? 女店員間では噂の種よ」

「どんな?」

「あの生理的変化を観察することよ」

そう言ったかと思うと、小柄な春田幹子はヒラヒラと混雑した人群の中へ消えてしまった。そう教えられてはじめて私は、目を新しくして吉川るみ子の軀を注意して見ると、肥えていると今まで思っていたのはそうではなく、少女の肉体的変化であることを知って、私は思わずほッと溜息を洩らした。……

十二月も過ぎて、正月になった。

十日過ぎになっても吉川るみ子は出勤しなかったが、十二日の午前、裾模様姿でるみ子が姿を現した。

「あたし、今日限りで退くことになりましたの」

泣き顔で私に挨拶した。

「御結婚ですか？」

うっかりこんなことを言ってしまって、私ははッとした。

「いいえ、少し軀をこわしていますので……」

と、吉川るみ子はぽッと赧くなって、もじもじした。

女の子達の噂は、吉川るみ子の退店で、しばらくはもち切りであったが、それが本当のものであるかどうか、私はそれでもまだ疑っていた。

「映画監督なのよ、とってもシャンの……撮影所通いをしているうちに、あんなことになったのですって……でも、男って薄情よ、それッ切り姿を消してしまったって話よ、……だから、私生児になるわけよ」

「すると、つまり逃げられたのだね」

私は暗然として言った。女の子は恋愛を、鼠のようにすばやく隠れてするものであることを知ってホッとした。饒舌なおどけた吉川るみ子は、そう言えば、この二三ケ月というものは、人物が急に変わったような深い憂色に沈んで、朝から瞳が光っているのが常であった。あの頃、ひどく不審に思ったものであったが、こうした結果になったことは、私にはじつに意外であった。

デパート勤めの私は、しかし、数多《あまた》の少女相手なので、吉川るみ子が退店してから、一週間もすると、彼女の噂もそう珍しくなくなって、忘れかけようとした時であった。或る日曜日の午前ひょっこり登山帰りの姿で、半ズボンで無帽の相沢氏が籐のステッキを提げてやって来た。相沢氏は三十五六歳の人で、頭は丸刈りであったが、はや少し禿げかかっていた。私はかつてこの人の帽子と買物包みを見たことがない。見識ってから一年にもなるというのに、相沢氏は一度もデパートで買物をする様子がなかった。その癖、週に二回はデパートへやって来て、馴れ馴れしく私に話しかけて来、そしてまた、女店員達にも平気で言葉をかけるといった風の男で、従って、店員達はみなこの相沢氏を知らぬ者はなかった。買物もなしに、何のために、週に二回、それも決まって土曜日と日曜日にデパートへやって来るのかが不思議であった。しかもこの相沢氏のデパート通いは、私のデパートだけではなく、FデパートへもCデパートへも出掛けるらしかった。その証拠に、週の二回のどちらかの日に私が他のデパートへ行くと、時々出喰わすことがあった。デパート狂かとも思われるがそうかといって、一見気の弱そうなところから見て、決してデパートごろでもなさそうであった。

相沢氏のこのデパート通いは、女店員達の誰もが知っていると同様、氏も女の子達をすっかり覚えてしまっていて、どの子が何番売場に属するかを、ちゃんと暗記しているようであった。だから、三十六番売場の前へ来て、そっと木製電車の崖の隙間から勘定場の中を覗いて見ただけで、

「近頃、吉川さんを見ないようですが、病気ですか？　それともひょっと退店でもされたのではないのですか？」

と言い当てたようであった。

「家庭の都合で、この間よしました」

と、私が答えると、相沢氏は、

「あの子にも色々と噂があったようですね、何とかいうボロスタジオの監督と一緒になったとか聞いていますが……」

私は言葉尻を濁らせて、

「そんなことを言っていますが、おそらく噂でしょう、結婚のために名目は辞職になっていますが……」

と、言った。

「さア、どうですか、近頃の若い者はどうも油断ができませんからね」

と、相沢氏は面白そうに笑った。

相沢氏は居留地の貿易商に勤務しているらしく、その証拠に土曜日の午になると、やって来るのが常であった。噂によると、貿易商の主人だとも言っていたが、他の噂ではまだ独身で、アパート住まいであるとも聞いていた。買物をしないデパート客であるため、私は別段歓待も

しなかったが、顔を合わすのでやむなく、時々氏と話し合うのであった。

「デパート通いは、私の好きな登山の延長です」

これは再三、相沢氏が口にする言葉であった。しかし、そんなことを言う相沢氏であったが、人何かしら生き甲斐のあることだとも言った。従って私は、相沢氏のデパート好みに別段何の留意物としては謹厳そのもののようであった。毎日デパートへ日参する有閑マダムとの相違は、ただ相沢氏が買物をせぬもしていなかった。


これは再三、相沢氏が口にする言葉であった。そして、デパートで若い女の顔を見ることは、人物としては謹厳そのもののようであった。しかし、そんなことを言う相沢氏であったが、何かしら生き甲斐のあることだとも言った。従って私は、相沢氏のデパート好みに別段何の留意もしていなかった。毎日デパートへ日参する有閑マダムとの相違は、ただ相沢氏が買物をせぬことだけであった。

2

或る日、春田幹子が私に一枚の葉書を示した。

「あの相沢さんから、こんな葉書貰ったのよ」

文面は、お友達とつらって、一度夜にでも遊びにいらっしゃい、レコードコンサートでもやりましょう——と、いったことが、達筆で書かれてあった。これによって、私は相沢氏がアパート生活者であること独身者であることを知った。

「もちろん、これは好意の手紙だろうが、しかし、幹ちゃん、応じては駄目だ、相沢氏は紳士だ、その点は安心だが、第三者はそうは見ないからな」

「そりゃ、妾、こんな葉書で、すぐ遊びに行ったりはしないけど少し変だとは思わない？しょっちゅう来てるんだから、こんなこと口で言ってもいいことよ」

春田幹子は軽蔑した口調で言った。幹子は大変小柄な女であったが、美貌の方で、未知の人からこうした手紙はもう幾度となく舞い込んで来ている。だが、彼女には既に恋人があって、最近では、その恋人も婚約者に決まったらしく、もう三月もすると退店することを、かねてから私は聞かされていた。……

相沢氏は、しかし、謹厳そのもののような顔をして、今日は銀の犬頭のあるステッキを提げてやって来たが、春田幹子を見ると、

「この間、葉書に書いておいた日に、待っていたのに、来ませんでしたね」

と、言って、さも残念そうに、私に、

「だが、来ないかも知れませんね、近頃の若い娘は、みなそれぞれ恋人《アミ》をもってますからね、こんな禿げ頭親爺に用はないんでしょう」

と、言って、恬淡と笑った。そして、相沢氏はゴム毬を売っている幹子の後ろ姿を眺めながら、

「あの娘《こ》が、ときどき二人連れで歩いているのを、見付けましたが、近代女性はなかなかはっきりしていますね。親なんかに頼らず、自分で好きな相手を捜しますからね」

と、さも感じいった風に言った。……

これは私の癖であったが、朝、新聞で社会面を見、小説欄を覗いておいてから最後に、別段必要もないのであるが、職業欄を眺めることがひとつの楽しみであった。そして、私はふとこんな広告を発見して驚いた。

妻を求む、当方独身者にして財あり、現在貿易商を営む、なるべく初婚を求む、高女出を望むも容貌中なるを要す、二十五歳以下なること。

××アパート　相　沢

この広告主が果して、相沢氏であるかどうかを、最初疑ったが、彼が独身者であることと、アパート住まいであることの二つで、間違いなく、相沢氏であることを知ったが、私はたしかに面喰らった。それではやはり、相沢氏のデパート通いは、目的があってのことかと、やっと気付いたことであった。

その広告を見てから四五日すると、相沢氏がやって来た。

「広告を拝見しました。ひとつ、お世話をしようかと思っていますが……」

私はニヤニヤ笑って言った。

「いやア、そいつは……大変なものがお目にかかりましたな、お願いしたいところです、どうも新聞広告じゃ、駄目ですな」

「そうでもないでしょう」

「本統ですよ、何かこう、やって来る女が皆就職でもするような調子なので、すっかり参ってしまいました。良いのがないので諦めていますが……」

相沢氏はふと話題をかえて、

「時に、春田さんがこの間辞職されたそうですってね、結婚される風なことを聞いていますが……」

春田幹子が退店したのは、ほんの最近のことであったが、相沢氏はすっかりそれを知っていた。

「よく御存じですね」

「結婚が来月の二十日だということも知っていますが……」

「これは、詳しいですね」

そこまでは私でさえ知ってはいないことであった。どうして相沢氏がそんなことまで知っているのか、ただもう不思議なことであった。

「結婚前に是非遊びに来て頂こうと思っていましたが、春田さんがこう早く辞めるとは知らなかったのです。お馴染みがまたひとり減って淋しいです」

と、相沢氏はじっさい淋しげに言った。春田幹子が相沢氏に葉書を貰ったと言った日から、まだ三ケ月もたっていなかったから、彼にしてみれば、意外のようであったらしかった。

「結婚するから辞めるとは前から言っていましたが……」

「そいつは少しも知りませんでした」

春田幹子が退店してからも、相沢氏は例によって、デパート通いをやめなかった。幹子のやっていた持場を代わりに受けもっている石原寛子が、相沢氏の無帽の後ろ姿を指しながら、

「あの親爺、少し変なのよ」

と、言い出した。

「そんなことはない、あの人は紳士だよ」

「紳士！　あきれた、じゃ、不良紳士よ、きっと」

「不良!?」

「ええ、そうよ、だって、昨夜、あいつ、キネマ帰りの妾の後ろから追いついて来て、石原さん、お茶でも飲みませんだって！　誰があんな禿げ頭とお茶を飲むものですか！」

この報告は、私をすっかり驚かしてしまった。すると、やはり、質《たち》の良くない男かしらと、彼への信頼が崩壊しはじめた。と考え出すと、彼の求婚広告が、インチキがかっているようにも思えてくるのであった。

3

寒い二月の朝だというのに、私は汗ぐっしょりになって、石塊《いしころ》の山道を登って行った。寒いとはいえ、日曜日の朝の登山風景は微笑ましいもので、父親に連れられた小学生が、後ろから私をぐんぐん追い越して行ったり、シェファードをつれた外人が大股で降りて来たりして、狭い山道は上下する人達で賑わっていた。風のない朝だったので、稀にしか登山しない私には、大変楽であった。

「前田さん、前田さん」

下の茂みからたしかに私を呼ぶ声がしたので、私はつと足を止めて振り向くと、見馴れた登山服の相沢氏が、例の無帽でニコニコ笑いながら手を振っていた。

「お早うございます」

私は丁寧に朝の挨拶をした。

「後ろ姿がどうも似ているので、駈け足で登って来ましたが、珍しいとこで遭ったものですね、山はお好きですか?」

相沢氏は追いつくなりそう訊いて、

「今日はお休みですか?」

と、言った。

「久方振りで日曜日に休みました。急に朝の山へ登ってみたくなりましてね」

「山の朝はじつに良いですね、私はこの登山を日課にしているのですよ。毎朝です、今朝は日曜日なので少しおそいけど……」

相沢氏の足は、山道に馴れていてとても早かった。だから、それに調子を合わせるのに、私はひどく息切れがした。

「そうそう、まだ申し上げていませんでしたね」

と、相沢氏は歩きながら、こう前置きをして続けた。

「私はこの間、家内を貰いましたよ、独身じゃ何かにつけて不自由ですからね、もっとも、この間の求婚広告で貰ったのではないのですけど……」

「ほう! そいつは存じませんでした、それは何よりです」

合槌を打ったものの、別段興味もなかった。相沢氏はその女と、結婚式抜きで簡単に貰ったことや、女が病的にまで無口であることなどをひとりで饒舌《しゃべ》っていたが、突然、

「どうです、おかえりに私のアパートへお寄りになりませんか? お昼飯でもゆっくりやり

ながら、お話しして行きませんか?」

と、言い出した。的もない休日だったし、一度相沢氏がどんな女性を妻にしたかを見たかったりしたので、私は快く彼の招待に応じた。

相沢氏のアパートへ着いた時、案外ゆっくり登山したためか、はや正午近くであった。小ざっぱりした日本間で、衣桁に女着が懸かっているのは、彼の新妻のものであろうと、私はひとりで合点した。

アパートは山近みの高台であったので、窓から町の甍が見渡されて海が光って見えた。私が窓からの景色にみとれていた時、バタンとドアの音がしたので、いそいで振り向くと、そこにひとりの女が立っていた。

「これが家内です」

相沢氏がその女性を紹介してくれたので、私はいそいで畳に手をついて、丁寧に初対面の挨拶をした。相沢氏の妻女も私の礼儀に応じたが、これはどうしたのか、相沢氏の言った通り無口である証拠には、挨拶をしたものの、何の言葉もなかった。

美貌の女性で、丸顔の色白であったが、欠点は表情美のないことであった。初めての客であるのに、私にニコリとも笑わないことは奇異の感を抱かせた。

「じつにあの通りの無口なので困ります」

と、相沢氏が私の気をくんでか、こう弁解した。

お茶が運ばれて来て、昼食の用意になったが、その間でさえ、相沢氏の妻女は、ちらりちらりと私の顔を見はしたが、顔面筋肉を動かせようともせず、それはちょうど、何か不服を抱いているかのようでもあった。……

その後の相沢氏は、デパート通いが妻女連れになった。結婚しても、デパートを忘れない相沢氏の奇癖が、私には面白く感じられた。私は相沢氏にと同様に、彼の妻女にも等しく、来るごとに挨拶したが、彼女は丁寧に頭を下げるが、例によって、一言も発しなかった。ただ、近頃少し変わって来たことは、寂しく口許に微笑を泛べていることであった。

階段を降りて帰って行く相沢夫妻の後ろ姿を指して、何時も石原寛子が言った。

「あの親爺、また変な女を連れているものね、ちっとも饒舌らないのよ」

「あれはあの女の気性だよ、女は饒舌が天性だが、中にはああした種類の者もいるものだ、沈黙は金なりってね」

と、私は笑って答えた。

4

バアからの帰りに、私は酔いをさますため、友人と別れて、九時過ぎの元町通を歩いていたが、四辻でぱったり相沢氏夫妻に出喰わした。

「やア……」

私は元気よく言葉を浴びせて立ち止まったが、どうしたのか相沢氏はひどくいらいらした様子で、

「いや、これは……どちらへ！」

と、言いながら、ちょうど四辻をよぎろうとしたタキシに手をあげた。そして、

「今晩はちょっと急ぎますので、失礼します」

と、言ったかと思うと、はやステップに足をかけていた。あっけにとられている私に、軽く会釈すると、彼は彼の妻の手をとって、ひきあげるようにした。私はタキシの尻を眺めながら、臭いガソリンの煙の中で、呆然と走り去る車体を見送るより他はなかった。しばらくぼッとして立っていたが、酒の酔いがまだ残っていたのか、私は無意識に次に通りかかったタキシを止めた。

「あの車を追ってくれ」

私は角を曲がろうとする相沢氏の乗ったタキシを指して叫んだ。

わざとルームライトを消して、相沢氏の車体を追っているものの、私自身、何のためにこんなことをしているのかが判らなかった。……

相沢氏のタキシはかなり長く走り続けた。そして、私の車がそれを根よく追って、やっと氏の車がピタリと止まった時、私の酔いはすっかり醒めてしまっていた。扉を押して相沢氏夫妻が這入って行った建物が、円宿ホテルの山手ホテルだったので、私の不審がまたひとつ増した。何故なら、相沢氏は恋人を連れているのでなく、彼の妻を連れているのだから、円宿ホテルなどおよそ関係のないところであるからだ。

元来が私は好奇を好む性格で、扉の中に相沢夫妻の姿が消えると、むらむらと例の猟奇趣味が湧き出した。

「お泊まりですか?」

カウンターで番頭が私に訊いた。

「できるなら、ひとつ、今の夫婦の部屋の近くにしてもらいたいのだが……」

番頭が妙な顔をした。

「いや、なに……わけがあってね」

弁解するように私が付け加えた。番頭は渋い顔をして、無言で頷いた。

女ボーイが私の指定した部屋へ案内して、

「この部屋のちょうど前の二十六号室が、おっしゃっていられます御夫婦のお部屋ですから」

と、説明して、変な顔をしていた。私は黙って五十銭銀貨を女ボーイに握らせて置いてから、

「この部屋に私がいることを、どうか黙っていて欲しい」

と、頼んだ。女ボーイは笑ったまま、丁寧に頭を下げて、部屋を出て行った。

時計を見るともう十時過ぎであった。部屋はスチームでむっとするほど、温度が昇っていた。窓から外を見ると、空は真暗で星もなかった。扉をピッタリ締めて、鍵穴から外を覗くと、仄暗い電灯に照らされたコンクリートの廊下が冷たく白かった。

しかし、考えてみると夫婦でありながら、円宿ホテルへ泊まる種類の人間のことを今まで聞かないでもなかったが、兼ねてから相沢氏のなにかしら変わった性格に、ひどく好奇を覚えていた私は、何とかして今宵こそその正体を突きとめようと決心したのである。

もちろん、私は眠る意志などを捨ててしまって、腰の疼痛を我慢しながら、随分、ながい間鍵穴から目を離さなかった。

夜更けのホテルは死んだような静寂で、あだかもたったひとり広い野原にとり残された風な

感じを覚えるほどであった。

根気よく私はじつにそれから二時間もの間鍵穴から目を離さなかったのである。

夜のホテルの扉の中には、ひとつひとつの秘密が、それぞれ今、何かしら蠢いているようで、それを想像すると、私は妙にわくわくした気持ちにさえなった。

廊下の静寂《しじま》にコトリと音がした。私は吸いつくようにして、鍵穴から瞳を輝かしたが、開いた扉は二十六号の扉でなく、その隣室なのでがっかりした。そして、中から出て来たのは、寝巻姿の女であったが、容貌《かお》がはっきりわからなかった。だが、それがボッブの少女であることだけがわかったが、年少の女のホテル入りが、ひどく私を悩ませた。トイレットへでも行くのか、跫音が段々に遠のいて行ったが、その時、どうしたのか、その部屋の灯がパッと消えた。と同時に私の見張っている相沢氏夫妻のいる二十六号室の電灯も、消えたのである。そして灯が消えたと思った時、二十六号室の扉が細目に開いたので、私はドキンとした。扉が徐々と大きくあくと、中からそッと出て来た女——その女こそ、相沢氏の妻であった。

私は思わず立ち上がって、扉をあけて声をかけてやろうかと思ったが、朝起きた時、相沢氏の部屋を訪問して驚かしてやろうと思い直して、また鍵穴を覗いた。

だが、その後の私の鍵穴の世界はしごく平凡であった。先の女がかえって来て部屋へ入り、そして、続いて相沢氏の妻がトイレットから戻って来たが、同じような部屋ばかりなので、ひどくまごついていたようであったが、やっと部屋の番号を見て、ほッとした風にして扉を押した。そのまごつき方がひどく滑稽だったので、私は思わず笑いをあげるほどだった。

私は夜のホテル風景に、期待をかけすぎたためか、この鍵穴の平凡さにすっかり失望してしまった。そして、すっぱり思い諦めて、私は鍵穴から離れたのであったが、酒のせいか、ひどく頭がぐらついて来たので、それなり、女ボーイの敷いてくれた蒲団にもぐり込んでぐっすり寝込んでしまった。

窓から射す太陽に目が醒めて、私が起きたのは、七時過ぎであった。歯ブラシを啣えて廊下へ出ると相沢氏夫妻の部屋はまだ寝ているのか何の話し声もなかった。

私はさぞ驚くであろう相沢氏の表情を想像して、ニヤニヤ笑いながら、コツコツ扉をノックした。

5

ステン硝子に人影が動いて、ガチガチ鍵音がすると、グルリと把手が回った。私はそれを外からわざと開けさすまいとして、グッと押した。

「お早うございます、相沢さん」

私は笑いを嚙みしめながら挨拶した。

「どなた?」

はじめて聞いた相沢氏の妻女の声がした。手を放すとパッと扉が開いた。その瞬間、私は思わずあッと声をたてた。

それは想像していたあの無口な相沢氏の妻女ではなく、今までかつて見たこともない、いや、見ようとても、決して見られはしない仇な長襦袢姿の、石原寛子であったのだ!

「あらッ?」

驚きの表情から、急に泣き顔になって、寛子は慌てて扉を締めようとした。

「………!」

私もひどく照れて、無言のままくるりと後ろを向いた。そして、こんなはずはないがと思った。相沢氏が石原寛子と二十六号室で一夜を明かしたということは、私には信じられぬことであった。相沢氏はたしかに昨夜、彼の妻とこのホテルの扉をくぐったはずである。それだのに、二十六号室の女が、彼の妻ではなく、思いもかけぬ石原寛子であったとは!

バタンと寛子がドアを閉めた音がした。振りかえると、寛子の姿がなかった。私は不可解な感情でいっぱいであった。そして、ともかく一度カウンターの番頭に訊いてみようと思いたった。

「お早うございます」

カウンターに雑巾《ウイク》がけをしていた番頭が、手をとめて私に挨拶をした、それには答えず私はいきなり、

「昨夜、僕が来る前に、夫婦連れでやって来た、その女のひとはどんな風の者だったか教えてくれませんか?」

この質問は、昨夜同様に、番頭に変な顔をさせた。

「どんな女の方かって言われると、ちょっと説明に困りますが、女中の言葉によりますと、無口な奥さんで、悪く言うと、お客さんをなんですけど、痴呆症のような方で……」

相沢氏の妻女のことを、番頭は思い切って痴呆症であると言ったが、まことにその通りで、

私は最初、アパートで遭った時の第一印象がそれで、何かしら忘れたような表情で、それに極端な無口であったので、或いはと思ってはいたが、私はそれを口にしなかっただけのことで、内心そうではないかと思っていたのであるが、番頭にはっきりこう言われてみると、全く同感であった。

「そうだよ、そうだよ、ちょっと痴呆症的な感じの人で……」

「で、その御夫婦がどうかしたのでございますか？」

「いや……」

私は言い渋った。それへ番頭が畳みかけた。

「あの御夫婦のお部屋の御注文が、可笑しいことに、失礼でございますが、あなたさまの御注文とよく似ていたので、変だなアと昨夜女中と話したことでございますけど……」

「変だって言うと……？」

「じつはあの御夫婦の先に若いお二人連れがお出でになったのです。その後へ来たのが、あなたのおっしゃっていられる御夫婦なんでございますけど、御注文が、若いお二人の隣室へ頼むと言われるのです。で、その通りに御案内しますと、その後へあなたさまがお出でになったのです。そして、全く同じように御夫婦の近くの部屋へとの御注文なので、じつに変に思いましたが、やはり何かあったのでございますか？」

この番頭の言葉で、私はすっかり、昨夜の番頭の変な表情が、読めたのであった。が、それにしても、相沢夫婦と、その若い二人連れに何の関係がある！　しかも、不思議なことに、石原寛子が、その相沢氏と同室しているらしいことは、全く私には解せなかった。それでは相沢氏の妻女はどうしたのであろうか？　そして、また、二人連れのひとりである青年はどうしたのであろうか？　二人連れというのは、つまり石原寛子とその青年であるわけになるが、二十六号室の相沢氏の部屋に、寛子がいることは、一体どうしたことであろう？

「二十六号室はその夫婦が泊まったのですね、宿帳は？」

「この通り、相沢定二郎と書いてありますが……」

示された宿泊人名簿にはたしかに相沢氏の署名があった。

「で、相沢さんに何か御用事でも……？」

「ああ、ちょっと遭いたいのだが……」

すると、番頭はそれは残念なといった顔をして、

「相沢さんなら、今朝早くにお帰りになりましたが……」

と、答えた。

「そ、そんなことがあるものか！」

そして、私は相沢氏の第二十六号室を訪ねたのであるが、出て来たのは彼の妻女ではなく、他の女であったことを言うと番頭は笑いながら、

「何しろホテルは長い廊下にずらりと同じ外観の部屋が並んでいますので、よく間違いが起こるのです。お部屋をお間違えになったのじゃございませんか？　第一、二十六号室は空室のはずですし……」

「そんなことはない、たしかに二十六号室を訪ねたのだが……」

「それじゃ、ともかく、その部屋へ御案内しましょう」

と、言って、番頭は私の先になって歩き出した。番頭の後ろから蹤いて歩きながら、私はふと思い出したことがあった。それは先刻見た石原寛子の顔から思い出したことであるが、寛子とは昨夜、通りで遭っているのであった。それも、ひとりの青年と楽しげに私の前方を歩いている寛子であったので、私ははッとして、わざと歩をおくらせて外方を向いて、見て見ぬ振りをしたが……、そして、通の辻から寛子の姿を見失ったのであるが、その時、またも遭ったのが相沢氏夫妻であったのだが、あの時の相沢氏はひどく何かしらうろうろしていた……

「二十六号室が空室である以上、その部屋の中から他の女が出てくるなんて、どうも可笑しいですよ、きっと、部屋をお間違えになったのかと思いますが」

と、番頭はあくまでも、私の言葉を信じないで、私が部屋を間違えたことを主張するのであった。ところが、二十六号室の前へ来て番頭ははじめて驚いた。何故なら、部屋の中から、男女の声を聞いたからであった。

「なるほど」

と、番頭は頷いて、首をかしげながら隣室の二十五号室の扉をコツコツ叩いた。何の返事もなかったので、番頭は思い切ってさっと扉をあけると、蒲団が敷き放しのままで、傍の乱れ籠の中には、女の衣類が入れられてあり、壁には男の服が懸かっていた。

「この部屋が、申し上げました若い男女の方のいられる室なんですが――」

と、番頭はしばらく考えていたが、

「――とすると、あなたがお部屋をお間違いになったのでなく、今二十六号室にいられるお二人が間違ったわけになる……」

と、怪訝な顔をして呟いた。そして、

「が、それにしても、それでは相沢の御夫婦が、部屋を間違えられたままで、一言もなしにお帰りになったというのも可笑しい……」

と、言って、番頭は憑かれたような顔をしていた。

私は部屋の真中に突っ立っていたが、ふと視線を蒲団の上に落とした時、その枕辺に私は見覚えのある石原寛子の頭髪《ヘヤピン》を発見したのである。この品の発見によって、私は寛子がこの部屋にも寝ていたことを知って驚いた。

「若いお二人を女ボーイはたしかにこの部屋へ案内したはずですがね、その証拠に、この衣類はお二人のものですよ」

と、番頭は籠の中の女着物と壁にかかった青年のスーツとを指した。

「すると何ですか、二人が揃って真夜中に部屋をとり違えたことになる……」

「そんな莫迦なことはないのですが……」

しきりに考えこんでいる番頭の肩を、私は後ろからポンと叩いて、

「それより、君、早くこの衣類を二十六号室へ持って行ってやらんければ、若い二人は着物を着ることができないじゃないか」

と、注意した。

6

時間がなかったので、私はホテルからタキシを飛ばして、デパートへ出勤した。もちろん、石原寛子は欠勤していた。その理由は私だけが知っているわけであったが、もっと重大な理由は、彼女が昨夜演じた大失策をすっかり想像している私に遭うのが、ひどく困ったことであることを知っているからでもある。宿の番頭の言葉通り相沢氏夫妻はたしかに早朝から帰って行ったことは事実であるが、私には寛子の相手が青年だけでないひとつの奇妙な偶然――というよりは相沢氏のつくった故意的な偶然による、彼女の損失を推理する力がある。この私の推理の力を寛子は恐れているのである。全くこれは寛子にとってはとりかえしのつかぬ損失であり、失策であった。

寛子はその日以来、デパートを退店してしまったのである。こうして、玩具三十六番売場から、またひとりの女店員が減ってしまった。

私はすぐ寛子宛てに手紙を書いた。

破壊されたあなたの青春を、私は大変気の毒に思っている。つまりあなたは覘われていたのだ。失策によるあなたの損失とはいえ、それはあまりにも工作的な詭計であった。二十五号室の蒲団の上で拾ったあなたの頭髪《ヘヤピン》によって、私はすっかり事情を知って驚いた。じつはあの晩、私は奇怪な人物である相沢氏の行動を探るために、夫妻の乗ったタキシを追ったのであるが、相沢氏がまたあなた達の車を追っていることには気付かなかった。二十六号室に宿泊した相沢氏夫妻の行動を探索するため、私はちょうどその前の部屋を借って、かなり長い時間を鍵穴から注意していたのであるが、あの時、あなた達がその隣室の二十五号室にいることは少しも知らぬことであった。

鍵穴から見た深夜のホテル風景は、しかし、私のミステリーの趣味には、あまりにも単純でもの足らなかった。薄暗い廊下の灯の下で扉が開いたのでハッとしたが、それは相沢氏の二十六号室のそれではなく、隣室である二十五号室だったのである。出て来たのは、ボッブ姿の少女であった。容貌が見えなかったが、私はあの時ひどく度胆を抜かれた。何故なら、少女の分際で大それたホテル入りだったからである。だが、その少女があなたであったとは！トイレットの方へあなたの跫音が徐々と遠くなって行くと間もなく両室の電灯がパッと消えたのだ。今考えると、これは相沢氏の第一の詭計で、つまり両室の室内線を切断したのである。それと同時に二十六号室の扉があいて出て来たのが、相沢氏の妻であったのだ。私はこの時、思わず立ち上がって、廊下へ出て、「奥さん！」と呼びかけたくなったが、これは一種の悪戯心でもあったのだ。だが、このわずかの間に、つまり私がふと鍵穴から立ち上がった瞬間に、彼女は命令されていた、相沢氏の第二の詭計を敢行したのだ。見ていなかったのでこれは私の推理にすぎないが、彼女はじつにすばやく、二十六号室と二十五号室との部屋番号の木札を懸け替えたらしいということである。同じような部屋ばかりが廊下にずらりと並んでいる場合、宿泊人は何よりも部屋番号だけが頼りである。トイレットからかえって来たあなたは、何の躊躇もなく扉の部屋番号をちらりと見て、二十六号室であるべき隣室二十五号室へはいってしまった。鍵穴からそれをじっと眺めていたとはいえ部屋番号が替わっていることを知らない私は、他室へ這入って行くあなたを見ていても何の不思議も感じていなかった。もちろん、私は両室の位置の左右さえもはっきりしていないのだったから、じつにぼんやりと見ていたものだ。そして、相沢氏の妻がかえって来るとひどくまごつきながら、やっとのことで二十五号室であるべき二十六号室へ這入ったのである。考えてみると、人間は些細なことにさえ錯覚を起こす、その証拠に、私の推理が当たっているとするならば、自分で部屋番号を替えておきながら、しばらくうろうろとまごつくなどのことは滑稽の極みである。

さて、第一工作によって、室内の電灯線が切断されているため、それに加えて、硝子戸越しの外部は、ちょうど星のない闇夜であったため部屋は暗闇であるわけだ。手探りであなたは寝床へもぐり込んだことと思う。あなたの青春が破れたのはその時だ。あなたは多分夜具の中の男は恋人の青年であると信じていたに違いなかろうと思う。だが、第二の工作にまんまとかかって、あなたは自室へかえったのでなく、隣室へ這入っていたのである。闇で見えなかったろうが、夜具の中の男こそ、兼ねてからあなたを覘っていた相沢氏であることをよもやあなたは気付かなかったことと思う。だが相沢氏はあなたを得るためには、自分の妻を犠牲にして、あなたの恋人にその肉体を捧げさしている。私は今はじめて言うが、それは相沢氏の妻が、ひょっと麻痺性の痴呆症患者でないかということである。夫の変態的な命令も易々として敢行する点、そして、何の躊躇もなく夫以外の男に貞操を捧げる点などから察してのこれは私の推理であるが……。と言ったところで、彼女が果して、あなたの恋人と相沢氏の妻とが、不純なことをしたとは断言できないけれど……。だが、あなたは完全に、その時相沢氏の第三工作の魔術の中で眠っていたのだ。

そして、夜半、あなたの恋人はトイレットへ立ったが、相沢氏の第二工作は、ここでも効を奏し、あなたの恋人をあなたと同じ部屋へ導いてしまった。

以上の三つの工作は、しかし、朝になってもあなた方は気付いていなかったことと思う。(既にその時、部屋の番号札はもとのままになっていた)ノックの音に夢が破れて、扉をあけた時のあのあなたの、ギクリとした表情が今でもアリアリと目に残っている。私にしても、相沢氏の妻が出ることとのみ思っていたが、あなたの姿を見たので、思わずたじたじとなった。そして、恋人を連《ともな》っていた昨夜のあなたのことをすっかり忘れてしまって、私はあなたが相沢氏と同室しているとのみ、その時信じていたのだが、事実は意外なものであった。

しかし、慨いてはならぬ。何故なら、あなたの恋人は何も知っているはずはないのだから。私はあなたの秘密を絶対に口外しないことを約す。失惜は決してあなたが悪いのではない。巧妙な罠には抗しがたい。

相沢氏のアパートへ出掛けてみたが、宿望を成就した悪魔は既におらなかった。

ただ以上は私の単なる推理にすぎぬ。事実はあなたが一番良く知っているはずだ。私の推理が正しい時、決して悲歎などしてはならぬ、推理が正しくなければ、私の妄想を嗤って捨ててくれれば良い。

×　　×　　×

それ以来、相沢氏の無帽の登山姿は、永久にデパートから消えてしまった。餌食になった青春の途上にある石原寛子こそじつに不幸な女であったけれど、同じ罠に、出納係の吉川るみ子や、春田幹子等がかからなかったことは、私にとって、せめてもの喜びであった。

不思議な相沢氏の存在が、こうした変態的な宿望工作家であったことは、意表に出ずることを好む私でさえも、呆然とするものであった。

南の幻

一

ウイリキ商会の船荷検査係《サーベヤー》平田三四郎を乗せた伝馬船《てんま》が、ウニタ号の横ッ腹へ漕ぎつけられるや、彼は勢いよくひらりとブリッジへとび移って、とんとんと四五段駈け上がった時、甲板から黒坊《ニグロ》が白い歯をむき出して、金切り声を張りあげ、

「人殺し《マーダー》だ！　人殺しだ！」

と、怒鳴りつけた。

夏の朝がやっと明けたばかりで、島々の上に太陽が金色《こんじき》の光線を投げつけている、じつにすばらしい仕事日であることを楽しんでいた三四郎だけにあって、これはまた意外な事件であった。

ウニタ号（オランダ船で、英国のクリスマス島から燐礦石《りんこうせき》を積荷して来た貨物船である）が、この熊本の三角港《みすみこう》での最後の荷揚げの日であるというのに、何と不吉な事件が勃発したものかと、ふと暗い気持ちになって、三四郎はブリッジを跳ね上がるや、

「だ、誰が殺されたのだ？」

と、黒坊（彼はこの船のカンカン虫である）に畳みつけた。

「キャプテン・ウイルソンが殺されたのだ！」

黒坊は流暢な英語《イングリッシュ》で、目玉を瞠《みは》って叫んだ。その声はほとんど絶望に近い悲しみと、涯《はて》しな

い不安が溢れていた。

「なに！　ウイルソン船長が！」

三四郎は唸った。と言っても、別段、船長の死が、彼自身に何の関係もないのであるが、三四郎をキャプテンルームへ招じて、歓待してくれた、あの温厚な老船長の容貌《かお》が、ふと胸をつまらせた。

昨日《きのう》の午後であった。ウイルソンはしきりと三四郎に葉巻をすすめながら、荷揚げが完全にすんだら、ぜひ三角の遊廓が見物したいから案内してくれと頼んだ。そして、三角にも吉原があるのかなどと訊いた。だから三四郎は、この三角は日本では最南の港であって、ひどい田舎である、こんな土地の女を見て、日本趣味を味わってはいけない、船はこの熊本から直航で横浜へ行くのだから、そこで飽くほど、よいジャパニーズガールを見るであろうと答えると、船長は皺くちゃの顔で、感謝《サンキユー》をくりかえした。つまり、ウイルソン船長は日本へ来たのはこれが初めてで、従って、この熊本の小港を見ただけで、日本を意識し、話に聞いたオイランのヨシワラを透視したものらしい。だが、三四郎は約束した。田舎ではあるけれど、また田舎らしい風情のある女もいるだろうから、ぜひ案内しようと答えたものだ。その船長が、殺害せられたというのだから、三四郎は夢のような気持ちになった。

しかし、ウイルソン船長の死によって、荷揚げ証書には何ら不利益はないはずであった。不便と言えば、今日の書類《ドキユメント》に署名がしてもらえないだけで、それも、一等運転手《チーフオフイサー》のサインを貰えばわけのないことであったが、船長の不慮の死によって、荷揚げが明日になるか、それとも二三日延びるか――そのことがキャプテンの死に度肝を抜かれながらも、職業的に考えられるのであった。

ウニタ号の乗組員は三十余人の各国人種が混合していた。その大半は野蛮な広東人《かんとん》で、少数の黒人《ニグロ》とメキシコ人が混じっていて、幹部はみな生粋《きっすい》の英国人であったが、ウイルソン船長だけがオランダ系の英国人であった。

下甲板を見下ろすと、支那人が四五人宛一塊《ひとかたまり》をつくって、しきりと何か会談しているが、多分、ウイルソン事件を語っているらしく思われた。

三四郎はわけのわからぬままに、船長室の前へ急いだ。入口にははや警察官が見張っていた。三四郎は傍らの税関吏にこの船のサーベヤーであることを説明してもらって、入室を許された。

バロメーターを懸けた船長室のベッドの上に、昨日親しく三角見物を約束したウイルソンがガウンのままの、乱れた姿で倒れていた。三四郎はその傍らで、しばらくたったまま、老船長の痛ましき死に哀悼の意を表した。

三四郎は長身の一等運転手に船長の謎の死を訊こうとしたが、厳格な警察医の存在に気付いて、口を噤んだ。

ルームを出ると三四郎は甲板を走った。そして、沖合から漕ぎつけてくる島原の女人夫を満載した伝馬船に怒鳴りつけた。

「おおい、仕事は中止だ！」

二

意地の悪いことに空は染料がとりたいほど真っ青に晴れわたっていた。雨を嫌う荷揚げ仕事に、この快晴は、全くとびつきたいものであったが、徳義上、今日の作業は中止するより他はなかった。

島原がくっきり晴れて、沖に白帆が点々と浮いている。この晴れた港を呆然と眺めながら、三四郎はひとまず宿にかえるより術《すべ》がなかった。

三四郎はすっかり腐って、暑い部屋で寝そべったまま、雑誌を読んでいたが、ふと隣室に外国人らしい客の声を耳にした。

その時、廊下から、宿の番頭が、

「恐れいりますが、この方が何かおっしゃるのですが……」

と、言って、三四郎に通訳を頼みに来た。

番頭の後ろに立っているのは、隣室の客らしく、肥満した血色のいい四十がらみの毛唐《けとう》であった。彼は三四郎に軽く会釈して、島原行の汽船は毎日夕方の何時に出るのかと訊いた。この質問で三四郎は、雲仙へ行くのだなと直感した。

「毎夕、五時と八時に出ます」

と、三四郎の通訳に番頭が答えた。その通りを三四郎が言うと、隣室の客はひどく満足して、幾度も頭を下げた。

新聞報道で、この夏は、熊本地方は旱天《ひでり》続きで、ひどい水飢饉であることを知っていたので、三四郎は九州の旅を半ば恐れていたのであるが、汽車の窓から見た田園はそれらしい様子もなく、殊に桑園などが、青々と葉を茂らせていたから、すっかり安心していたものの、不安は俄然、宿から甫《はじ》まったのであった。朝の洗顔の水が不自由で、もちろん、宿につきものの風呂がなく、暑い一日が暮れても楽しい入浴が恵まれなかった。

それが、三日目の夕方（つまり、ウイルソン船長の殺害事件があったため、一日宿でごろ寝をしていた夕方）、女中が湯が沸いていることを告げに来た。

三四郎は雀躍《こおどり》して、湯殿へ突進したのであったが、濛々《もうもう》たる湯気の中で、彼は先客を発見した。よく見ると、それは隣室のさっきの外国人であった。彼は湯から首だけを出して、にここ三四郎に微笑んだ。

会釈して三四郎も彼と並んで湯に浸った。手拭《タオル》いを使いながら、この地方の水不足のことを話すと、彼はかえって三四郎に、この水はわざわざ対岸の島から小船で買って来たものであることを説明した。

外国人はすばらしい体軀《からだ》で、血色の好い顔色であったが、その若々しさに似ず、すっかり頭が禿げあがってしまっていた。こんな田舎宿の湯槽《ゆぶね》で、外国人と肌を重ねて入浴する旅のおかしさを感じながら、三四郎は、微笑でもって明日雲仙へ発つのかと訊ねると、彼はよく知っていますねと答えた。

湯槽から外国人が立つと、急に湯が減ってしまって、三四郎は慌てて両足を長く伸ばして、深く浸った。

外国人は湯槽の外へ出ると、立ったままで石鹸を使い出した。三四郎はしばらくじっと、その隆々たる筋肉の動きを瞶《みつ》めていたが、ふと彼の右腕に何かの商標《トレードマーク》に似た刺青《いれずみ》を発見して驚いた。大して珍しがるほどのものでもなかったが、日本人の刺青を見馴れている三四郎の目には、毛唐のそれは多少珍奇で、殊にそれがレッテルにある商品マークに似ていたので、余計、三四郎はおかしかった。そして、じっとそれを眺めていると、この刺青ならどこかでいちど見たことのある気がしだして来た。商標に似ている点から、それを何かの広告で見たのではないかとも思ってみたが、そうでもなさそうであった。たしかにこの刺青なら、どこかで——いや、たしかに誰かのやはり同じ右腕に見たことがあることをやっと思い出した。だが、それが、誰の右腕に見たものやら……湯屋の見も知らぬ人の腕に見たような気もし、海水浴場で見かけたような気もしたし……考えてみたが、ちっとも思い出せなかった。

その時、何げなく外国人がふと振りかえったのであるが、熱心に三四郎が、彼の刺青を熟視していることを知ると、ギョッとした態度で、急にコソコソと湯槽を出てしまった。

外国人が湯殿から出て行ってしまってからも、しきりと三四郎はあの刺青をどこかで見たことのある記憶を思い出そうと努めたのであるが、それは結局が徒労に終わってしまった。

湯から上がると、宿の廊下で、籐椅子に凭れて、外国人が棒縞の浴衣姿で、片手に団扇を握って、島のある夕暮れの海面を眺めていた。

あなたは何用でこの暑さにこんな水のない片田舎に来たのかと、外国人は団扇を動かしながら三四郎に訊ねた。

「この港にいま碇泊している、そらあの……」

と、言って三四郎は、夕闇の沖合に黒く浮かんでいるウニタ号を指しながら、

「——あの船に荷揚げ仕事があって、遥々《はるばる》神戸からやって来たのですよ」

と、答えると、彼は意外らしい顔をして、それは知らなかった、だが、あの船に何か不幸事

があったのではないかと質問したので、三四郎は驚いた。宿の番頭から聞いたのかと訊ねると、彼は笑いながら首を振って、艦《ふね》のマストに弔旗が翻っていたので知ったのだと言った。

しかし、沖合の艦のマストに翻っている旗の色をこんなところから識別し得たことが、三四郎を不思議がらせた。だが、この三四郎の不思議は苦もなくとけた。外国人は三四郎に今日一日中、望遠鏡で島のある海景を眺めつくしていたのだと答えたからであった。

三四郎が、その弔旗は艦長《キャプテン》が昨夜殺害されたためだと説明すると彼は暗い顔をして、

「それはまた《オーフル》！」

と叫んだ。

三

夜にいって、外国人は三四郎に、この付近に郵便局《ポストオフィス》はないかと聞いた。汽船の時間を聞きながら、別段まだ出発の気配もなく、局の所在を聞いたので、三四郎はもう一晩泊まるのかと思いながら、海づたいに十五分間かかると答えると、彼は有り難う《サンキュー》と言って、電報を打電《う》つのだと答えた。

棒縞の浴衣を着たまま、外国人は宿の下駄を穿いて、番頭に案内をさせて、出かけて行く姿を、三四郎は宿の二階からぼんやりと見送っていたが、闇の中に白い浴衣が見えなくなった時、ふと、夜になって甫《はじ》めて気付いたように電報を打ちに行ったことが不思議に感じられだした。

しかし、何にしても、ウニタ号のウイルソン船長の殺害事件は奇怪な出来事であった。事件

は真夜中のことであったらしく、船内の誰ひとりとして、船長室へ侵入した者に気付かなかった。好々爺《こうこうや》のウイルソン船長は、部下から恨みをうけるはずがないというのが、船中の噂で、従ってこれは、船内に犯人のないことを証するもので、しからば、外部からの犯人かとも思われるが、沖合に碇泊している船である以上、いかにして犯人が船へ来たかが問題である。

そしてふと三四郎は、局へ今しがた出かけて行ったあの外国人が、犯人ではないかと、考えてみたりしたが、すぐ、この莫迦莫迦しい妄想に失笑して、ばたばたはげしく団扇を鳴らした。

「旦那さま、外国船で船長殺しがあったそうですが、本当ですか?」

この田舎にしては小綺麗な宿の女中が、夕刊を持って部屋へはいって来た。

「ピストルでやられたのだよ、それがね、あの船長はこの日本が初めての人でね、従って、犯人が日本人であるはずもなし……と言って、船員でもなし……外部からだとすると、どうしてあの船へ忍び入ったかが問題だ、謎の事件だよ。お蔭で今日は仕事がぺしゃんこだし……」

と、言って、三四郎は夕刊を見ると、大見出しでキャプテン殺害事件が、特種として掲載されている。

三四郎はもやもやした頭の中で、さっき湯槽《ゆぶね》で見た外国人の刺青《いれずみ》を思い出してみた。たしかにどこかで見たことのある刺青である記憶が、また、頭を擡げて来たが、皆目それは見当もつかないことであった。

船長殺害事件とこのどこかで見覚えのある刺青とを強いて結合させようとする三四郎の心理は、結局がやはり、あの外国人を疑っているわけになるのであったが、そうとすると三四郎は慌ててこの考え方を打ち払った。それは外国人に対しても、侮蔑的な考え方でもあったし、あまりにも小児《こども》らしい想念でもあったからである。それはひどく幼稚なつくりごとめいた想像で、あまりにも小説的でもあった。

宿の窓下に、私娼の群れが、浜の男の袖を曳いていた。女達は真っ白い顔で、夜だけに、それが目立って、三四郎はおかた人形を思い出していた。

三四郎が蚊に耐え切れず、蚊帳《かや》の中へもぐりこんでからまもなく、局から外国人が帰って来たらしく、団扇の音がしばらくばたばた聞こえていたが、三四郎は何時の間にか眠ってしまった。

四

道で遭った女が笑顔で会釈して行ったが、その女がどこかで遭ったことはあるが、誰であるか、それを思い出そうとしても容易に思い出せない——あの焦々《いらいら》した気持ちは、誰もが経験するものであるが、三四郎は今、その腹立たしいいらだちの中で汽車に揺られていた。いくら努力したとて無駄ではあると知りながら、三四郎はどうにかして思い出そうと力んでみたが、平行線が何時の間にか相合してしまって、とりつけそうにもない。しきりに努めているのは、例の刺青《いれずみ》のことであった。

熊本三角港《みすみこう》の仕事を終えて、三四郎は一路九州本線を門司へ走っているのであるが、車中で絶えず頭にこびりついているのが、宿の湯で見た一外国人の腕の刺青であった。

つまり、三四郎は疑うまいとしながら、わけもなく宿で遭ったあの外国人を疑うことを諦めなかった。どこかでたしかに見たことのある刺青を理由にして、船長殺害事件と結合して考えようと努めていた。

会社へ書類を提出して置いて、旅の疲れで三四郎は二日間の休暇を、寝て過ごしたが、やはり頭にこびりついて解けないのが、あの刺青のことであった。何のためにこうまで、そんなつまらぬことに執着しなければならぬかと考えをしたが、それは与えられた謎が解けぬ不愉快で、いらいらし続けた。

今日も三四郎はぼんやり机に向かって座っていたが、夢中で紙に描いているのは、また例の刺青であった。楕円形の二重輪の中にRの文字のある簡単なものであったが、たったこれだけのものが、ひどく三四郎を悩ませていたのである。

「何を考えていらっしゃるの？」

背後《うしろ》から妻のトワンが三四郎の考え沈んだ姿へ声をかけた。混血児《ハフカス》のトワンは、今までに見たこともない夫の憂色に顔色を変えていた。

妻のトワンと三四郎は不思議な中の夫婦であった。トワンの母親は南洋女で、父は米国人であった。彼女の父は船員で、南洋へ渡航した時、ふとした悪戯で土地の女と恋仲になり、二度目の——詳しく言うと、翌年、南洋へ船をつけた時、彼女の父は子を抱いた彼の恋女の出迎えを受けた。この子供がトワンであった。この話は、トワンから幾度も聞いた三四郎であった。

そのトワンが、どうして日本へ来て、三四郎と結婚したか——それは数奇なことに、トワンの母親の恋愛の再現であると言えば一番早い。つまり、トワンの母親の夫が米国人である代わりに、トワンの夫が三四郎と呼ぶ日本人であるという違いだけのことであった。

トワンは娘の時、見たところ全く混血児とは思えない少女であった。どちらかと言うと母親似で、その癖、南洋女特有の黒い皮膚や、扁平な容貌《かお》や、大きい鼻を持っているのでなくて、白いとは言えないが、やや日本人に近い皮膚の色で、鼻は父に似て高く、背もほっそりとして、すっかり南洋離れがしていた。

そのトワンを見た瞬間、青年の三四郎は南洋にもこんな女がいるのかと目を輝かせた。言い忘れているが、十年以前は三四郎も、南洋航路の乗組員で、トワンの父が米国から年一度の航海であるに反し、三四郎は三月に一回、つまり、年に四周の南洋通いで、トワンとの恋はこうして甫《はじ》まり、四回目にその実を結んだ。

その頃、既にトワンには母親もなく、父親も行方不明で、土人達からは混血児として指弾をうけていた矢先、三四郎との恋を得たので、彼女は勇敢にも彼に日本行をせがんだ。

三四郎の友は皆、彼の物好きさ加減にすっかり呆れてしまった。妻を選ぶのに事欠いて、何も南洋女など……と言って、眉をひそめたが、三四郎は一向平気であった。髪は漆のように艶《あで》やかに光り、背も高く、オリーブ色の皮膚の美しさ、そして、見開いた瞳は、南洋女に特有な驚愕したような表情を示し、これはたしかに立派に白人系統の智的な冥想的な輝きであることなどに、三四郎は内心トワンの価値を認め、南洋女などを妻に持つべきでないと忠告する友に、五月蠅《うるさ》げに言うのだった。

「なアに……。好きだったら何でもないさ、内地へ帰って、俺はこいつに着物を着せるんだ、エプロンをかけさせて、白足袋を穿かせて、すりゃ、すっかり日本マダムだよ、容貌《かお》も色は白くはないが、日本人に似ているし」

トワンの母は病死したが、父は行方不明で十歳の時に別れた切り、彼女は遭っていないのであった。行方不明というより、むしろ、殺されたのだとトワンは何時も、十歳の頃の恐ろしき追憶を語るのであった。

十歳の時、突然、彼女の父が米国へ連れて帰って教育すると言い出して、嫌がる母親を説服して、本国へ向かう途中、父の船が沖合で海賊船に見舞われたのであった。その時の恐怖をトワンはしつこく彼に語ったので、三四郎はほとんど暗記していて、絵で見る海賊の残虐をまざまざ見せつけられるようであった。

乗組員はその時、全部殺されてしまったのだから、父も必ずその中のひとりであるとトワンは何時も泣いた。だが、海賊はいたいけな幼いトワンだけを救って、何ケ月かの後に、秘かに故郷である南洋へ連れ戻してくれたのである。

こうしたトワンの話はまるで夢物語のようであったが、夢でない証拠に、何時かは必ず父の仇《かたき》を討って見せると口癖のように言っていた。

……トワンは机の上の三四郎の描いた絵をしばらく見ていたが、ぎょっとした風の鋭い眼光《まなざし》で、

「あらッ！」

と、叫んだ。

「ど、どうしたのだ！」

三四郎は考えあぐんでいたことなどを忘れ果てて、

「この絵が、どうしたのだ！」

とつめよった。

五

「これは刺青《いれずみ》の絵でしょう」

トワンは紙を摑んで、射るような瞳でそれを眺めた。

「刺青の絵だ、その通りだ！」

三四郎は、トワンが一目見ただけで、それが刺青であると鑑定したので驚いた。

「どうしてこんな絵を描いていらっしゃるの？」

三四郎は三角《みすみ》の宿で見た外国人の右腕の刺青であることを説明して、しかし、その他でどこかで見たことがあるのだが、いくら考えても思い出せないこと等を話すと、

「この刺青こそ、父を殺した海賊のひとりの右腕に見たものですわ、父の仇《かたき》がこの日本へ来ているなんて……その男とあなたが遭いながら……」

トワンは逆上したように叫んだ。が、急にがっくりして、

「だけど、考えてみると、その男は命の恩人でもあるわけ……あたしを太い腕で抱き上げて、故郷へわざわざとどけてくれた人……憎んでいいか悪いか……その人の右腕の刺青が、今でも、ああ、あたしの目にちらちらする……」

と、呟くように言って、

「でも、その人がこの内地へ来ているのなら、広い内地だけど、どこかでまた遭うかも知れないわね、もし、遭ったら、あなた、どうして下さる？」

「妻の父の敵だ、立派に仇をとってやる！」

三四郎は無造作に言い放した。

「まア！　嬉しい！」

と、トワンは歓喜の表情をしたが、

「でも、日本の法律は、何の証拠もないことに援助などしてくれはしない……」

と言って、むっとした。

三四郎の頭の中で焦点が、ぴったりとあった。あの宿で遭った外国人こそ、ウニタ号の船長殺しの犯人だということが……。ウニタ号の凶変をよく知っていたこと、事件の夜、郵便局へわざわざ打電しに行ったことなどのことを考え合わせると、どうしても犯人らしくもある。しかも、まだ思い出せないが、彼の右腕の刺青こそ、ある暗示ででもある。例え、船長殺しでないにしても、妻トワンの父の仇である。しかし、考えてみると、二度とこの内地であの外国人と再会するなどのことは、奇蹟にも等しいことであると思うと、大海へ落としたダイヤモンドを捜すに等しいとも気付いて莫迦莫迦しかった。

六

秋のある日曜日であった。

溶けこむような青い空から、秋の陽がさんさんと三四郎の肩に注いでいた。ニッカーボッカーに鳥打ち姿の軽装で、三四郎は六甲山頂上のゴルフ場付近を、ステッキを振って漫歩していたが、彼はふと、前方に見覚えのある外人の後ろ姿に気付いてはっとした。危ぶんでいた奇蹟の実現が、あまりに易々《いい》たるものであったので、彼はしばらく我を忘れて立ちつくしていたが、すぐ気をとり直して、その後を蹤《つ》けた。

肥満した外人はたしかに三角《みすみ》の宿で遭った雲仙行のあの男であった。

「ハロー！」

三四郎は何げなく後ろから声をかけた。その声に振りかえった。外人は、それが三四郎であったので、意外なところであったといった風の驚きの表情で、にこにこしながら握手を求めた。握手されながら、三四郎は全く何の邪心もなさそうなこの外人が、船長殺しの犯人だと考えたり、妻の父を殺した昔の海賊だなどと信じることが、ひどく可笑しく感じられた。

青々としたゴルフ道を歩きながら、三四郎はさりげなく、

「あなたは昔、船員をせられていたのではありませんか？」

と、尋ねると、外人は目を円くして、それがどうして分かるのかと問うた。

「あなたの右腕の刺青《いれずみ》、それは昔、ある船に乗り組んでいた者の党のマークであるからです。私も昔は南洋航路の船員でした。南洋で私はその党のことについてすっかり聞いていますが……」

と、言うと、外人はひどく驚愕したが、すぐ、

「それじゃ、私の過去のことについて聞いてくれますか？」

と、語ったところによると、トワンの話とほとんど同じであった。

「だから、今はこうしていても、若い時は海賊の一員だったのです。だが、たったひとつ良

いことに、多くの人を殺《あや》めた代わりに、ひとりの南洋娘を救ったことだけは忘れもしません」

トワンのことを言っている！　トワンにとって、この男は恩人か、それとも彼女の父の敵か、
三四郎はしばし思案に惑うた。

ゴルフ場を過ぎると、やっとドライブ・ウエーの乗場へ来た。その頃から、三四郎は外人に対し、殺意を抱きはじめた。妻の父の敵――そして、ひょっとすると、船長殺しであるかも知れぬ、元海賊であった。この名も知らぬ外人を、三四郎はどうして殺そうかと考えはじめた。

幸いなことに、バスは外人と三四郎の二人きりであった。バスはすぐ動き出して、翠巒《すいらん》の間を縫ってウネウネと走り甫《はじ》めた。

外人は三四郎に葉巻をすすめて、しきりに山の話などをしかけて来たが、急に黙りこんでしまった彼に気付いてはっとした。外人は何かはなしに、三四郎からある殺気を感じた。外人は何げなしに、走り去る窓外の峰を眺めながら、三四郎の右手をぎゅっと握った。

「あなたは何をするのです！」

運転手には聞こえないように小声で、外人はこう叫ぶと、三四郎の右手から、握っていた小型の青磁色のピストルをもぎとった。

「私を殺す！　何故？　何故？」

シートの蔭で外人はそれを三四郎に凝した。三四郎は思わず座席から立ち上がった。外人は首を振ってそれを制した。そして、にこにこ笑いながら、窓からピストルを崖下へ落としてしまった。

「あなたは何故、私を殺そうとするのです？」

外人の顔から笑いが消えると、たちまちそれは嫌悪の表情に代わって、三四郎を睨みつけた。

バスはひどく揺れて、崖際をすれすれに幾度も急カーブしては、下へ下へと走っていた。三四郎は突っ立っていたが、目の先が真っ暗であった。と、またはげしい急カーブで、三四郎は思わずよろよろとよろけて、運転手台へ横倒しになった。運転手に片手で支えられた時、むらむらと生じた三四郎の殺意は、いきなり運転手のハンドルを握っている左手を放すことであった。

「あッ!」

運転手は絶叫して、三四郎に組みついた。疾駆するバスの彼方に、また右へ折れる急カーブがあった。ハンドルを回さなければ、バスは数十丈の崖下へ転落する!

三四郎の眼前で、青い山肌がぐるぐる回転した。ばアッと外人が三四郎にとびかかって来た。

轟然とした音で、バスが谷底へ転落した。

七

はッとして気付くと、三四郎の前に、外人が中腰になって、

「どうしたのです?」

と、言って、覗きこむようにした。

谷底かと思ったが、そうではなかった。外人の顔が霞んで見えたが、よく見ると、蚊帳《かや》を透かして外人がにこにこ笑っていた。そして、やっと三四郎は、夢から醒めたことを知った。

「ひどく呻《うな》されて……悪い夢でも見たのですか?」

と、外人は寝巻のままで親切に蚊帳の釣り手をひとつひとつ外してくれた。障子を開けたのか、朝の潮風が部屋へ快く流れこんで来た。櫓《ろ》の音がギイギイまだ夢心地の三四郎の頭へ泌《し》んだ。

「グッモーニン!」

三四郎は失笑しながら、のろのろ起きた。

そして何故この親切な男に対し、あんな殺意のある夢を見たのかが不思議であった。妻が数奇な運命の南洋女であったり、この外人が、妻の父の敵であったり、そしてまた、大それた海賊でもあったり、そのため、山道を下るバスを谷底に落として彼の命を絶とうとしたり……つまりそれは、外人の右腕に見た刺青《いれずみ》が同じであることを知ると、三四郎はまたもや、現実でありながら、頭がモヤモヤと霞んで来て、たしかにその刺青をどこかで見た記憶が蘇って来たのである。

……三四郎は、朝の海を沖のウニタ号へ漕いで行く伝馬《てんま》船に突っ立ちながら、昨日の出来事がひょっとまた夢ではなかったのかと疑っていた。何かまだ、夢の中を彷徨しているようで、朝潮のオゾンの多い大気を吸っているというのに、うつらうつらした気持ちであった。

ウニタ号の船腹へ漕ぎつけると、甲板から昨日の黒坊《ニグロ》が白い歯をむいて、早く早くと怒鳴りながら手招いていた。

しかし、ウイルソン船長の死は夢ではなかった。船長室の扉《ドア》はピッタリ閉ざされて、白服の厳めしい警官によって、入室を防いでいた。

船倉の底で三四郎の到着を待っていた、島原の女人夫達は、すぐ作業を開始した。ハッチの上を起重機がガラガラ音をたてて、燐礦石《りんこうせき》を捲き上げた。三四郎は、まだ去らぬ夢心地の中で、鉛筆を握り直した。

船長の死によって、臨時船長の長身の一等運転手《チーフオフイサー》が、今日は船の総指揮にあたっていた。悒鬱《ゆううつ》な面持ちで、彼はシャツのままで、ビロードの作業服に両手をつっこんで、のそのそと、三四郎の前へ歩いて来た。シャツを二の腕までまくり上げて、三四郎にこくりと無愛想な挨拶をした。

その時、三四郎の目にとびこんだのは、彼の右腕の刺青であった！　楕円の二重輪でRの文字が読まれた！

どこかで見覚えのある三四郎の刺青の謎は、ここで釈然としてとかれた。昨夜の悪夢の因《もと》は、彼のこの刺青であったとは！

それは日本人には奇異に思われる、外人の一種の迷信的なマスコットであった。その刺青によって、何らかの安息を彼らは願っているのだ！

三四郎の記憶は、無意識にもこの長身の一等運転手の右腕のものを見てとっていたのであった。そう言えば、一昨日《おととい》の作業中、彼は幾度となく三四郎の前を、露出した腕を見せて歩いていたではないか！

この無意識の記憶のため、三四郎は夢で、妻を南洋女にしたり、隣室の外人を殺人犯扱いになどしたり、その外人を殺害しようとまでしたのである。

そして、三四郎はふと、汽車の長旅のつれづれに読んだあの、ジョセフ・コンラッドの「アルメアス・フオレ」の南洋物語によって、夢が南洋に至ったことをはじめて気付いた。それは彼にとって、一夜の南の国の幻めいたものに過ぎなかったのだ。

しかし、現実は悲しいことに、ウイルソン船長殺しの謎は、扉をとざしたまま、解決が与えられていない。謎の死の船長は、はげしい起重機の音の中で、震動する部屋のベッドの上で、永久に眼を閉ざしているのだ。三四郎は、老船長のあの人なつこい笑顔が、まざまざと迫って来て、儚《はかな》い気持ちであった。

海の朝空は真っ青に晴れていた。その空へ、高く伸びたマストの先に、宿の外人が望遠鏡で見たという、哀悼の黒旗がばたばた風にはためいていた。

ムガチの聖像

溶けこむように晴れ渡った秋空へ、庭師村上省三は松の木にまたがって、快い鋏の音を鳴らせていたが、ガタガタ鳴る邸宅の二階の雨戸の音にギョッとして見上げた。雨戸は終日どうしたのか締め切られていたが、日に二三度細目に開けられてその奥から蒼褪めた女の顔が無気味に覗くのであったが、三日目の今日も、同じ女の顔がじっと省三を瞶《みつ》めているようであった。蒼褪めた女の顔が、それも昼間、雨戸から覗いたとて、驚くほどのこともないが、省三にとってその女の顔が、三年前の日露戦役の折、ひそかに殺害《せつがい》した杉並光平の容貌が再現したかのごとく、相似していたからである。光平に妹があるにはあったが、昨年児を狂気のように慕いながら病死しているし、とすると或いは光平とその妹の怨霊があの終日閉塞された部屋に巣喰っていて、この自分を威嚇するのかと、そんな莫迦げたことを考えて、ブルッと顫《ふる》えた。慌てて視線をそらすと、ガタンと雨戸が閉まって、それなり女の顔が見えなくなった。

光平をあのムガチの炭坑で省三が銃殺したのは事実である。しかし、誰もこの事実を知る者はなく、光平は名誉の戦死として信じられていた。

何故、省三が光平を殺害したか、それには、こうした理由があった。

村では省三の父は、光平の父の杉並雷民に殺されたも同様だと言われていたが、省三も母親からしばしばそのことを聞かされていたので、子供心にそうだと信じていた。父の死は縊死であったが、その遺書は債鬼杉並雷民を呪詛する文字で満ちていた。雷民は極悪非道の村きっての財産家であり、高利貸しであったが、その雷民に多額の借財をしたため、死をいそいだのは省三の父で五人目であった。そのため、雷民は村民の非難もあったので、省三の母に彼は債務残額の消滅を申し渡して来た。債務の消滅と言っても、元金は既に支払い済みのものであって、不当な高利の堆積に他ならぬわけであった。

ところで、省三が海軍に甲種合格をした時、偶然と言おうか、杉並光平も同時に採用せられた。その頃、東洋の風雲急であって、日露開戦説が村中の話題の種であった。この日露開戦説は単なる噂ではなく、今にも武力の裁判を仰がんとする状態に迫っていたのだ。かくして、二人は明治三十七八年戦役に出征したのであるが、その当時、省三はいささかも光平に対し、殺害意志などを抱いてはいなかった。

小学校時代、省三と光平は同じクラスで机を並べて学んだ。母から省三は、お前の父は光平の父に借銭のために殺されたも同様だと常に聞かされてはいたが、別段それが故に、光平を敵視することもなく、仲良く遊んだものであった。光平は卒業後、中学へ入学したが、省三は貧困のため、それができなかった。彼はそのため、父から習い覚えた庭師をし、傍ら百姓をして微弱ながら活計の糧を得て、母を助けた。その間、しばらく光平とも離れていたわけであるが、その年月の内でさえ、省三は父の復讐というものを考えたこともなかった。

と、すると、何時から省三にその復讐の念が湧いて出たか？

それは日本海々戦直前に思いもかけず忽然と起こったことに過ぎない。開戦直前のあの昂奮した精神的錯乱が省三に、忘れていた父の仇《あだ》の念を植えつけたと言えば一番早い。この復讐観念の勃発は、じつに省三自身ですら考えてみたこともなかったことで、これはたしかにまだ見ぬ血戦による精神的刺戟であったことは疑いないことであった。

明治三十七年五月二十七日早朝——「総員強載石炭捨て方！」

初瀬全艦に響き渡ったこの号令は、けたたましい起床ラッパに叩き起こされた三等水兵村上省三をすっかり呆れさせたものであった。いや、呆れたのは彼だけではなく、水兵のことごとくが、大海原に映える旭光に目をしば叩きながら唖然としたものだった。何故なら、我が国初めての……というよりも、世界海軍創設以来の、奇怪な命令だったからである。

しかし、この命令の意味は、士官の説明でやっと判った。聯合艦隊は最初、敵が遠く太平洋を迂回し、津軽海峡、或いは宗谷海峡を突破して、ウラジオに入るものと仮定して、過大の石炭を強載していたのである。それが、想像していたに反し、敵艦隊は対州東《たいしゅうとう》水道を通過しようとする状報が這入《はい》って来たので、満載以上の石炭が不要になった——というのであった。

俄然、船内が開戦以前のあの活気のある騒然とした音に塗りこめられた。艦内作業中、乗員の最も労とするところは、この石炭搭載であって、満載は固《もと》より強載に至っては更に一層の苦心を要するわけで、従って、仮令《たとい》一袋の石炭とて、みな乗員の汗膏《かんこう》である。殊に戦時搭載のものはことごとく無烟炭《むえんたん》であるから、物質的にもまた労力的にも惜しいものであったが、乾坤一擲《けんこんいってき》の危急時である。命令一下とともに、総員踴躍、まず上甲板に山積した炭堆の絶頂に登り、投棄開始になった。やがて朝の海面に飛沫をあげて、石炭袋が芥《あくた》のごとく次々と、惜しげにもなく海中深く投下されていった。

この石炭作業がやっと済むか済まぬうちに第二の命令が出た。

「顔洗え、煙草許す……」

暫時して、

「食事用意、食事につけ……」

既に午前九時半を過ぎていたが、全員はこの号令で甫《はじ》めて、朝飯がまだであったことを思い出した。出陣祝いのためか、かつてない白飯が給された。

省三はその白飯の湯気の中で、まだかつて経験したことのない荒々しい感動に浸っていた。それは血が躍っているとでも言うか、濁流が岩に砕けているあの光景そのままであった。ロシア艦隊何者ぞ！と思ったその時である。敵はロシア艦隊だけではない！父の敵、杉並光平もロシア以上の仇敵ではないか！と、はッと気付いた。この意識は、普通平常の時には決して起こるものでなく、血肉が荒くれだった一種狂乱めいた肉体状態の時に、残虐を背景にして勃然と起頭する精神病的な復讐心念である。

箸をおいて、つと立って、すかすように前方を見ると、光平が貪るように食事していた。その光平の横顔をギロリと見て、安堵したかのように省三は座についた。かくして、突如、省三は光平に抱いていた復讐心が積極的に活動し甫めたのである。今まで平穏であった心の波が、悪魔でも移り住んだかのように、じつに一瞬にして、狂奔怒号する大荒海に化してしまった。

朝食後、敵艦隊が予定線に這入ってくるのに、まだ数時間余もあったので、全員に再び休養命令が出た。開戦前、充分の睡眠をとらせるためであった。士卒は各自の受持ち砲後に配備した弾丸にマットを被せて、それを枕にしばしの眠りをとるのであった。

数時間後には修羅場に化する場所で、悠々眠る士卒の様は、折り柄巡邏当番でやって来た省三の目を瞠《みは》らせた。艦全体に悠々自若たる日本魂《やまとだましい》が張り渡っていた。それでも、光平に近づいてその寝顔を見入った時、突如、省三の体内の日本魂を押しのけるようにして固体になった悪魔の笑いが口辺にモヤモヤ泛んでくるのであった。

過度緊張による不思議な一瞬時的な省三の変化心理は、あたかも先天的な最小の悪が何かの機会にパッと爆発して、巨大な罪悪に変化したのに似ていた。思ってもいなかった省三の復讐心理は、心の奥で今まで蟄居していたのであるが、開戦以前の今にも破裂しそうな戦争魂が過熱して、心の壁に些小の穴を穿ったのである。その穴を目がけて、どっと濁流が押しよせて来たようなものであった。

「村上、砲の発火電池の電力を検《しら》べてみよ」

士官に命令されて省三は身を屈して砲身下に匍匐《ほふく》した。まず電纜《でんらん》接合部を検しながら、ふと、砲身の下面及び砲鞍と砲身との間に、汚損した長方形の多数紙片が粘付されてあるのを発見した。それはみな、守り符であって、琴平大権現《ことひらだいごんげん》あり、八幡大菩薩あり、水天宮、さては観世音、不動尊等であった。兵士達がみな、故郷を去る日、肉親から受けた神符であって、開戦に当たってまだ肌を離さぬのは卑怯と思ってか、さりとて捨てるに忍びず、各自が砲身に貼りつけたものである。

省三の心から、光平を覘《ねら》う悪魔が、いまにも逃げ出しそうになった。何故なら、省三はこの神符を見て、滂沱《ぼうだ》と涙しながら、戦士達の父老の愛を感じたからである。身に恙《つつが》なきよう、祈りを籠めたこの神符こそ、総て肉親の愛を孕んでいる。省三の母の心とて同様である。従って、光平の父母にも、この念が相違するはずはない。その光平を、復讐のためとは言いながら、殺害しようと機会を覗う省三の心に、悪魔が巣喰っていないと誰が言おうぞ！　しかるに何ぞや、発作的に省三の胸に生じたこの復讐心念の荒波にひきかえ、後数刻にして主力戦の一大衝突となる危急時に際し、絶大の勝利を未然の内に確信し、平然として睡る兵士達の大胆なる静寂！　それに和してか、戦前というのに、風も歇《や》み、千里の大海原は森茫《しんぼう》として鏡のように静かであった。

「茶でもくむからしばらく休んではどうか」

省三の追憶を破って松の下で声がしたので見下ろすと、この家の主《あるじ》の退役士官松平中佐が、白髭の奥でニコニコ笑いながら縁側に立っていた。

と、言われて、松の上から省三は、ピョコリと頭を下げて、のそのそ木から降りて来たが、彼はひどくおどおどしていた。

おどおどした彼の態度は、決して老中佐を畏敬してのものでなく、じつはこの家を怖れてのことである。何故なら、この家こそ、光平の父雷民の妾宅だったからである。省三が凱旋して村へ帰ってから一年目に、光平を戦死させた悲しみのため、鬱々として隣村のこの妾宅で空《むな》しく日を送っていた雷民は、ある日忽然と心臓麻痺で急逝したのであった。その父の死を慕ってか、兄を奪われた光平の妹も一年後にまた病を得て死亡した。この二つの死に原因してか、この邸宅は売り物に出たが、それを買ったのが、松平老中佐だった。

そうした邸宅であったので、省三は仕事を依頼された時も、一度は断ったのであるが、再三老中佐から使いがくるので止むなく仕事にかかって、今日で三日目になるのであるが、光平の死を戦死と信じてこの家で死んで行った雷民の魂が、まだどこか邸の隅に残っているようで、省三は最初から無気味であったのだ。それが悪いことに、邸宅の二階が、昼間だというのに常に閉じられていて、時々そこから女の顔が覗いたりするので、省三は最初の日から気が鬱していたのだ。その上、その女の顔が、ひどく光平に似ていて、彼の妹かとも思えるほどであったが……それは決して気の所為《せい》ではなく、まだあの死んだはずの妹が、生きているようにも、省三には思われた。

白昼でさえ、こうした恐怖を持っている省三であったので、老中佐にすすめられたものの、すぐ急に縁側に出された座蒲団へ座る気もしなかった。

「いや、ここで結構でございます」

そう言って、省三はなおおどおどと立ったままであった。

「遠慮せんでもいい」

省三の気も知らず老中佐はしきりに省三にくんだ茶をすすめた。

「噂に聞いたのじゃが三年前の日露戦役には、従軍していたそうじゃな。毎日の新聞報道で俺《わし》も胸を躍らせたものじゃ、若けりゃ、もいちど出征するのじゃったがな」

老中佐の言葉を上の空で聞きながら、省三は思い切って、

「御隠居さま、時にお宅にはお嬢さまがお出でなさいますか?」

と、訊いた。

「娘? いや、そんなものはおらぬ!」

どうしたのか老中佐は慌てて否定した。

「この老体で悲しいことに子供がおらぬのじゃ」

「それでは、女中さんはおいでになりますか？」

しかし、この家に女中がいぬことは省三はよく知っていた。老中佐の老妻と、下男との三人暮らしであることを省三は百も承知であったが、娘がおるに違いないと省三は思いきっていた。

「この家に女ッ気はないはずじゃが、妙なことを訊くのじゃな、どうかしたのか？」

老中佐は顔を曇らせて訊きかえした。

（後で村人に省三は訊ねたのであるが、やはり松平の邸宅には娘はいなかった）

幻覚ではない！　たしかにあの雨戸を細目にあけた女の顔を省三は見た。その顔が神経か、戦線でひそかに殺害した光平に似ていた！　三年後のいまになって、それでは光平の魂がこの自分を苦しめにやって来たのだろうか？

省三は苦しげに面を伏せて長い間黙って、せっかくくまれた茶を飲もうともしなかった。

「無人のため、ああして、終日戸閉めであるのじゃから、女手も要らぬわけじゃ」

そう言って、老中佐は思い出したようにつと立って、

「日露戦役の戦士である君に、是非見せて上げたいものがあるのじゃが……」

二階から老中佐は両手に桐箱を大事そうに抱えて降りて来た。

「この品は海軍関係から偶然手に入れたものじゃが、三年前の大戦で、我が軍が敵軍から分捕ったと言われる聖像じゃ。信仰心の強いロシア兵は、戦地においてすら神を忘れぬ聖なる心を持っている。ま、一度見て置きなさい、日露戦役を物語る意味深いものじゃで」

取り出されたその聖像を一目みるなり、省三は光平の魂が、いきなり彼の咽喉笛《のどぶえ》めがけてパッと飛びかかって来たようにゾッとした。

激戦にもかかわらず光平も省三も、微傷だにうけなかったことは奇蹟と言ってもよかった。呪うべき戦争が或いは仇敵の光平を奪うかも知れぬという、省三の懸念もこれで一掃されたわけであった。従って、光平殺害の機会がなかったとも言える。ロシア艦隊を全滅させた聯合艦隊は、みなそれぞれかなりの損傷をうけていた。

戦艦初瀬も戦傷修理のため、横須賀軍港に帰還して、応急修理の後、更に北遣艦隊の主力となって樺太征討の途に上ることになったが、省三は次の機会こそ逸してはならぬとひそかに復讐の念を沸《たぎ》らせていた。

この第二の出征は、まず首府コルサコフを攻略し、第二次行動として、北部首府アレキサンドロブスキー攻略にあった。

かくして、まず十二隻の輸送船隊に別乗して、ムガチ炭坑桟橋へ上陸したのである。

埠頭近くに、小丘のごとく石炭が堆積せられていて、二条のレールが山間へ通じていた。炭坑！　省三の頭へピンと来たのは、これこそ絶好の殺人場所であるということであった。炭坑内は既に敵兵も日本軍《ヤポンスキー》の攻略のためことごとく逃走して、皆無であると信じたからである。

「杉並！　ここが有名なムガチの炭坑だ」

省三は樺太松《とどまつ》の密生した木《こ》の下闇に、左折右折、羊腸たる坂路に光る二条の鉄路を指して、

「このレールの果てが炭坑まで続いているのだ、敵兵ももういるまい、どうだ、こっそり二

人で炭坑探険に出かけてみないか？」

と、誘った。長い艦内生活で、省三はすっかり光平と親友になり切ってしまっていた。光平とて、長らく敵姿を見ぬ退屈さから、うかうか省三の誘いに応じた。

坑頂から滴下する水で坑道はじめじめ湿っていた。用意して来た蠟燭《ろうそく》に点火して、二人はこわごわ坑内へ進入して行った。進むに従って道は次第に窘《せば》まって来て、匍匐せなければならぬ時もあった。道程崎嶇《きく》、凹凸屈折して、途中で省三は光平への復讐も忘れて、後悔しはじめた。行くこと半哩《マイル》、やっと坑端に達した。燭火で照らすと畳を敷くほどの広さで、坑頂も、辛うじて歩行し得る高さになっていた。足許に鶴嘴《つるはし》や手鍬《ショベル》、さては畚《もつこ》、笊《ざる》等が散乱していて、そのそばに黒麭麺《パン》が食いさしたまま転んでいた。

「日本軍の襲来の報で、ロスの奴が、慌てふためいて逃げたらしいな」

省三は呟くように言ったが、心中機会は今だと、胸を鳴らせていた。光平はそんなこととも知らず、よほど疲れたものとみえて、蠟燭を片手に持ったまま、露人の残していった菰《こも》の上へべったり座ってしまっていた。

省三は徐《おもむろ》に手を腰へ回し、拳銃を探った。そして、それをぐっと握った時である。闇であるはずのこの炭坑内に眩せんばかりの光輝がパッと省三を照らしたのである。思わず拳銃から手を放して、省三は無意識にヨロケルように二三歩後退した。光平も飛び上がるように突ッ立っていた。しまった！　と思ったが、決して光平は省三の態度に気付いて驚いたのではなく、省三とて同じように、不意に晃々と光るこの闇の怪奇に度胆を抜かれたのであった。

二人はしばらくこの不思議な光線に顔を見合わせたが、よく見ると、それは燭火が坑壁に懸かっている金属製の四角形の板面に反射している作用だったのである。

「キリストだ！」

光平が叫んだ。

よく見ると、神仙が合掌して立っている姿であった。その両眼は鋭く省三の殺意を洞察しているかのようであった。像の下に鬼薊《おにあざみ》に似た一茎の野花が空き鑵に挿されていた。

省三は何もかも知悉しているような、その立像の両眼が憎々しかった。

「こんなもの！」

いきなり壁からひき離して、省三はその聖像を狂気のように足蹴にした。

「村上！　貴様、な、何をする！」

光平が省三を睨みつけた。その目は聖像と同じように射るごとき鋭さであった。光平は村では珍しいキリスト信者であることを、省三はすっかり忘れていた。たちまち光平の怒りの鉄拳が燭火を捨てて省三の頬にとんだ。省三がふいを喰ってよろめいた時、彼が片手に握っていた蠟燭の火がパッと消えた。省三は赫《か》ッとして、夢中で拳銃を倒れながら腰から抜いた。彼の一弾は、だから復讐のものではなく発作的な憤怒による一弾であった。闇へ放った一弾は坑内の天井へ大砲のように反響した。

「気が狂ったのか、村上！」

闇の中で絶叫する光平の声へめがけて、省三は第二弾を放った。同時に彼も右腕がジンと麻痺《しび》れた。

「ああッ！」

叫び声とともに物体の倒れる音が坑内へはげしく反響した。省三は思わずキッとなった。一寸先も見えぬ闇だった。光平を射殺したのだ！　と、省三は知ってはッとした。復讐を忘れての弾丸に何の価値があるのだと気付くと、彼はとりかえしのつかぬことをしてしまった後悔でブルブル顫えた。と、突如、タタンとまた一弾が彼の耳をかすめた。光平の奴、まだ生きているのかと思うと、急に潮のように恐怖が湧き出した。省三は夢中で闇の中を這うようにして逃れた。

坑口へどうして辿りついたのか、省三は何の記憶もなかった。闇から光を見た時、地獄の崖から這い上がった気持ちでばったりその場に気を失ってしまった……。

人声に気付きうっすりと目を開くと、太陽がカッと眩《まばゆ》く瞳《め》を射した。

「村上！　大丈夫か？」

懐かしい上官の声だった。水でベタベタ右腕が濡れていたので、左手で拭うと、それは水ではなく血潮であった。と知ると、急に劇《はげ》しい疼痛を感じて来た。杉並に狙撃されたのだと知って、彼は警戒でギッと身を構えた。

「杉並はどうした！」

「敵どもに殺《や》られました！」

悲痛な声で省三が叫んだ。この嘘言《うわごと》ははげしく彼の良心を鞭打った。

「行けッ！」

上官が右手を上げると、バタバタと慌ただしく炭坑の入口へ走る兵士達の靴音が夢のように聞こえた。

顔がはッきり見えるようになった。視力が光に馴れて来たのである。よく見ると、味方だとのみ思っていた男達が、捕縛されたボロ服を纏ったロシア人であったので、省三はギョッとした。四五人が並んで後ろ手にしばられて悄然と立っていた。

「杉並は戦死したと報告せい！」

血みどろ姿の省三を尻目に見て、上官は部下に機械的に命じた。

この記憶はまだ生き生きと省三の頭の中に、悪魔絵のごとく、こびりついているのであった。従って、老中佐に見せられたその聖像がどうして忘れることができよう！　罪人が証拠をつきつけられた時のように、グッと息づまって、全身の血液が、急激に凍結した気持ちであった。

しかし、幸いなことに、老中佐はこの省三の衝動にいささかも気付いていないようであった。省三は口まで出かかったムガチ炭坑の出来事をぐっと耐《こら》えた。話したところで嘘を物語らねばならぬことを知って、口を噤んでしまったのである。

奥から下男の声がしたので、老中佐は聖像をそのままにして立って行った。老中佐が奥の間へ姿を消した時に、省三はその聖像を偸《ぬす》み見るかのように、そっと持ち上げてじっと見た。キリストの鋭い瞳はなお省三の旧悪を知っているかのようにはげしい威厳《ディグニティ》を含んでいて、神々しい中にも、戦友を犯した罪をなじる目に見えぬ威圧の光を放っていた。何げなく省三は聖像を裏返して見た。その裏面を見た省三は、神の鉄槌《てっつい》でやにわにガンと叩きのめされたようにヘタヘタとなった。それは刄先で創《きず》つけたとも見える乱暴な片仮名で三字「ムラカ」と書かれてあった。

「光平の亡霊がまだこんなところにひそんでいるとは！　奴はきっと、この俺の一弾を受けながらも虫の息の中で劒銃《けんじゅう》の先を握り、加害者である俺の名を書きかけたのだ！　そして、最後まで書き終わらぬうちに絶命したのだ！」

省三は慄然として聖像を畳の上へ投げ捨てるようにして腰を上げた。

「まア、いいではないか、せっかく見せた聖像じゃ、聖像の由来でも聞いてはどうか？」

そう言いながら、立ち上がった省三をとめるように、老中佐が奥から出て来て大声でとめた。老中佐は、しかし、もう聖像などに興味を失った風に、その童顔をニコニコさせて、一通の電報用紙を持っていた。

「東京から姪が電報を打ってよこしてな、この爺の顔がみたいと言うて明日こっちにはるばるやって来ることになったわい。すまんが下男と二人で、駅まで迎えに行ってやってくれまいか」

老中佐は嬉しさのあまりすっかり聖像のことなどを忘れ果てているように省三には思えた。

翌日、省三は下男と駅まで老中佐の姪を迎えに行った。二等客車から都会の香《におい》を全身に浴びたような、華美な洋装の令嬢が降りた時、下男は走りよってペコペコ頭を下げていたが、省三は無表情のまま、形式的に会釈しただけであった。

老中佐の邸宅の二階から覗いている謎の女の顔を見て以来、省三は女を見ると、それがことごとく最近では光平に似ているように思えてならなかった。老中佐の姪を駅で見た時もそうであった。光平の顔にまるで生き写しに思えて、近付いて言葉をかけることがひどく恐ろしかった。

老中佐の姪の名はいさ子と言ったが、近代的な美しい声と容貌をもったまだ二十歳に満たない少女であった。そのいさ子が来た日から、邸宅の二階の雨戸がバッタリ開かなくなったことを省三は何よりも不思議に思っていた。老中佐に訊ねた時、家には女ッ気がないと言われ、やはり何かの幻覚かとも思ったりしたが、幻覚にしては白昼雨戸の隙から覗くあの白い顔があまりにも生々しく記憶に残り過ぎている。その上、省三の質問にひどく慌てて女の存在を否定した態度や何故かしら顔を曇らせたあの時の老中佐の表情が今でも不思議な省三の疑問であった。それがいさ子が来て以来、二階から覗く女の顔がぴたりと見えなくなったのだから、彼の不思議はなお一層募るのであった。

淋しい老中佐一家がいさ子のために、ぱっと桜花を開いたあの陽気な空気で漲って、その中を若鮎のような少女が動いているのが、水族館の魚を思わせた。

美しいいさ子は来たその日から、田舎ッぽい無骨な庭師の省三が一向に敬意を払おうともせず、かえって何か反感めいた態度を示すのが、ひどく彼女の自尊心を傷つけた。

「おじいさま、あの男妾《わたし》を何時も尻眼で睨むのよ」

いさ子はまだ旅の荷物をとかぬ間に、老中佐にはやこんな告げ口さえした。

しかし、省三にはそんな少女のことよりも、老中佐に見せられた聖像のため、無数の悪虫が胸の中に巣喰っているようで、その聖像にひそんでいる省三の罪を、老中佐もそしていさ子もが、知りつくしていながら、わざと知らぬ風を粧《よそお》っていると、いじけた考え方をしたりした。

夜になると、省三に聖像が悪夢になって現れた。彼はその夜、一睡さえもしなかった。

この苦痛は、ついに省三にひとつの決心を与えた。聖像を秘かに盗み出すことであった。

×　×　×

盗心とは言え、金銭を目的とせないことがせめてもの省三のなぐさめであった。夜をまって、省三は勝手知った老中佐家の奥庭にそっと忍び込んだ。

夜更けた邸宅の二階廊下を足音を忍ばせて省三は歩いた。首尾よく老中佐の書斎から盗み出した桐箱入りの聖像を小脇に抱えて、省三は事なく本望の終わることを祈りながら、階段へかかった時である。

「誰？」

と、部屋から怖れに顫えた女の声がした。いさ子の声に似ているようでもあったが、違った声のようにも思えた。ギョッとして、闇の中で突っ立った。

急に電灯が灯って、障子が白く映えた。くっきりと障子に映っているのは、わなわな顫えている女の姿であった。部屋に光がはいった時、省三はピリッとした電感に似た衝動をうけた。この部屋こそ、終日雨戸が閉ざされていた……あの部屋だ……光平と相似の、そしてまた兄を慕って死んで行った彼の妹に酷似したあの青白い女の顔が雨戸の隙から覗いていた部屋だ……と思うと、障子に映る女の影が、省三に悪魔のように映った。

思い切って省三は障子に手をかけた。内部から女がそれをさせまいとした。省三の力がまさってさっと障子が開いた時、省三はそこに諦めたように突っ立っている女を見た……

女を見た瞬間、省三は脆くもアッと恐怖の声をたてた。その女はやはりいさ子ではなかった。色蒼褪めた、あの雨戸から覗く、光平に似た女であった……省三は夢中で用意していた短刀で力まかせに女の胸部をつき射した。女はひきつるような声をあげると、畳の上へ大きな音を響かせてドタリと倒れた。

それから省三はどこからどう逃げたかは知らない。桐箱をそれでも大事に横抱きにして夜道を弾丸のように走っていた。

闇の中を走りながら、省三は光平の幽霊のようなあの女を殺したとも思われ、一方、ひょっと老中佐の愛姪のいさ子を殺したのではないかと、思い迷っていた。そして所詮は、人二人を殺した身だ、自殺して罪を老中佐に詫びればいいと諦めた。……

省三の縊死体が村の松林で発見されたのはその翌朝であった。何の遺書とてなく、足許に桐箱が置いてあるきりであった。桐箱には墨痕《ぼっこん》鮮やかに松平蔵と書かれてあったので、村人が老中佐邸へそれを持参したが、

「ああ、この額なら先日村上へ与えたものじゃが……しかし、どうしてまたそんなものを持参して縊死したもんか、とんと合点が行かぬ……」

と、白ばくれた。老中佐は村上に汚名がきせたくなかった。真夜いさ子の部屋の物音に驚いて、二階へ駈け上がった時、老中佐は畳の上に仰向けに倒れた人形を見て、

「やはりやって来たのか……」

と、歎息とともにいさ子に言ったものだった。人形の腹部に短刀で突きさされた痕が痛々しく残っていて、破れた着物の奥から人形泥が覗いていた。

「人形がお前の身代わりになってくれたのだ、盗賊は庭師の省三だ。しかし、いさ子、他言してはならぬ、誰にも省三が忍んで来たと言ってはならぬぞ」

と、それ以上、老中佐は恐怖に戦くいさ子に、何事も語らなかった。何のために省三が盗賊になったか、それをいさ子は聞きたかったのであったが、老中佐はそれを語ろうとしなかった。……

省三の縊死は謎のまま葬り去られた。何の理由で省三が自殺したのか、その真相を村人は誰も知る者がなかった。

いさ子が都会へかえるその日の朝、老中佐はやっと彼女に省三の謎の死についてこう説明した。

「可愛そうに庭師の省三は、俺がムガチの聖像を見せたばかしに死んだのじゃ。奴の死の真相を知っているのは、今のところこの俺と杉並一家だけじゃ。省三の父も縊死したことをお前は知るまいが、その縊死の理由は、金銭上のことで杉並一家を呪ってのことであったが、その子の省三が父の復讐として杉並家を再び呪詛することはあり得べきことと思う。従って、杉並家は日露戦役で戦死した息子の光平が、果して戦死したものか、或いはひょっと戦友の省三に惨殺されたのではないかと、漠然とした疑問を抱くのも、これとて無理からぬ話……杉並家と松平家との関係は、村人の誰もが知らぬことで、そしてお前にもまだ話してなかったが、昔から薄い血統が流れていてのう、そんな関係上、ある日俺は杉並家から、あの省三が光平を戦場で殺してはいぬかどうかを探索してはくれまいかと、遺族からぜひにと困った依頼を受けたものじゃ。俺は省三が光平を決して殺害してはいぬことを最初から知っている、それは確乎たる証拠品があるために断言できることであるが、しかし、省三の殺害意志がその当時なかったとは断言できない。あまり気もすすまなかったが、やむなく俺は頭を捻って、当時の省三の殺害意志の有無について、その心理を知るため考えあぐんだ末、やっと思いついたのが、等身大のあの有り合わせの人形を使ってのトリックで、殺人者の恐怖心理を試験してみたものじゃ。その結果が、じつに残念なことに、反応があった。終日、わざと閉ざした二階の雨戸から人形の全身を出して、仕事中の省三に見せつけたのじゃ、それも効果的に、視線が人形に向いた時、ひょいと隠して雨戸をバタンと締め、あたかも女が隙見しているかのように思わしめた。これが第一のトリックで、省三の恐怖心理をかなり攪乱したようであった。終日閉ざされた雨戸、その雨戸から一日に幾度となく白い女の顔が覗く、しかもその女たるや、松平家に絶対にいない女人——これらの無気味さは、じつに大なる感応を示した。第二のトリックとして、あの聖像を見せてみたのだが、案の定、省三は一目見るなり、蒼白になりおった。聖像は友から偶然手に入れたものだが、杉並光平の戦死したのがムガチの炭坑内と聞いていたので、同じムガチでの戦捷品《せんしょう》を応用したに過ぎぬ。額の裏にわざと省三の名を小刀で無造作に刻みつけて置いたのも俺の小細工じゃが、これもかなり利いたらしい……省三が聖像を盗み出した理由は大体そんなわけなのだ。聖像を盗み出すことによって罪の発覚を防ごうとした単純な考えからのことと思うが、それがかえって死なねばならぬ原因をつくった。省三は一図にお前を射したとのみ信じているのだ、つまり人二人を殺した罪の恐ろしさからの死だ。しかるにじゃ、その二人とも省三の手で死んではおらぬ、省三が決して光平を銃殺していないことを証明する次の一文が、じつは聖像の桐箱の底へ蔵《なお》してあったのだが……」

と、言って老中佐は、何時の間に、箱から抜きとったものか、一枚の紙片をいさ子に示した。それには筆で克明に楷書体でこう書いてあった。

「考奴《やつがれ》は決して兵士にては候《そうら》わず、当ムガチ炭坑採掘に従事する名もなき坑夫にて候なり。南部樺太を占領せる日本軍《ヤポンスキー》近々にここにも攻め来《きた》るべしと聞き、落ち延びんと思う矢先、桟橋近くにはや大艦小艦の姿を見、仰天し候ものの、炭坑内に残し置きたる調度類及び命より大切なる聖像を携え罷《まい》らんと、大胆にも炭坑へ手探りにて進むうち、前方より二名の日本軍燭火を手にして近づきくるを発見、やむなくすばやくも勝手知ったる坑頂へ登り死を免れんものと戦くうち、ヤポンスキーのひとり何の理由かやにわに聖像を発見、これを足蹴に致し候、考奴、危険の身を忘れ、敬神の念強かれば、思わずカッとなり、用意の銃に手をかけ、発射せんとしたるも、如何せしや、たちまち日本軍の手にせる燭火消え失せ、見当もつかず、何かしら二人の間にわけのわからぬ激しき言葉が交わされ居り候、多分燭火なきための困憊かとも思われ、機会はこの時とばかり、神に代わって発弾致し候ところ、たしかに命中したる絶叫とともに身体の倒れる音あり、続いて日本軍の応戦の一弾、考奴の真下を通り候ため、やむなく、また一弾応射致し候所、これまた闇打ちとはいえ、身体のどこへか命中したるものか、悲痛なる声あり、徐々その声も遠ざかりければやっと人心地つきたる次第にて、決して当時日本軍に敵対する意志とてなく、夢中の行為とて、考奴の命を許したまえかし」

いさ子がそれを読み終わった時、

「それで見て判る通り、決して省三は光平を射ってはいぬ。犯人はまさしくその老坑夫であると思われるのじゃ。その紙片は、この聖像を友が俺《わし》に贈る時、聖像由来の意味で、従軍日記の抜萃を叮嚀に書き写してくれたものじゃが、省三が死ぬ前、この一文さえ読んでおけば死ぬ必要もなかったと思う、杉並家と血統をひいているため、罪ない人を失ったわけじゃ」
そう言って老中佐は憮然とした。

吸血鬼

「君は雨男と言うのを知っているだろう。その男が旅行に出れば吃度雨になると言った風の……その式の男が、そら、そこで女と茶を飲んでいるのだ」

隣接のソシアルダンスホールからのジャズが微かに聞える喫茶店プラジレイロの窓側のテーブルで、和服の断髪少女と楽しげに話している青年について私が説明した。

「あの男はね、雨男ではなく、女地獄とでも言うかな……とも角、あの男と関係乃至恋愛した女は必ず死ぬと言う奇現象があるのだ。悪く言えば色魔男の毒気だな」

その青年は私と同じZデパートに勤めていて、女出入の多い男で、その為か未だ独身であった。病身ではなかったが、常に顔色がすぐれず、生気がなかった。コンサンプションだと言う噂もある。彼がそうした病気の為、相手の女が確実にバタバタ倒れて行くのも、それはじつに接吻《キッス》から伝染する細菌の為だとまことしやかに皆がつたえている。

「その第一の女が、肉体美で健康そのもののようなネクタイ売場の子だったのだ。第二の女は、例外だが病気で死なず鉄道自殺をとげた。失恋自殺だったのだ。第三の女が呉服売場の子、第四の女は計算係の女だったが、揃って病死だ。第五番目はこの隣のホールのダンサーだ。銀靴を穿いて、クリスタルネックレスで有名だったあの娘《こ》だ。ところが、男は女が病気していても見舞にも行かないのが常なのだ。勿論、焼香にも行く筈はないよ。相続くこれらの女の死は偶然にしては少し数が多過ぎて無気味《ぶきみ》だろう。定《きま》って半年足らずで死んで行くのだから彼自身にしても余り気持はよくないにきまっている。だが、女なしではいられぬ質《たち》ですぐ次をつくるわけだが……自来、奴には死神がついていると皆が言いだした。吸血鬼だとも言われている。Zデパートの世に知られぬ怪奇的な事実なのだ。それにもかかわらず、特に望んであの男と恋愛をする女があったのだ」

「つまり、第六の女……」

「そうだ。それがあの少女だ」

私はつつましやかに青年の傍《そば》に坐っている美少女の後姿を目で指した。

「ところが、あの女は変り者で男のそうしたことを何もかも知りつくしているのだ。いま話した男に絡る怪奇じみた噂が面白いと言うので、男とああして交際しているとのことだが、男と恋愛しているのではなく、その第一の目的は噂の莫迦々々しさに対する冒険とでも言うかな……」

この時、青年がユラリと立上った。あたかも私達の会話を耳にしたかの如く、チラリと視線を送ったが、私だと知って、ニヤリと笑った。私達は青年の後《うしろ》に蹤《つ》いて、階段を降りて行く、噂に挑む勇敢なる第六の女の美しい腰のあたりを、またたきもせず瞶《みつ》めていた。

退院した二人の癲狂患者

一

癲狂院第二十六号室患者法学博士弁護士諸星一学が、ふッと目覚めると、何時の間に這入って来たのか、ベッドの枕許に、ギラギラ気味悪く光る瞳で、じっと睨みつけるようにして立っている一人の男があった。

病室の薄暗い電灯の光の下で、ぎょっとして起き上がろうとする一学に、彼は畳みかけるように、

「諸星さん、あなたは美穂子という女の人を何故そんなに殺したがるのじゃ？」

と奇怪な質問をした。最初は夢心地であったが、よく見ると、その男は、別館三号室の特別患者、阿比秋営だったので、一学は顔色を変えた。

「美穂子？　美穂子というのは僕の妻だが、その美穂子をこの僕が、何故そんなに殺したがるって……？」

底光りのする秋営の両眼に恐怖を感じながら、一学は強いて高笑した。

「戯談じゃない、美穂子は僕の妻だ、自分の妻を殺したがるなんて……ははは莫迦なことを言っては困る」

そして、一学は内心、秋営はやはり特別室の患者だけあって、相当病勢が募っていると思って気味悪かった。その証拠に、この真夜中、他人の病室に忍びこんで来ることが既に極端に狂

っている。秋営がどうして別館から棟違いのこの病室へやって来たかが不思議なことであったが、何の所用で秋営が訪れて来たものか、全く解せなかった。しかも、もひとつ解せないことは、いまだかつて彼に話したこともない妻の名を、秋営が知っていることは、じつに無気味なことであった。いや、それよりももっと不思議なことは、秋営がたとえ易学者であるとは言え、洩らしたことすらない妻美穂子への殺害意志を、予言者のように言い当てたことは、たしかに恐怖に値するものがあった。

「何もかもちゃんと知っていますぞ」

秋営はなおもギラギラ瞳を光らせながら、口を歪めて笑って言った。

「病院の奴らが飽くまでもこの俺を狂人扱いにして、特別室患者だなんて、全く肩身が狭くて弱り切っとるが、自分自身じゃそれほど病気が悪化してるとは思われん……その証拠に、易学者秋営の予言者のような言葉は、ぴったりと君の意志を言い当てているはずだ、間違っとりはすまい」

秋営は四十五六歳の山羊髯のある瞳の鋭い、智的な容貌をした、全く易学者型の男であった。

……

一学は秋営が何故この精神病院へ送られて来たかを詳しく知らない。何時の間にか話しあうようになったのであるが、話してみると、秋営が少しも精神病者らしくなく、何の理由でこんな癲狂院などへ送りこまれたのかがむしろ不思議であった。大体、精神病患者の総ては、自分自身が決して狂人でないと信じ切っているものであるが、他人が狂人扱いするので、不服ながらに病院へやむなく入院《はい》っていると思いつめている――。これは、一学とて感じていることで、法廷からいきなりこの精神病院へ送りこまれて既に三ケ月にもなるが、何故人々が、この自分を狂人扱いにするかが判らなかった。法学士諸星一学と言えば、錚々《そうそう》たる法曹界の一存在だったのである。が、弁論中ふともやもやとしたものが頭にかぶさって来たかと思う間もなく、何か自分でも分からぬことを怒号しはじめたことを記憶している。たちまち彼は多くの人々に囲繞せられたのであった。その後四五日静養したのであるが、その甲斐もなく、一学は押しこめられるようにこの癲狂院の一員になってしまった。

狂人でないのに狂人として扱う人々に対しての憤怒と反感が、相識った易学者阿比秋営も同一であったので、一学はそれ以来、秋営とはよく気が合った。

癲狂院の庭は広くて、終日そこで陽をうけて、患者達はさながら、小学児童のように喜々として遊ぶ。だが、悲しいことに、精神病者達は個々の表情をしているものである。或いは個々の行動をしているものである。或る者は青空を仰ぎ瞑想に耽り、或る者は俯首《うなだ》れて長嘆息をするかと思えばあらぬ方を指さし、ニヤニヤ笑っている者もあれば、手を振り足を踏んで怒号しているものもある。その光景を見て、常に易学者秋営は顔をしかめて、一学に言った。

「可哀そうな人間だな」

そして、彼はベンチに背を凭せて、しきりに独書を読み耽っている老紳士を指して、

「あの老人は、有名な医学博士の岸さんだが、気の毒に本を倒《さかしま》に読んでいるじゃろう」

と、一学に教えた。

庭の芝生の彼方に便所があったが、その前でひとりの青年が今にも走り出しそうな格好をしたまま、その姿勢を崩さず我慢強く、まるで像のように立ったままでいる。

「これは諸星さん、意識中絶じゃ、便所が急にしたくなって、走り出したものの、途中で意識が中絶してしまって、何をしようとしているのかを忘れてしまっとるのです」

「失用症なんですな」

「まことにその通り」

秋営は大きく頷いて続けた。

「――この病気は、脳の顱頂葉……ことにその左部が悪いのじゃ、手足の筋肉が運動を起こす以前に、既に脳からの命令を忘れてしまっているので、どうにもならず、あの通り不動の姿勢をとるより仕方がないわけになる。運動性失用症こそあの男のことを指すのじゃが、しかし、意想性失用症は、我々健康な者でも時にやるものです」

「つまり、不注意に間違った動作をすることですね、本棚から本をとって読もうとすると他の本だったりすることはよくあることです。無意識にものを間違う……」

「それです。その意想性は顱頂葉の後端、後頭葉の前端または両側の大脳半球が広く浸されているので、脳から出る命令が既に間違っているわけになって、思うに反した運動をするのじゃが……」

こうした秋営であったので、一学はちょっとも彼を精神病者であると思えなかった。だから常に、

「あなたがこんな狂病院へくるなんて可笑しいですよ」

と、言うと、秋営は如何にも満足げに、

「俺《わし》自身、狂人を意識してないのですがな……しかし、諸星さん、あなただって、ちっとも

狂人めいたところがない、我々をこんな場所へ送りこむ奴らの方がかえって狂人じゃないかとも思えもする」

と、朗らかに笑うのであった。……

その阿比秋営が、突然庭園から姿を消してしまったので一学は唯一の話相手を失って、彼が見えなくなってから四五日というものは、心臓を忘れたような顔をして終日空ばかり見て暮らした。

だから一学は廊下で担任の笛木医師に遭うごとに、

「先生、阿比秋営が近頃見えませんが、どうしたのですか?」

と、日頃は人々から先生と呼ばれている身でありながら、いまだ青年の笛木医師に丁寧に会釈して、こう訊くのである。

「ああ、秋営さんですか、あの方は重症のため別館の方へ移されたのです」

「もうすっかり、癒ってしまっていたのではなかったのですか?」

一学は秋営もそしてこの自分も、すっかり癒った平常人だと思っていたので、こう言った。

「ところが急に悪化しましてね……」

と、笛木医師はニヤニヤ笑って答えた。一学が精神病者でないと言った自信ありげな顔付きや、その言葉態度が可笑しかったので、笛木医師はなおも笑いを消さず、

「そう言えば、秋営さんは、あなたと大変仲が良かったようですね。しかし、重症のようですから、とてもあなたのように早く退院はできますまい」

と、言って、それなりパタパタスリッパの音を鳴らして歩み去って行った。

そんなことはないと思ったので、一学は看護婦の誰彼用捨なく質問したのであるが、みな口を揃えて、

「秋営さんは別館行きよ」

と、答えた。従って、秋営の病体が悪化したことは、もう信じていいことであった。

こうして、秋営と別れて一ケ月ほどたった。一学もほとんど彼のことを忘れかけていたのであるが、その秋営が、深夜一学の病室へ侵入して来て、しかも、彼の心の秘密をすっかり言い当てて威嚇するようにギラギラ光る目で迫ってくるので、一学は特別患者の狂暴が今にも展開されるかと思って、以前のあの親交も忘れて、今はもうこの重症の精神病者の出現をこよなく恐怖するばかりであった。

その時、廊下にドヤドヤと大勢の走ってくる足音がしたので、一学は秋営を捕えに医員達がやって来たのだと知って、ほっとしたが、それと反対に、秋営はその足音を聞くや否や、急にヘナヘナと床の上へ座ってしまって、

「諸星さん、お願いだ！　ベッドの下へでも隠して下さらんか、奴らに発見《みつか》ると、どんな目に遭うかわからん……頼みます、頼みます」

と、手を合わせて、紙のように蒼褪め、一学に懇願するのであった。さっきのあの威嚇的な瞳が瞬間にして救助を求める弱々しさにうって変わり、易学者の大部分をつくっているところの、秋営のあの特異な山羊髯が、みすぼらしく口の下で動いていた。

×　　×　　×

秋営はこの深夜脱出のため、別館の最重症患者に認定された。彼が深夜、一学の病室へ忽然と出現して以来、何ケ月かが経ったが、そのうちに一学の退院日が徐々と近づいて来た。約束された退院日が接近してくることは、さながら、満期除隊を待つ兵士のごとく、じつに夢のように楽しいことであった。

だが、一学にとって、その喜悦の裏にひとつの悩みがあった。その悩みそのものが、まだ体内のどこかに棲息んでいる精神病の残滓でもあったのだが、それは至極簡単なことで、一口に言うと、一学が妻の美穂子を精神病者のあのわけのわからぬ妄想から、何時かは殺害しようと思っている企図を、不思議なことに、易学者の秋営が知悉しているということであった。易者は人間の心中を時にズバリと言い当てるものである。一学はそれを言い当てられていることを極度に恐れているのだ。恐れる理由は、一学の意志が真実であるからである。

退院の日、一学は秋営の病室を訪れた。ひとつは彼への病気見舞いをかねての挨拶でもあったのだが、どちらかと言うと、先に退院して行く歓喜を見せびらかしに行く誇りに似たものもあった。秋営は一学を見ると、空虚《うつろ》な目で眺めるだけであった。一学が退院するからと笑顔で挨拶して、早く全快して退院の早からんことを祈るといった意味のことを述べたのであるが、無感動な表情で、こくりとひとつ頷いただけで、窓から黄色雲の空に浮かぶのばかりを見ていた。

二

退院してから毎日日課のように、陽を浴びながら書斎の椽側へ椅子を持ち出して、ぼんやりと、堂島川の緩やかな河面を眺めている諸星一学に、

「先生、こんな方がお見えになっています」

と、書生が名刺を差し出したので見ると、

「易学研究所阿比秋営」とあったので、一学ははっとした。退院してから一年余経ったある日曜日の午後であった。

はッとしたのは、すっかり忘却し果てていた秋営の訪問の意外さであった。その上、彼は秘かに恐れを抱いてもいたからであった。

秋営はやがて書生に案内されて悠々とやって来た。羽織袴で、すっかり健康体らしい顔色は、見違えるような艶を持っていた。堂々とした体軀に、彼特有の顎髯が、全く板についたように似合っていた。

「ようこそ！」

一学は椅子から立ち上がって秋営を迎えた。

「法律臭いあのロンドンのベッドフォード・ローのような通りですな、このあたりは」

と、秋営が挨拶より先にこう言った。

「さア、そういった感じもありますかしら……。何しろ弁護士ばかりの通りですから。お捜しになりましたか？」

「捜しました。何しろ看板がないものだから……」

退院後、一学は休養のため、一切の法律依頼を避けて、看板をとりはずしていた。

「その後、御病気は?」

一学が先手を打って訊ねた。

「ああ、すっかり全快したようです。しかし、入院中はあなたにしても俺《わし》にしても、病気の意識はちっともないのですがな、それを、夜、あなたの病室を無断で訪問したという理由で、すっかり箔のついた重症患者に見做されて、特別室へあれ以来監禁されたりして、いやどうもとんだことじゃった」

と、秋営は豪放に笑った。

目の下を堂島川が徐々《ゆるゆる》と流れていた。材木船がゆっくり下って行くのが、のんびりと絵のようであった。

「すばらしい見晴らしですな、時にもうすっかり……?」

「ありがとう」

廊下に足音がしたので、一学はちらりと不安な視線をやると、妻の美穂子が部屋へ茶を運んで来た。

「やア、これは奥さまですか」

と、秋営は美穂子に馴れ馴れしく挨拶した。その馴れ馴れしさに、思わず一学は何故かしらぎょッとした。美穂子が部屋を去ると、秋営はまっていたように小声で、

「諸星さん、あの美しい夫人を、どうしてあなたは病院にいた時、殺そうなどと思っていられたのじゃ?」

秋営は一学が思っていた通り、彼の懸念にまずズバリと第一矢を放った。

「戯談じゃない……」

一学は、病院で秋営にこう言われた時と同じ表情でキッとなった。しかし、一学の抱いている妻の美穂子への殺意は事実で、弁論中発狂して以来、妻の態度が豹変して、あくまでも彼を精神病者扱いにする彼女の冷淡さが一学の病質に極度の憎悪を植えつけた。その理由は、一学の発病以来、美穂子は極端に一学を恐怖し、その揚句、妻としての夫への義務を忘れた日々の言動、しかも一日も早く夫を癲狂院へ送ろうとする態度に因づいている。もともと、学者肌の一学は、病気以前ですら、法律研究と職業を第一とし、妻への愛は第二義的のものに考えていたので、夫婦間に既に溝は造られていたのであるが……。何故、美穂子が一学を彼の病気以来、極度に恐怖しはじめたか？　その理由を、一学はほとんど知らない。知らないうちに、彼の憎しみは日一日と増大し、はてはそれが美穂子を殺害しようとする意志にまで変化してしまったことは、一学ですら説明のできかねる心理でもあった。ただ、わけもなく妻を憎み続けた。あまりにも極端な憎悪であるが故に、病中一学は、これはやはり自分が精神病患者であるためかも知れないと思って、極力その意志を枉《ま》げようとしたのであったが、不思議にも一学に、漠然としたある妬心さえも湧いて来て、一日も早く妻を殺害しようという意志が、彼に募るように迫ってくるのであった。

退院後も妻の態度は、一学には同じもののように思えた。いや、前よりも増して、彼を恐怖する妻の瞳が、彼には耐まらなく不快に思えるのであった。ひがみが、一学には美穂子が彼を癈人視しているようにも思えて、傍い気持ちもした。

とは言え、この殺害意志は、誰にも一学は知られていないつもりであった。それを病院で既に、秋営が彼の恐るべき意志をすっかり知っていた。全く一学には解せぬことであった。退院以来、そのことについて、一学は絶えず悩んでいた。そして、何時かは秋営の訪問のあることと、秘かに戦いていたのであるが、その日がついにやって来た！

「諸星さん、別段そう隠しだてすることでもない、隠したとて、ちゃんと、俺《わし》の罫《け》にあなたの意志が、すっかり出ているのだから、易者には油断がならぬとでも言いますかな、しかし、俺には判らんが、何故あの美しい奥さんにそんなことを考えていられるのか、それが解せぬ」

「それは、この諸星さえも判らんので、困っていることです」

一学はついに自己の意志を否定しなかった。彼の言葉はたしかに肯定に近いものであった。

「とは変なことですぞ、ははア……察するに諸星さん、あなたはまだすっかり病が癒ッとらん」

無礼な秋営であったが、それに対して一学は何の反駁もする元気がなかった。

「意志には漠然とした理由はある、しかし、それを説明する必要もなければ、説明したいとも今のところ思えませんが……」

「いや、聞きますまい、あんたが真似をするなら聞きたくもない、しかし、実行する意志はあるかないか、これはどうじゃろう？」

「ある！」

一学は狂ったような空虚な声で答えた。

「ほほう、それは面白い、場合によっては援助してもいいが、これはどうじゃろう？」

秋営の目がギラギラ光って来た。

「共犯希望ですか?」

「その通り」

秋営が顎鬚をしゃくった。

三

退院してもう一年以上になるので、全快祝いの意味で一学は知人に招待状を発して、ある夜ごく親しい人達に集まってもらった。

もちろんその中のひとりに阿比秋営も混じっていたが、彼は一学とは癲狂院での友人であることなどはおくびにも見せず、傲岸とした態度であったので、人々は誰も、彼をかつては精神病者であったなどとは思いもかけなかった。

ところが、客の中でひとり、彼の弱点を知っている者を発見して、秋営ははッと後ろめたさを感じた。

「これは! 笛木さんじゃございませんか」

秋営の顎鬚が動いて、いとも鄭重な言葉であったので人々いかつい秋営の型から、かくもやさしい言辞が出るものかと顔を見合わせた。

「やア、お久し振りです。その後お元気ですか?」

病院の話が出されるかと、内心びくびくしていた秋営は、笛木医師が気をきかしてか人々の前で癲狂院の話を出しそうにもなかったのでほッとした。

この日、ひそかに秋営は一学と、兼ねての計画実行をするべく、既に相談もし終わっていたのであるが、笛木医師を見て、いささか仕事の困難を感じたようであった。

秋営の目が一学の目とかち合った。そして、彼らはこんな会話をした。

「大変なものを招待したものだな、大丈夫か？　相手は医師ときている日には……」

「頓着することはない、思い切ってやってしまわないと、こんな機会はまたと来ない」

二人は美穂子を殺害するため、ひそかにこうした目の会話を交わした。

「しかし、僕は何故美穂子を殺そうとするのか、その根本動機がどうもおかしいことに自分ながらはっきりしていないのが不思議でならぬ」

これは常に一学が繰りかえしている言葉であった。

「そうは言うけれど、諸星さん、あなたは絶えずあの美しい美穂子夫人を殺害しようと思っている意志がたしかに認められる。漠然としたある妬心で、殺してしまいたい意志という奴ですな」

秋営のこの言葉通り、一学の殺意は、じつに漠然としたものを持っていた。精神病者であるが故に、それは患者のひがみとも言えるが、何とはなしに、妻の態度に冷淡さが増して来たように思える点、そして長い病院生活のために、妻に接し得ない苦悶の中に躍る、莫迦莫迦しい妬心、この二つが一学の病質をつのらせた……。

その朝、秋営は一学に小さい薬瓶を示して小声で、

「これで万事解決さ、しかし、この劇薬は即座に人を殺しはせぬ、まず徐々と体内の蛋白質を溶崩して、一旦は吸収せられるが、後ほど、腎臓大腸から排泄されて、初めてその目的を達

することができるのじゃから、決して慌ててはいけん、これはな、病院にいた時、こっそり薬品室から失敬して来たんじゃが、まさか今日、これが役立つとは思っとらなんだ」

一学はその液体を見た瞬間、急に恐怖にかられて、自らの手でそれを用いることが恐ろしくなって来てガタガタ顫え出した。

「僕はとてもそれを用いる勇気が出ない、何なら阿比さん、あなたが直接やってくれませんか?」

「それは約束が違う、俺《わし》は薬品を提供するだけで失礼しようと思っとりましたが……」

木の葉のように顫えている一学を、冷笑でもって、ニヤニヤ見ていた秋宮は、

「じゃ、仕方がない、やりましょう、俺の手ひとつでやりましょう、但し責任は負わん、その代わり殺人罪はあなたが主にもってくれるでしょうな」

「もちろん」

一学は総てを観念したように、こくりと重く頷いた。……

会の半ばで客人全部にカクテルが運ばれて来た時、秋宮は細心の注意と、すばらしい敏捷のうちに、液体の数滴を、ひそかに美穂子のカクテルグラスに注ぎこんだ。

客人の総ては口を揃えて、一学の全快を祝して、乾盃した。美しい美穂子夫人も、同時に乾盃して、ぐっと一息に呑み乾したが、そうと一学に彼女が視線を送った時、彼女は無気味に光る夫の目にカチ当たってハッとした。

今はもう恐怖で全身を掩われた一学が、辛うじて客人に今宵自分のために集ってくれたことを感謝して、よろめくように席につくことがやっとであった。

会がはてて玄関へ客人達を送り出す時、人々の背の蔭で秋営が一学の肩をこづいて、

「総ては明朝のことだ」

と、言って、ニヤリと顎鬚の中で笑って見せた。

しかし翌朝になって起こった事件は、奇妙にも、諸星一学の変死であった。そして、誰よりも先に取調べを受けたのは易学者阿比秋営であった。

「いかにも、諸星さんを殺害したのはこの俺じゃ」

最初、秋営の口から飛び出したのはこの言葉であった。だが、昨夜、秋営は美穂子を殺したはずである。

「じつを言うと、昨夜、俺は一学さんから美穂子夫人の殺害依頼を受けた。じゃが、俺はあの美しい美穂子夫人を殺害しようなどとは毛頭考えたこともなかった。一学さんの手前、快諾はしたが、何しろ相手は全快祝いだとは言っとるが、まだすっかり癒り切ってはいぬ精神病患者のことで、まともに聞き入れていた日には大変なことになる。その殺害意志に至ってはじつに漠然たるもので何の理由もない、と言って、依頼を拒絶しようものならきっと、彼自身、美しい夫人を殺害しようとも限らん、そこで俺は思い切って美穂子夫人を救助する意味で、この危険人物を葬り去ってしまったのだが……可哀そうに、そんなことも知らずに一学さんは、美穂子夫人を殺してしまったとばかり思い込んでいただろうにな……」

と、秋営は平然として述べた。

「秋営さん、昨夜は失礼しました」

刑事の後で、笛木医師がニヤニヤ笑って挨拶した。

「やア、これは」

と、秋営はわざと悠然と、

「加害者をこの俺だと直感されたでしょうな、多分。何しろ昨夜は苦手のあなたが居られたので、随分、仕事がやりにくくって弱り抜いたが」

「秋営さん、あなたは何を用いて一学さんを殺害されました?」

「御存じじゃろう、病院で盗難騒ぎをやってひっくりかえった時のあの薬品を使いましたのじゃ、あの時はまさかこの俺が薬品を失敬していたとは気がつかなかったでしょうな」

秋営は得意げに言った。

「ああ、あの時の犯人はあなただったのですか!」

笛木医師はちょっと驚いたが、すぐニコニコ笑いながら、

「しかし、たしかに一学さんは奥さんを殺したがっていましたよ」

「それをあなたも御存知じゃったのか?」

「知っていましたとも。一学さんは就眠後、ひどく寝言を言う人で、美穂子を殺してしまう、、、、、、、と言うのが、あの人の癖で、あなたのお言葉で察しると、それがやはり意志であったことを知って驚いている次第です」

「そのことについて、俺は極力秘密を守っていましたが、あなたもそれを知っていようとは知らなんだ」

秋営は如何にもがっかりしたように言った。

一学のその心の秘密を今までひとつの発見のようにも思っていた秋営は、笛木医師がそれを

知っていたと聞いて、ひどく落胆した。

「が、ともかく、俺は悪魔を斃した点、貴重な人命を救助したとも思っとりますが、殺人罪には違いない、笛木さん、ではこれから署へ御同伴願えますかな」

そして、付け加えた。

「しかし一学さんは幸福じゃ、精神病患者でないと信じながら死んで行ったのだからな、本人は全癒したとばかり思っとったらしいが、そのじつまだまだすっきりしてはいなかったのじゃ」

×　×　×

「あの薬品をつかって、阿比秋営は諸星一学を殺害したつもりだったんでしょう。あの当時たしかに薬品室から薬品が紛失したことは間違いありませんが、あれは単なる注射液にすぎないものなのです、癲狂患者を恐れて、私は常に劇薬の所在だけは看護婦にさえ知らしてないのですから、それが盗まれる道理もないのです。それがどんな間違いからか、看護婦達が劇薬が紛失したと騒ぎ出したので、犯人はそれをてっきり同薬と思い込んだのも無理はありません。従って、秋営は一学を完全に毒殺してしまったつもりでいますし、一学は一学で、同薬で夫人が殺害されてしまったことと信じ、検死通りアダリン自殺をとげたという始末です。何の理由もなしに妻を殺害する意志も狂人なら、大した憎悪もないのに、友人を殺害しようとした秋営の心理もまた狂人です。署へ着くはずのタクシイが癲狂院へ行ったので、秋営は今頃多分怒鳴りちらしていることと思いますが」と、笛木医師は刑事に含み笑いをしながら話した。

笛木医師の言葉通り、その時分、易学者阿比秋営は顎髯を上下に激動させながら、

「莫迦にするな！　この俺をまだ精神病者と思っとるのか！　一学を殺害した殺人犯を、癲狂院へ送りこむとは、じつに怪しからん!!」と、病院の廊下で拳を握って怒号していた。

評論・随筆篇

硝子越しの脚

この硝子越しの脚は、特に夏をもっとも好期だとするんだそうだ。しかも、有り難いことにこの足は必ずお嬢さんに限っているんだそうである。丸尾氏の言葉を借りて言えば僕の恋愛学のお嬢さん――そうした風の感じで眺められるそうなのだ。大体、この僕の恋愛学のお嬢さんという言葉を、ついでだからちょっと解剖しておくが、これは二十歳を越していてはいけない。せいぜい十六から十八までの少女で、散歩用に主に使う。大変可愛くて邪気がなくて、その癖どこからとなく、女の青春がちらちら覗く――つまり、そこにいささか性的魅惑を感じる。といって、惚れてはいけない。だいち、恋愛学の先生は既に恋など忘れたはずのおじさんだからである。だもんだから、先生は常に謹厳であらねばならず、少女に対して良き兄である。が、しかし少女に接吻したい慾望はないでもない……。

さて私の友人もこの種の恋愛学徒に属する既にひとりのおじさんなんだが、この男が見た――いや、むしろ覗いた――少女の脚というのが、今言った感情で楽しんだ揚句、私んとこへ報告したもんである。

或る朝、彼氏は硝子ケースがあまりに穢れているので掃除にかかったのだ。ちょうど日曜日だったので、まだ十時にならないのに、はや客が多い。掃除しもって、彼氏がケースの中で、何の気なくひょいと目を上げた時、じつに驚いたことには、目の前は足のレビューだ！　ストッキングを穿いた脚が、まるでグラビア版のようにずらっと並んでいたではないか！　その脚たるや、夏でストッキングが薄かったためもあるが、ほのぼのとしたあの少女の曲線がじつに鮮やかに見える。

ケースの上には商品が並べてあるため下から脚を眺めている人間の存在には、脚の一団は一向に気付かない。少女達は時々何か朗らかに笑い合いながら、しきりと商品の撰択をしているらしいのである。

彼氏はそれでも、有繋《さすが》、気がとがめるのか掃除する手を止めずに、ちらちらと見ていると、ぴったりと絹ストッキングの中に肉色のふっくらとした脚がまるで絵のような趣を感じさせて、目がまるで空洞のようになるというのである。その脚の中で殊にすんなりとした、想像すれば多分背高い、唇の紅い少女であっただろうと彼氏が言うのだが——その足へ急に上から右手が降りてきて、太腿のへんをさぐり甫めたではないか！　少女が何か脚部に痒みを覚えたのであろう。最初ストッキングの上から、やわらかにさすっていたが、耐まらなくなったのか、中へ手をやって掻き出したのだ！　その瞬間、少女の肉体が、ああ、彼氏の目を射たのだ！　白い膚だったそうだ。その膚を見た時、彼氏は思わず目をそらしたが、それでも一度見たい慾望はあった。そっとまた目を向けると、手がなお足のへんを運動している。そして、ついに彼氏は少女の白い処の上に小豆大の斑点を見出したのである。その上を少女は爪の先でぐっと抑えている。斑点こそ、おお、蚤の歯型なんだ！

つまり、ストッキングの中で蚤が少女をかんで、彼氏にすばらしい光景を見せてくれたのである。蚤の貢献はまだしかし、それだけではない。少女の手の運動ごとに、スカートの下から、白いズロースの端が、悩ましくちらりちらりと見えたと、彼氏は私に告白している。

支那街風景 ― Mucden and Antung ―

巡警

最近、奉天で邦人婦女子に対する支那巡警ならびに群衆の暴行事件があり国際問題を惹起しているが、暴行のあった、奉天城内鐘楼付近で、私とても、何年前のことであったか、忘れてしまったが、同じ地点で、心臓がとまるほど、驚かされたことがあった。

会社の商用で、支那事務員の王《ワン》と奉天までやって来たのだが、せっかく来たのだから、奉天城を見物しようということになって、小車《シヨウチヤ》でこの鐘楼の入口まで来た。

ちょうど、昭和三年あたりであったろう。排日運動がはげしかった。電柱に貼られた宣伝ビラをよんで、私はひそかに城内へ入ることを内心、かなり恐れていたが、そんなことを素振りに見せては王が嗤うと思ったので、平気を粧っていたものの、たしかに恐怖していたことは隠せない。

七月半ばだった。私の服装は、紺サージの金釦の学生帽——だから、誰が見ても、日本人であったことは一見して分かる。

王の車が鐘楼を罔って、続いて私の車も通り抜けようとした時、どこから現れたのか、五六人の灰色の制服を着た、支那巡警が、剣付き銃を手に手に凝して、ぐるりっと車を包囲した。驚いたのなんのって。巡警のひとりが、ぴかぴか光る銃剣を、私の鼻先へ突き付けて、早口で何か訊問する。たちまち群集が寄って来て黒山だ。殺されまいが、袋叩きになるかも知れないと、私は覚悟した。

一体に日本租界では大して勢力のない支那人も、さて境界線をへだてると、とても彼らは威張るもので、殊に外国人への反感が、排日で煽られているせいか、ほとんどその態度が威嚇的である。

私は日本語で、先へ行く王に救いを求めた。そして、彼によって私はこういう弁疏で、無事通過を許された。

「安東の支那燐寸製造会社の事務員である。城内の燐寸工場を視察に来たのだ。決して、見物に来たのではない。商用だ」

自国工業の視察――という言葉で、やっと得心したらしく、私はやっと事なきを得た。後で、友人にこのことを土産話にして語ると、

「排日運動の熾烈な折に城内にいるてなことは、全く冒険だ。何時《いつ》危害を加えられるかわからない。怪我もなく済んだことは幸いだ」

奉天でこれだ。吉林あたりだとどうだろうと、私は日本に対する彼らの反感をひどく恐がった。

戯芝《チャンシー》

支那街へ行くと、どこでも小盗街《ショートル》というのがある。日本でいうと盛り場裏のようなところ。神戸だと新開地の裏、大阪だと新世界の裏っぺ、ごみごみした、インチキ商人の集団所のよう

な場所——そこで、各小屋をたててガラクタものを並べて売る。その商品たるや全部盗難品ばかりなのである。公然とここでは盗品を買いとり、これを売る、だから、日本街で盗難にかかったものなら、ここへ来れば必ず発見される。

この小盗街に付属たるものが、戯芝《チャンシー》たる、芝居小屋である。一階は椅子のない立ち見席、二階は高級になって椅子席である。

日本人だと決して入場料をとらないからと聞いていたので、悠然と這入って見ていたが、ただ騒がしいのみで、何をやっているのか分からない。これなら無料でも当然だと思って、穢い苦力《クーリー》の肩越しから覗いていると、苦力頭のような男がやって来て肩をこついた。

そして、私の友人との会話だ。

「最後まで見るつもりか?」

「見たいと思っている」

「分かるか?」

「分からない」

「じゃ、頼むから出てくれ、分かりもしないのに、よく日本人が見に来て邪魔になる」

そして、追い出されてしまった。別に入場料を請求されもしなかったが、分からぬ者から、金をとるのもと、考えてくれたのかも知らぬ。だが、私はいまだに、入場料を何時払うものか、知らずに居る。ティケットが、入口に設置してないんだから、或いは芝居が済んでから、とるのかも知れない。代金は見てからで結構といった、あの見世物小屋風の制度で、或いはあるかも知れない。

苦力《クーリー》

里村欣三の小説に有名な「苦力頭の表情」というのがある。あの頃文壇を唸らせた力作であったが、たしかに良い作品であった。苦力頭、これは労働者の指揮官、俗に言う親分である。私のやっていた燐寸工場にも、かなりの数の苦力《クーリー》を使用していたが、日給が最高で九十銭、労働時間が約十一時間。一体に支那人は懶怠だというがそうでもない。但し、朝鮮人ほどに器用ではない。

工場裏に、苦力達のために家が建ててある。家といっても、朽ち果てて、異様な臭気の漲る、豚小屋に近い住居で、そこには十幾人かの独身者が重なりあっている。合宿所と言いたいが、猫が群をなして住んでいるようにも思えてひどく蔭惨だ。独身クラブのこの苦力達は、金がないからこその独身で、金さえあれば、広東《カントン》あたりから、いいお嫁さんを買って来て新婚を楽しむわけなんだが、貧乏でやっと、自身を支えるだけしか収入がない。従って、苦力街の淫売窟はまた数多いものである。

雨が降って、仕事ができない日など、私はよく、苦力達をからかいに出掛けたものだ。もちろん、支那語のわかる私ではない。今話は多くはそのゼスチャーで解釈する。

「こう雨が降ると駄目だ」

「ね金さえあれば、雨など苦にもならぬが」

「金があるとどうするんだ?」

「あそこへ遊びに行く」

指さすのは東の彼方——私娼窟の方向を頤でしゃくる。

「いいのが居るかい?」

「七八つから二十才《はたち》前後の娘がたくさん」

「高いだろう?」

「高くない。が、日本人だと高いかも知れぬ。だから、自分が紹介する」

「で、いくらぐらいだ?」

その答に、苦力のさし出した指の数は三本——その時の表情こそ、里村氏の小説以上のものであった。

煙草

鴨緑江の真ん中に、小さい島がある。一町四方くらいの島で、中の島と言っている。或る日、小児《チヨンガ》を傭って、舟遊びをして、中の島へ漕ぎ付けてみた。

鉄橋から川上二町あたりの辺で、船から上がったところに事務所があった。その中から、私達の姿を見て、出て来たのが、税関服の役人だ。

「君、君達は何しに来た?」

「島を見物に来ました」

「こんな島を見て何になる。身体検査をする事務所へ這入りたまえ」

「身体検査？」

「そうだ。ここは税関の出張所だ」

「税関？」

「そうだ、つまりここは日本領土だ。朝鮮だ、持ちものを出したまえ」

持ちものといっても何もない。私はポケットから、支那煙草を出した。

「君は煙草をいくらもっている？」

「二箱」

「いけない、密輸だ」

驚いた私だった。二箱といっても、片っぽは五本もない。

「かまわんじゃないですか。十分もすれば帰るんですから」

「絶対に駄目だ、本官は職業上、君に始末書を書いてもらわなければならん」

大変なことになったもんだ、突き付けられた始末書と硯と筆。

――安東線……

と書き出すと、

「君、上に支那領と書かなけりゃいかん」

そして、原籍から父の名から何から何まで書いて、最後は活字で、以後かかる不始末は致すまじく候とある。

莫迦莫迦しいやら、何やらで、私はすっかり、この舟遊びを棒に振ってしまった。

だがもし、川のこの島を日本領土とすれば、つまり国境は、水の上からというわけになる。

一町四方、人家十戸の島での出来事。

「雲が押しかかるように低く空に掛かった、物憂い、暗い、そして静まり返った秋の日の終日、私は馬に乗って、ただ一人不思議なほどうら淋しい地方を通り過ぎて行った」

ポーの「アッシャア家の没落」の書き出しである。作者は描こうとする、すさまじい怪談を意識してこそ、こうして暗い数行を冒頭に出したのではないかと思うが、しかし、この数行の効果はどうだ！　ああ、何か戦慄のある物語であるなと、読者は必ず思う。怪談を書くのなら、こうした書き出しを私は好む。私は映画でこれを見たが、とてもとても、第八芸術はいまだにこの恐怖には成功していなかった。ビビッドな文章力は、断じて軽薄なスクリンの自由を許さぬ。

「生きながら葬られるということは、かつて人類の運命に落ち来ったこれらの極端な不幸の中で疑いなく最も恐ろしきものである」

これもポーの「早過ぎた埋葬」の中の文章であるが、怪談であるよりも、読後それが、悲劇であることを誰もが知るであろう。

私の父が心臓麻痺で死んで、火葬をして、その骨をとり出した時、私はふと、それは仮死であって、ひょっと火気に醒めて、鉄戸をガンガン殴ったのでなかろうかという疑念を感じたことであったが、ありうべきことであるかも知れない。

私はこの恐怖を経験した人がいるなれば、その話をどうか聞き出したいと思うが、あったにしても、助かった人は皆無であるかも知れないと思って、恐ろしい気がする。

「おしゃべり心臓」の中で、ポーは殺人者の恐怖を描いているが、床下に隠した屍体の心臓が、ドキンドキンと聞こえてくる恐怖を書いている。

「それは低い、鈍い、速い物音——懐中時計を綿に包んだ時の音とよく似た音」

と言っている。

これは一種の聴覚の錯誤で、恐怖のための幻想が、幽霊となって現れると同様、これは耳の見る亡霊で、良心はこれには至って弱い。この作中、

「壁の中の茶立虫を聴きながら」

と、言うところがあるが、茶立虫というのは Death-watch と言って、ちょうど、懐中時計のかちから鳴るような、或いは鉄などを打ち合わせるような声を立てる小さい昆虫で、迷信によると、この茶立虫の鳴き声は死の前兆であると言われている。故に一名「死の時計」と呼ばれているが、ポーは用意周到にも、作中この不吉な虫を出して、この奇怪な物語を修飾して、より怪談たらしめようとしているが、この他怪奇的な彼の作品に、私の好きなもので次のようなものがある。

「穽と振子」

「ミイラとの口論」

「鐘塔の悪魔」

夢の分析

あるお嬢さんが、その友達に、

「あたし、昨夜《ゆうべ》恐い夢を見たのよ」

と、言った。

「どんな夢？」

「二人の男が、ひとりはピストルで、ひとりはメスを握って追いかけて来るの、そして夢中で声を揚げた時、目が醒めたのよ」

と、言った。が、この夢には根拠がある。長く突出した物品、たとえばステッキ、傘、柱、木等の出てくる夢を少女達は見てはならない。或いは体内に突入して肉体を傷つける物品、たとえばメス、槍、匕首《あいくち》、ピストル等で追跡されるような夢は、少女達には禁物で、これはフロイドの夢の分析に従うと、性的夢になって、以上あげた物品は、男性の局部を象徴しているのである。

「まア、いやだ、でも、あたし、キネマでそんなシーンを見たから、夢に出て来たのだわ、きっと」

と、弁解したところで、青春の血が異性を慕っているということを証明していることは間違いない。

第二に、軽気球とか飛行機、或いはツェペリン船等が空とぶさまを夢見た場合、こいつも問題になる。

「でも、あたし、雑誌でツェペリンの口絵を見たから、そんな夢を見たのよ」

と、おっしゃっても、少女よ、フロイドは美しい飛行の夢は、一般に性興奮の夢、勃起の夢を意味すると定義している。何故なら女はその生殖器に男子と類似の小さいペニスを持っているからである。この小さいペニスなるクリトリスは子供時代や、性交経験前の年齢においてさえ、男子の大きな陰茎と同じ役割を演じているのである。

フロイドの夢の分析を調べると、うっかり夢も見られない。面白い例をとってみると、梯子、坂、階段、等、特に昇るということは明らかに性交を意味するそうで、何故と言うと、昇る時には律動が伴う。だから、山へ登る夢にしても同様で、登るに従い、呼吸が逼迫するもので、これはつまり興奮の増大を意味するのである。

森のある風景を男が夢見れば、性的慾求を示しているもので、反対に女が海浜或いは山の岩石ある風景を夢見れば、青春らんまんであるわけである。

こういう話がある。

或る男の父が死んだ。そして、何日かたった或る日、彼は墓を発掘して、父をだき起こした。すると父は生きかえっていた――と言うのであるが、父が死んだことは事実だが、墓をあばいたのは夢であった。どうしてこんな夢を見たかを分析してみると、その何日かたったある日に、男は虫歯で悩んだ。早速彼は歯医者へ行って、その歯を引き抜いてもらった。この事実が夢になって現れている。すなわち引き抜くということは、墓を発掘することに共通していたからである。

もひとつ例をあげると、少女が部屋を歩いていたら、低くたらした電灯に微かに血が出たほど、額をぶっつけたという夢を分析してみると、その少女はその前日、母親から「お前はこの頃、頭髪が良くぬけるようだが、気をつけなきア、お尻のようにつるつるになってしまうよ」と、言われた言葉がある。だから、額が身体の末端を代用しているわけである。それから、長く垂れた電灯というのは男性の局部を意味し、衝突による出血は、この分析によって、陰茎との衝突によって惹起された身体下端部の出血であると解釈できる。

「まア、いやな、フロイドの精神分析って、ワイセツね」

などと、少女よ、言ってはならない。フロイドの精神分析はじつに深遠な学説である。だが、男性達から見ても、この夢の分析はかなり興味のあるもので、一度、今晩夢を見て、明日の朝分析してみようというのも一興かと存ずる。

雑草庭園

広津和郎が探偵小説を書き出した。経済往来の三十三人集に、「うしろすがた」を発表する。これが氏の転換であるとすれば、探偵小説壇にひとつの型をつくりだすだろう。

□

探偵小説のトリックの種切れの結果、大家甲賀三郎氏は、トリックのコンビネーションを称う。片や大家江戸川乱歩氏はトリックを逆に応用せよと言う。こうなると、トリックを公式とすると、探偵小説はまるで代数か幾何のようになる。

□

東京に今度「大衆文芸新人会」というのができた。これはサンデー毎日の当選作家の集いである。本年十月頃に、春秋社から「読物春秋」を発刊されるが、原稿はこの当選作家によって書かれる。

□

原稿料は当分の間無料、但し「読物春秋」が欠損しない程度の成績の時は、相当の稿料を支払う由。

□

経済往来、三十三人集の向こうを張って、「プロフイル」も新進探偵作家をかりあつめ、今に百人集でも出そうではないか！

探偵小説は大衆文芸か

純文学小説と大衆文学小説との区別は分かり切っている。純文学小説とは佐藤春夫や芥川龍之介の書いた文学青年の好む小説であり、作家達が批評する中心小説であると言えば分かる。その反対に後者は誰もが読んで分かる小説と説明すればできる。大仏次郎について言っている大宅壮一の言葉を借りると、純文学的作家でありながら、環境のために余儀なく大衆作家になった一人だそうであるが、と言えば、この大衆小説の中にも芸術的作品と通俗味のある作品の二つが存在するわけになる。

さてここで、私の言おうとする、探偵小説は大衆文芸であるかどうかにふれてみようと思うが、それよりも先に、探偵小説が誰も彼もに好かれて愛読される小説であるかどうかについて考えてみよう。なるほど、先年朝日新聞紙上に掲載された江戸川乱歩の長篇「一寸法師」は、その興味の点から言って、たしかに大衆文芸に属するものには違いなかった。だが、探偵小説が大衆文芸に属すると見える場合、これはあらかじめ作者は、大衆文芸たらしめるため、面白く読ませようとかなりの努力を注ぎ、そうなるように企図して書いていることに観点を置かねばならぬ。これは悪口を言えば、売るために書いた探偵小説になるわけで、従ってストーリーは面白いものの、その中味を解剖した場合、そこには何の文章の佳味もなく、もちろん、芸術味がないのである。いや、これは探偵小説の特種味であるトリックの伏線や、推理的会話のため、芸術的な地の文にまで余裕ができない理由もあるが、一体にこの小説には文章美の存在がない。が、この探偵小説には文章の流麗ということは、さして問題ではないのである。読者を最後の行まで吸引して行けば、筋としては差し支えはないのである。と、すると結局が、探偵小説は大衆小説であるかどうか？

江戸川乱歩の「孤島の鬼」にせよ、「白髪鬼」にしろこれは通俗小説であると誰もが言う。興味こそあれ、芸術味のある作品でないことはたしかである。作者自身にしろ、読者のため、そしてジャナリストのために書いた小説であって、さして会心の作と言うべきものでないことはもちろんであり、それほど執筆的に苦心も払っていないことは間違いない。さるが故に、作者はこれを娯楽雑誌に発表して、専門雑誌「新青年」には回さなかった。これは何故であるか？　作者自身、その作が通俗味のあることを意識していたからである。だから、探偵小説は大衆文芸であると言えるかどうか？

だが、現在の探偵小説壇の探偵小説に、芸術的な作品のないことは遺憾とするところのものであるが、今仮に、それが故に、探偵小説は大衆文芸であると考えてみる場合、新進作家小栗虫太郎の存在とか、或いは「ベンソン殺人事件」以下「狂龍殺人事件」の著者、S・S・バンダインの存在などをどう見て良いか？　小栗虫太郎は新進であるが故に、作品とてまだないが、「完全犯罪」「後光殺人事件」「寿命帳」「聖アレキセイ寺院の惨劇」「夢殿殺人事件」等の作品から見て、また、バンダインの衒学的筆法などから眺めても、探偵小説を大衆文芸の中に算える気がしない。大衆が読んだにしても、その晦渋さに頁を繰る手を止めるに違いないほどの作品なんである。甲賀三郎、海野十三の作品にしても同じようなことが言える。甲賀三郎の「体温計殺人事件」は物理の説明であるし、海野十三の「赤外線男」にしてもあまりに科学的読物で、大衆読物と断じることはできない。或いは江戸川乱歩の本格物を眺めて見ても、大衆文芸と見るのは、いささか見当が違う。従って、探偵小説は大衆文芸ではないことを言おうと私は思いはするが、じつはそうであると断言はできない。

探偵小説を大衆文芸にするのは作者の意識である。或いはジャナリストの希望である。反対に読者の意識にも因る。

水谷準は言う。

「僕がユーモアを取り入れた探偵小説を望むのは、ただ笑えないので淋しいからではない。少々大袈裟な言い方を許してもらえるならば、探偵小説を大衆文芸として発展させるためには、是非とも現実への批判を手広く拡げる必要がある。これをやるのに、大衆物では、ユーモアを以てするのが手っ取り早い」

これで見ると、探偵小説はやはり大衆文芸に属するわけになるが、総括的に見た場合、特種な作品をも、それでは大衆文芸であると言い得るか？

だが、探偵小説を頭から大衆文芸たらしめることはいけない。もちろん、ユーモアを含ませることも良い。あくまでも興味本位であって、筋の展開のすばらしさがあっても良い。が、大衆文芸たらしめるために、探偵小説を生み出そうと意識することはどうかと思う。探偵小説をして、今少し大衆小説たらしめないために、スマートなものがあっても良いと思う。この意味は、何も「尊大ぶって肩を怒らし小児病患者のような探偵小説」を書けと言うのではない。もちろん、私は探偵小説は大衆文芸であるかどうかについて言っているだけで、別段、愚かにも否定するのではなく、むしろ肯定しても、良いのであるが、探偵小説ファンとして、凡俗な大衆文芸たらしめることなく、今一歩の香りを加えたいと思うのである。

四谷怪談の話

この間、ＢＫの放送で、国枝史郎氏が、『四谷怪談』の隠亡堀戸板返しの場を、当代風に書き直した話があった。戸板の両人が、伊右衛門に代る代る怨嗟してみたが、この怨み言を、氏はすっかりナンセンス化して、

『なかなか仲が良い、化けて出るのも二人連れか、これから冥途は長旅だ、新婚旅行のつもりでゆっくり仲よく流れて行きなさい』

と、言った意味のことを言わせているが、これでは南北の方が慍《いか》って化けて出そうである。だが南北はともかくすごいものを書いてはいるものの『四谷怪談』の史実は至極単純なものであるのだ。そこは名狂言作者、凄味に凄味を加えて、書いてはいるが、事実は伊右衛門が上役に対する義理から、その上役の妾を妻とすることを受諾する。が、妻のお岩がある以上、そんなことが出来たことではない。そこで止むを得ず心にもない放蕩三昧に耽ける。大石内蔵助の二代目である。その結果、お岩の方から愛想づかしをして、仲人の方へ離縁を申し込んで来た。が、じつはこれが計略であって、そう来るのを待っていたのである。こうして、まんまと伊右衛門は自己の出世の為、お琴と言う女と結婚するが、それを知ったお岩が激怒した。現在

なら、毎日必ず三面記事を賑わしている事件で、平凡なものであるが、この三角関係を、お岩は殊の外悩む。つまり失恋して、その揚句、行方不明になつてしまう。史実には自殺したことは書いてないが、自殺したことは間違いない。信じていた夫から反逆されるし、その上、生きていても、この不器量者ではと、極度に悲観し切っての果てである。勿論、その時はじめて夫の放蕩が芝居であり、その背後に事もあろうに仲人の長兵衛がいることを知って、深い怨みを抱いて、失踪したことは無理もない話である。それ以来、伊右衛門と、その上役である秋山長兵衛に怪異がふりかかる――と、言うのが史実になっているが、南北はこれを怪幻味百パーセントにする為、日夜頭をひねって書き上げたのが『四谷怪談』で、じつに荒唐無稽、隠亡堀を書くし、行灯からお岩を化けさすやら、なかなかの手法である。事実は単なる失恋物語で、女を欺した話にすぎぬ。

今の女性なら、気の強い方で、

『人を莫迦にしている』

と言って、まず貞操蹂躙、その慰謝料一万円訴訟位で済んでいる。気の弱い女で、

『ひどいわ……ひどいわ……』

で、猫イラズか、アダリン自殺位でけりをつけるが、化けては出ないと思う。昔時にしても、化けて出はしなかったろうが科学を知らぬ人達だから、良心の呵責であるところの幻想をもって、ファントムとしたのであろう。

が、南北が如何にこの怪談を書くのに、頭をひねったかは、次の矛盾がそれを語る。

雑司ケ谷場で、伊右衛門の台詞がある。

『二人の死骸を戸板に打付け、姿見川へ流して直ぐに水葬にしやっせ』


だが、その姿見川から、どう見ても、その死体が深川の隠亡堀へ流れ込む筈がないのである。

何故なら、方角が全然違うからである。

このことについて、或る人が南北に、

『あそこはモ少しどうにかなりませんか?』

と、言うと、

『どうせ怪談だぜ、怪談には不思議が付物なんだよ』

と、答えて、その場逃れをしたという話がある。

読後感少々

探偵小説クラブの例会のある日、純文学畑の人がとびこんで来て、犯罪事実を小説にしてみたいが、裁判所の機構とか書類などについて教えて頂きたいと言ったことがある。純文学畑の人でも、犯罪事実にはかなり興味をもち、小説化したいという風なこうした希望をのべるくらいだから、いわんや、探偵小説がこの方面に着眼せられるべきは当然すぎることではあるが材料が専門化しているため、今までに手をつける人が少なかった。その上、犯罪事実はどうも小説的効果が薄弱であるといった懸念から、この冒険にのる人があまりいないようである。浜尾四郎氏、甲賀三郎氏、葛山二郎氏等はこの風の作家達であるが、長篇物はあまり見ないようである。この犯罪事実の世界に着眼したのが、山本禾太郎氏で既に名篇『窓』を発表し、『小坂町事件』を出し、これらはともに犯罪事実物であった。しかして今回の快著『小笛事件』なのであるが、犯罪世界を描くユニークな存在として、動かし得ざる完全なる位置を占めた。

犯罪事実はまことに興味深いものではあるが、これを小説化する場合、もはやストーリーとしての価値が半減しているものである。そこで作家達は作為に落ちすぎたり、自己の空想をいれてみたりするので、出来上がったものは、もはや犯罪事実小説ではなくなっている。その点、『小笛事件』は事実を克明に描いている。ずらりと配列された予審調書とは言え、そのひとつひとつが生きている。材料として、生の躍動がある。しかも、小説的興味を充分供えているのであるから、作者の手腕たるや凡手ならずである。小笛の死が自殺か他殺かを頁ごとに考えさせ、被告の死刑か無罪かを読者は作者とともに追いもとめるサスペンスをもつ。犯罪記録として、探偵小説として、ぜひ一読すべきもので、じつに日本犯罪史上の一大文献であるとも言える。

寄せ書き

寝言の寄せ書き

神戸探偵倶楽部席上にて

探偵小説にドストエフスキーの味を盛ってはどうか？

（『ぷろふいる』第二巻第八号、一九三四年八月）

神戸探偵倶楽部寄せ書き

ぷろふいるに歯が生えて来た。もうすぐ、立派な桃太郎になって、鬼が島征伐に行く。

（『ぷろふいる』第二巻第十号、一九三四年十月）

解題

横井司

第二次世界大戦前の日本探偵文壇について概観する際、常に指針となってきたのは、雑誌『新青年』である。それは、日本探偵小説の発展に尽力してきた江戸川乱歩が「二銭銅貨」をもって同誌からデビューし、それ以降も代表的な作家のほとんどが『新青年』からデビューし、同誌を活躍の場としてきたことと無縁ではない。江戸川乱歩によって、「第二次大戦前期の代表的探偵雑誌は云うまでもなく『新青年』で」、「この雑誌の歴史は即ち日本探偵小説の歴史であり、（略）積み重ねて四間の高さに及ぶこの大文献は、内外探偵小説、探偵評論の百科全書であって、インデックスを作れば探偵小説のブリタニカともなるもの」（「探偵小説雑誌目録」『幻影城』岩谷書店、一九五一。引用は『江戸川乱歩全集』第26巻、光文社文庫、二〇〇三から）といわれる所以である。こうした認識が過ちではないものの、『新青年』中心主義が東京（関東）中心の探偵小説文学史を形成してきたことは否めない。そのため、あたかも、『新青年』以外に探偵小説の創作が発表されなかったり、関東圏以外の創作・評論活動が存在しなかったりしたような錯覚に陥ってしまう。そうした錯覚によって忘れられた作家・作品は少なくない。論創ミステリ叢書既収の作家に限っていえば、『秘密探偵雑誌』『探偵文芸』を中心に活動を展開した松本泰、『新青年』からデビューしながら、同誌の編集方針の変遷に棹させず、地方での活動が中心となった山本禾太郎などが、その典型といえよう。ここに戦前戦後を通じて初めて作品集が編まれることになった戸田巽もまた、山本禾太郎同様、雑誌『ぷろふいる』を中心とする地方での活動にとどまった作家の一人である。

戸田巽《たつみ》は一九〇六（明治三九）年五月三日、兵庫県神戸市に生まれた。本名は大阪善次。私立育英商業学校（現在の育英高等学校商業科）在学中に、中川信夫（一九〇五～八四）や十河巌《そごういわお》（一九〇四

〜？）と共にガリ版（孔版）同人誌『青い旗』を発行。中川信夫は後年『東海道四谷怪談』（新東宝、五九）や『怪異談　生きてゐる小平次』（ＡＴＧ、八二）の映画監督として名を馳せることになる。十河巌は朝日新聞記者を経て、映画・演劇などの劇場である大阪朝日会館の館長を務めた人物である。中川信夫は、一九八一年に行われた滝沢一との対談「青春時代を語る」のなかで、当時のことを次のように述べている。

育英に行って、今でも神戸で『少年』という雑誌を出しているけどね、同級生に大阪善次というのと、十河巌がいてね。（略）三人が同期だったのね。で、十河というのは副級長になって、これは非常に当時からジャーナリスティックなセンスがあってね、うまいんだいろいろ。主にぼくは大阪とだ、気が合ったのは。いまでもつき合ってるけど。それで変な、当時はガリ版の同人雑誌があっちこっちから送られてくるのね、交換で。それで同人誌に出したんだな、初めは投書みたいにしていて、『日本少年』とか『少年』とか、そういうのに。（滝沢一・山根貞男編著『映画監督中川信夫』リブロポート、八七）

最初にあげられている『少年』は、神戸在住の詩人・林喜芳《きよし》（一九〇八〜九四）が主催となった同人誌で、これについては後述する。『日本少年』と並べてあげられている『少年』については、別の場所で中川が「同級生に少年雑誌、日本少年、少年倶楽部などの投書仲間がいて」（「自分史わが心の自叙伝」『神戸新聞』八三・八／九〜一〇／三〇。後、前掲『映画監督中川信夫』に収録。引用は後者による）と書いているから、『少年倶楽部』の言い間違いだろう。

戸田と十河、中川は後に活版刷りの同人誌『玄魚《げんげ》』を出している。中川の回想から一九二四（大正一四）年ごろの発行と思われる。これら同人誌に戸田がどのような作品を発表していたのかは、雑誌自体の所在が確認できないため、不明である。ただ、『現代日本文学全集』別巻「現代日本文学大年表」（改造社、三二）の二五年二月の欄に、『玄魚』掲載作品のひとつとして、戸田巽「吹雪の夜の女」があげられていることを確認できるくらいだ。中川信夫によれば、この『玄魚』を発行していたころ、「神戸駅前のカフェ・パウリスタで、神戸の文学青年が集まって合評会のようなことをやりましたね」（前掲「自分史　わが心の自叙伝」）とのこと。後に、友人に誘われて『玄魚』の合評会に参加した詩人の林喜芳は、その時のことを、次のように回想している。

私もどうやら友人のつきあい酒なら飲めるようになった。と言うことは母に家計費を渡し、まだいくばくかが手元に残ったからだ。（略）工場の仲間とも月に一度ぐらいは交歓することもある。気持にも緩みが出来た。

そんな時分、大橋真弓から「玄魚」の合評会に出て来ないかとハガキが来た。

会場は楠公前の「カフェ・ブラジル」。珈琲だけでもゆっくり出来る大きな店だ。定刻に着いたがもう顔触れは揃うていた。みんな熱心なんだナ、とまず驚いた。

大橋と「芦屋劇場」で見かけた制服の慶応ボーイ諏訪竜哉、その他は初対面。十河祝《ママ》、戸田巽、中川信夫、村山新三。少し遅れて能登の家で逢った及川英雄がはいって来た。

元気者ばかりなので談論風発。縺れ縺れて時間だけが過ぎてゆく。

（略）

「玄魚」の会はそれぞれの同人が就職して同人雑誌は終刊したが、戦後まで年一回の程度で集まり、その友誼は続き、私も数回出席している。（『神戸文芸雑兵物語』冬鵲房、八六）

戸田の就職先は三越百貨店の文房具部で、林によれば、戸田は「開店当初から入店し文房具部主任だった」という（前掲『神戸文芸雑兵物語』）。三越百貨店・神戸店は、前年に開業した元町デパートを買収して一九二六（大正一五）年七月一日に開店。林が引用している戸田自身の回想によれば、給料は「大学卒で五十円、私大四十五円、商業卒が日給一円五十銭、中学卒一円四十銭、高小卒などは虫ケラ給料」だったそうだ（前掲『神戸文芸雑兵物語』。「高小」は高等小学校の略）。就職と同時に『玄魚』が解散になったのであれば、二六年ということになるが、たかとう匡子《きょうこ》『地べたから視る――神戸下町の詩人林喜芳』（編集工房ノア、九五）収録の「林喜芳年譜・書誌」によれば、二九年に林と戸田との交流が始まったことになっている。また、鈴木健介による「中川信夫年譜」（前掲『映画監督中川信夫』所収）には、中川が二七年に小説「花のある断頭台」を『玄魚』に発表したと記されている。これらの資料からは『玄魚』の終刊時期を確定するのは難しい。今後の研究が待たれる。

中川信夫は同人仲間について、「みんなよく早く書くなと感心したね。ぼくはあんまり書けないのに、大阪とかみんなああいうのが書いてな、『サンデー毎日』に入選したりするのな。ぼくは予選に三回位入ったけどな、五人くらい残る中のね。当選は一回もしないのね」と述べている（前掲対談「青春時代を語る」）。当時、『サンデー毎日』は大阪毎日新聞社から刊行されており、二六年から「大衆文芸」懸賞募集を行なっていた。募集のうち、甲種は百枚の中編、乙種は五十枚の短編が対象となっており、当選作品は本誌に掲載され、賞金が与えられた（甲種が五百円、乙種が二百五十円だった）。それとは別に選外佳作が選ばれ、それらは『新作大衆文芸』という副題のついた特別号に掲載された。ただし第一回は、角田喜久雄「発狂」、一条栄子「そばかす三次」、山口海旋風

「レシデントの時計」が当選、その他、山本禾太郎「馬酔木《あせび》と薔薇」が佳作入選して、臨時増刊号の『大衆文芸傑作集』（二七年四月一〇日発行。巻号数なし）に全て掲載されている。戸田巽の名は、『サンデー毎日』一九二八年二月一二日号掲載の第三回「大衆文芸」当選発表の、選外佳作の乙種中に見出すことができる。そこには「二重殺人」という作品名があがっており、これが戸田の実質的な文壇デビュー作だということになる。ただし、同作品が掲載された臨時増刊号『新作大衆文芸』の存在が確認できず、その内容がどういうものだったかは残念ながら分からないが、探偵小説に関心を抱いていたことは明らかだろう。

　戸田が『サンデー毎日』の「大衆文芸」懸賞募集に入選したことは、林喜芳の前掲『神戸文芸雑兵物語』にも言及されている。同書は、当時の神戸在住の文学青年たちに「大衆文芸」の懸賞がどのように受け止められていたかを伝えているので、参考までに該当部分を引用しておく。

> そんな頃、神戸の文芸仲間にも一部、賑いを見せている部分があった。適わぬとは言えみんな夢中になって噂を広げ話題にした。と言うのは、大阪毎日の「サンデー毎日」が今まで年一回の「大衆文芸」の懸賞募集を昭和四年から年二回にしたからである。（略）神戸の仲間たちが騒ぐのも当然である。入選作は「サンデー毎日」の週刊号に一篇ずつ発表されたが、「別冊」には選外佳作ながら十余篇が一冊に網羅されるのであるから、貧しい私たちは週刊号は手に取らずとも「別冊」だけは無理をしてでも手に入れ、むさぼり読んではカンカンガクガクの話題にした。しかもそれが年二回であれば話題として尽きるところがない。

このような環境で、おそらくは勤めの傍ら創作活動にいそしんでいた戸田巽だが、勤めの方が多忙になったものか、以後三年ほどは筆を断っている。ただし、『サンデー毎日』には投稿を続けていたかも知れず、また同人誌『玄魚』が二九年まで続いていたのだとすれば、同誌に創作を発表していた可能性は高い。いずれにせよ、管見に入った限りでは、次に戸田の名が確認できるのは、京都で刊行されていた探偵小説同人誌『猟奇』の三一年四月号である。続けて『新青年』三一年五月号に「第三の証拠」が掲載された。一年にわたって連続して新人の作品を紹介する「新人十二ケ月」という企画の第五番手だった。だが、これ以降『新青年』作家として頭角を現わすこともなく、『猟奇』廃刊までに数編を発表するにとどまった。その後、三三年五月に『ぷろふいる』が創刊されると、同誌に創作やエッセイを堰を切ったように寄稿していくことになる。

戸田が『猟奇』に寄稿するようになったきっかけは分からないが、「猟奇倶楽部」という同人の会合が神戸で開かれるようになったから、おそらくはそれに参加したことがきっかけであろう。『猟奇』三一年四月号では、最初の猟奇倶楽部が神戸で創られたことが告知されており、戸田は事務方の委員の一人に選ばれている。当時、神戸に探偵小説ファンのグループが形成されていたことは、九鬼紫郎「『ぷろふいる』編集長時代」(『幻影城』七五年六月号)の次の記述からもうかがえる。

神戸には山本禾太郎、西田政治の両大家がおられ、戸田巽君と私、あとから酒井嘉七、翻訳もする大畠健三郎君などが参加し、グループが出来ていた。とはいえ、記憶は四十年以上もまえにさかのぼるので、このグループが神戸市元町通りに、現在もある三星堂(いまは薬局)という喫茶店の二階の一室に、毎月一回集合して探偵小説の話にウサを散じたのは、「ぷろふいる」の創刊のまえからか、あるいは雑誌が出来たから、毎月一回あつまろうということになったのやら、そのへんを正確にいうことはできない。考えてみるのに、どうやら「ぷろふいる」が出たから、話題もあるであろうし、日を決めて集まろう、ということになったのではあるまいか。参会場所が元町通りの喫茶店というのは、元町の角の三越百貨店の、玩具《ママ》売場の主任をしておられた戸田巽君が、選定したにちがいない。先輩戸田君の実家は、元町に近い花隈にあったらしいので、勤務の帰りにちょっと寄る便利さがある。

ここで九鬼が回想している喫茶店については、『玄魚』の同人であった及川英雄が『神戸　人とまち』というタウン誌の第五号および六号に掲載した「鈴蘭灯回想」のなかでもふれられている。残念ながら初出誌を実見することはできなかったが、林喜芳の前掲『神戸文芸雑兵物語』に引用されている部分によって以下に紹介しておく。「筆者註」とあるのは林による註である。

元町四丁目の「オアシス茶房」は神戸探偵作家クラブの巣で、毎月月例会を開いていたが、同人は常に此処を集合場所としていた。当時、神戸の探偵作家（今で言う推理小説家）の活躍は目ざましいものであった。それと言うのも、新開地の薬局に勤めていた（事実は父君の薬種商、後に彼が大阪薬専を出て扇港薬局となる。筆者註）横溝正史が探偵小説家として売り出したことや、柳原の西田政治（筆名、八重野潮路。筆者註）が「新青年」に優れた作品や翻訳小説などを続々と発表していたのに刺戟されたからである。「オアシス」に集まっていた常連は戸田巽、酒井嘉七、蒼井雄、瀞八郎、大畠健三郎、九鬼胆《ママ》、山本禾太郎、仲郷三郎と言ったところで、上筒井の熊谷書店から発行していた探偵小説雑誌「ぷろふいる」を作品発表の機関としていた。（略）この探偵作家クラブに対抗？して生れたのが「神戸大衆文芸クラブ」で、この連中は元町六丁目の三星堂階上の茶房を根城にしていた。主なメンバーは、年長の武川哲郎をはじめ、玉井紘二（のちに鉉二。筆者註）、多木伸、鮫島鱗太郎、都島純、大開双平、林喜芳、摩耶勲平など十数名であったが、妙なことに役所勤めが多かった。（略）この茶房を巣にしていた文芸グループには、「サンデー毎日」系の者が多かった。

「瀞《どろ》八郎」は、『探偵趣味』や『猟奇』、『ぷろふいる』に寄稿していた「土呂八郎」と同一人物であろう。「九鬼澹」は、当時の九鬼紫郎の筆名のひとつである。九鬼の回想とは微妙に異なるが、先にふれた猟奇倶楽部は元町三星堂で会合が持たれており、あるいはそれと記憶が混乱したものだろうか。また、『サンデー毎日』系の作家といえば戸田や山本禾太郎もそうだと考えられないことはなく、戸田と林とは面識があったわけだし、林は多木伸から禾太郎の経歴を聞き伝えていることから考えれば、両グループ間に交流があり、時には場所を替えて会合が開かれたのではないかとも想像される。

『ぷろふいる』という活躍の場を得た戸田は、三三年六月号（通巻第二号）から終刊号まで、毎年精力的に作品を発表していった。三六年からは『ぷろふいる』以外の専門誌にも寄稿するようになるが、残念ながら翌三七年に『ぷろふいる』が終刊。翌年には『探偵文学』を引き継いだ『シュピオ』も終刊を迎えることとなり、『新青年』に活躍の場を確保することのできなかった戸田は、それら同人雑誌と運命を共にするかのように沈黙してしまう。

戦後初の執筆は再刊なった『ぷろふいる』一九四六年七月創刊号の巻頭言であった。続いて一二月発行の第二号には創作「ビロードの小函」を寄せている。以後も、『真珠』や『新探偵小説』など、戦前版『ぷろふいる』の誌友が編集・発行に関わっている雑誌を舞台に、旺盛な創作力を示した。当時、戸田は鳥取の方へ疎開していたようだ。それは日本探偵作家クラブ編『一九五〇年版探偵小説年鑑』（岩谷書店、五〇）収載の「探偵作家住所録（昭和二十五年六月調）」からも分かるのだが、その鳥取から発行された地方雑誌にまで創作を寄せているのには驚かされる。だがその一方で、戦後の探偵小説界を牽引した雑誌『宝石』には、ついに登場することはなかった。このことが戦後、探偵作家として再起を図れず、地方作家として終わった原因だといえなくもない。

戸田は五〇年六月から翌年の九月までには疎開先から神戸へ戻っていたことは、『1951年度版探偵小説年鑑』（岩谷書店、五一）所載の「探偵作家住所録（昭和二十六年九月調）」が神戸市内の住所になっていることから分かる。以後は、『神港新聞』『神戸新聞』などの地元紙や、神戸市警察局警務部警務課発行の『あゆみ』、神戸市防火協会連絡協議会発行の『雪』といった特殊な雑誌に、関西探偵作家クラブの一員として、または昔の同人誌仲間とのつながりで、時たま創作を発表するにとどまっている。このうち、『あゆみ』の創刊にあたっては、戸田の同人誌仲間であった及川英雄が市警主脳部の相談に乗っており、やはり同人誌仲間だった仲郷三郎、多木伸などが執筆者として参加している。また、山本禾太郎、島久平なども寄稿していることが分かっており、他にも関西系の探偵作家が寄稿している可能性がある。

戸田が三越百貨店にいつまで勤めたのかは詳らかではない。六三年五月発行の『日本推理作家協会会報』第一八七号の「会員消息欄」に寄せた短文「思い合せたこと」には、仁木悦子の「粘土の犬」を読んで「盲教育に従事しているので、些か気になつた」点があると書いていることから、そのころボランティアか何かに従事していたことが想像されるのだが、これまた不明である。

一九四八年から発行が続いていた『関西探偵作家クラブ会報』（五四年一二月号からは『日本探偵作家クラブ関西支部会報』）にも随筆などを寄せていたようだが、こちらも六四年で終刊を迎え、以後十年間、分かっている限りでは一切のメディアに登場していない。ふたたび活動を再開するのは、七四年に創刊された同人誌『少年』に参加してからである。

戸田のかっての同人誌仲間である詩人の林喜芳は、露天商を経て、印刷所勤務の傍ら詩作を続けていたが、文芸仲間と二人で発行していた詩文同人誌『藁』が七三年一二月に終刊。同じくかつての同人誌仲間である中川信夫は、そのころは映画制作が途絶えていた時期で、やはり詩作に手を染めていた。その中川の誘いに応じて、戸田や林が顔を合わせ、同人誌『少年』を始めることとなった。その時のことを林は以下のように記している。


「藁」のつづきが偶然にも「少年」になって生誕することになった。終刊の翌年二月、久々に中川信夫の招きで戸田巽、竹森一男、と私が箱根堂ケ島の旅館に集まり、昔に返って二拍三日を飲み明かした。四人の脳裏を去来するのは四十年も前の神戸のこと。同人誌に「少年」と名づけたのもそれによる。善良なる不良少年時代こそ、私たちを引きあわせるきずなになっていた。(「わが心の自叙伝〈17〉出直し出戻り」『神戸新聞』八七年五月一九日付)

鮎川哲也が自らが編集するアンソロジー『怪奇探偵小説集［続］』(双葉社、七六)に戸田の「幻のメリーゴーラウンド」を採った際、その作者紹介で「現在は神戸で発刊されている随想誌『少年』の同人」と書いている『少年』とは、右のような経緯で発刊されたものであった。七六年ごろの『少年』を数冊見た限りでは、B4版紙を二つ折りした十ページ前後のタイプ印刷という体裁で、編集発行人は林喜芳。発行所は「『少年』発行所」となっている。同人誌というより会報という印象だが、戸田はほぼ毎号、短い創作やエッセイを寄せていたようだ。

たかとう匡子の前掲「林喜芳　年譜・書誌」によれば、『少年』は、途中一年ほどの休刊をはさんで、ほぼ年四～五回刊で、林が亡くなる九四年までに八九号が発行されている。戸田はそれより前、一九九二（平成四）年三月一五日に歿している。享年八五歳。

こうして見てくると、戸田の文筆活動は、まさに地方のディレッタント作家そのものだといっていいだろう。誌友の林喜芳や中川信夫は、地方出版とはいえ生前に著書を刊行しているのだが、戸田については、著作集などが刊行された形跡はないようだ。本書『戸田巽探偵小説選』は、没後十五年目にして初めてまとめられる著作集ということになる。第一巻には、『新青年』にデビュー作が掲載された三一年から、『ぷろふいる』で活躍中の三六年前半期までの創作と評論・随筆を収録した。既刊の『山本禾太郎探偵小説選』や『西尾正探偵小説選』などと併せて、『ぷろふいる』を中心とする、関東圏中心の流れとは異なる探偵小説史に思いを致すよすがとなれば幸いである。

以下、本書収録の各編について、簡単に解題を付しておく。作品によっては内容に踏み込んでいる場合もあるので、未読の方はご注意されたい。

〈創作篇〉

「第三の証拠」は、『新青年』一九三一年五月号（一二巻六号）に掲載された。のちに、ミステリー文学資料館編『幻の探偵雑誌⑩／「新青年」傑作選』（光文社文庫、二〇〇二）に採録された。

満洲鉄道車内を舞台とした鉄道ミステリ。刑事に追いつめられる犯罪者の心理が鮮やかに切り取られると同時に、自らの心理に乗じられて罠をかけられる展開と、一種の叙述トリックによるどんでん返しが印象的な一編である。なお、「薩摩守《さつまのかみ》」とは無賃乗車を意味する言葉で、源平の合戦・一ノ谷の戦いで討死した、歌人としても知られる薩摩守平忠度《たいらのただのり》に掛けた洒落による。

ちなみに本作品については後年になって、『日本推理作家協会会報』第一八七号に寄せた前掲

「思い合せたこと」のなかで、「以前、列車の乗車券の番号のことを織りこんだ作品を発表したことがあるが、早速、朝鮮の読者から、番号は連続していないとの注意をうけた。詳しいので鉄道官吏だと思つた」と回想されている。

「**財布**」は、『猟奇』一九三一年六月号（四年四輯）に掲載された。単行本に収められるのは今回が初めてである。

巻末の「編輯手帖」（滋岡透執筆）に、「往年の本田緒生の『財布』の想《ママ》起・対比せよ」と書かれている。本田の「財布」は『新青年』二四年一二月号に掲載された。

「**三角の誘惑**」は、『猟奇』一九三一年七月号（四年五輯）に、特集「軟派実話集！」の一編として掲載された。単行本に収められるのは今回が初めてである。

「**或る日の忠直卿**」は、『猟奇』一九三一年九月号（四年六輯）に、「髷物集」の一編として掲載された。単行本に収められるのは今回が初めてである。

「**ＬＯＶＥ**」は、『猟奇』一九三二年一月号（五年一輯）に掲載された。単行本に収められるのは今回が初めてである。

「**目撃者**」は、『ぷろふいる』一九三三年六月号（一巻二号）に掲載された。単行本に収められるのは今回が初めてである。

「第三の証拠」同様、どんでん返しが効いた鉄道ミステリ。

「**隣室の殺人**」は、『ぷろふいる』一九三三年一一月号（一巻七号）に掲載された。単行本に収められるのは今回が初めてである。

隣室を謎をはらんだ空間として捉える作品には、「幻のメリーゴーラウンド」（三四）や「隣室の男」（五二）などがあり、戸田作品のモチーフのひとつといえるかもしれない。

「**或る待合での事件**」は、『ぷろふいる』一九三三年一二月号（一巻八号）に、特集「歳末猟奇犯罪風景」の一編として掲載された。単行本に収められるのは今回が初めてである。

「**出世殺人**」は、『ぷろふいる』一九三四年二月号（二巻二号）に掲載された。単行本に収められるのは今回が初めてである。

初出時には「百枚読切」と謳われた中編ながら、短編を三つ重ねただけという印象を与えるのが難か。第三の殺人が、この時代ならではの一種の密室殺人の様相を呈しているのが注目される。また、登場人物の一人が映画監督である点に、中川信夫との交流をうかがわせるものがある。

「**三つの炎**」は、『ぷろふいる』一九三四年七月号（二巻七号）に掲載された。単行本に収められるのは今回が初めてである。

「A1号」という総題の下、『ぷろふいる』同人によって書き継がれた連作の第四話。「ある時は名探偵として、又ある時は奇怪な犯罪者として、神出鬼没する」「怪人」（『ぷろふいる』三四年五月号）が主人公のシリーズで、戸田が担当した本作品は、外部からの侵入を許さない部屋に閉じこもった相手をいかに暗殺するかという不可能興味の一編に仕上げられている。

「**幻のメリーゴーラウンド**」は、『ぷろふいる』一九三四年八月号（二巻八号）に掲載された。のちに、鮎川哲也編『怪奇探偵小説集［続］』（双葉社、七六）及び同書の文庫版『怪奇探偵小説集2』（ハルキ文庫、九八）に採録された。なお、初出誌のタイトル・カット及び柱では「幻しのメリーゴーランド」という表記だったが、ここでは鮎川が編んだアンソロジー同様、本文中の表記に従って改題した。ちなみに初出誌の目次と、編集後記にあたる「銀閣寺便り」では、「幻のメリーゴーラウンド」と表記されている。

『怪奇探偵小説集［続］』の解説で鮎川は、「この作家は鬼面人をおどろかすということは好まぬ性格とみえ、〝血も凍る恐怖!〟などとは無縁の、日常的な出来事にミステリーで味つけした短編を書きつづけたのである」と述べている。

「相沢氏の不思議な宿望計画」は、『ぷろふいる』一九三五年四月号(三巻四号)に掲載された。単行本に収められるのは今回が初めてである。

「吸血鬼」(三六)や「幻視」(同)など、三越百貨店・神戸店の売場主任という経歴に基づく作品を連想させる雰囲気があり、相沢氏の奇妙な性的欲望が印象に残る。

「南の幻」は、『ぷろふいる』一九三五年一〇月号(三巻一〇号)に掲載された。単行本に収められるのは今回が初めてである。

作中で言及されている「ジヨセフ・コンラッドの『アルメアス・フオレ』」とはJoseph Conrad(一八五七~一九二四、英)の小説第一作『オルメイヤーの阿呆宮』*Almayer's Folly*(一八九五)のこと。

「ムガチの聖像」は、『ぷろふいる』一九三六年三月号(四巻三号)に掲載された。単行本に収められるのは今回が初めてである。

日露戦場で秘かに行われた犯罪をモチーフとした異色作で、デビュー作の「第三の証拠」同様、犯罪者の追いつめられる心理が描かれている秀作である。ムガチは、ロシア南部サハリン州を形成するサハリン島(和名・樺太島)の都市。また、「北部首府アレキサンドロブスキー」は、現在ではアレクサンドロフスク・サハリンスキーと呼ばれる。

「吸血鬼」は、『新青年』一九三五年五月号(一七巻六号)に掲載された。単行本に収められるのは今回が初めてである。

「花吹雪集」と題したコント特集のうちの一編。酒井嘉七の思い出についてのべた「隣の家」

（『少年』七八年五月号）の中で、「『新青年』からコントをわれわれのグループに注文があった時、彼は三編送って総て採用、私は二編が没で一編のみ採用、実力においても差がある」と書かれているのが本作品にあたると思われる。

ちなみに、初出誌の目次を見ると酒井嘉七名義の作品は「夢中の亡霊」一編しか確認できないのだが、西田政治《まさじ》の作品と共にその別名義である秋野菊作の作品も載っていることから鑑みれば、酒井の作品も名義を変えて掲載されたのかもしれない。

「退院した二人の癲狂院患者」は、『月刊探偵』一九三五年七月号（二巻六号）に掲載された。単行本に収められるのは今回が初めてである。

精神病者同士の心理闘争という内容が、同年の三月に亡くなった夢野久作が前年に上梓した『ドグラ・マグラ』からの影響を連想させなくもない。

〈評論・随筆篇〉

「硝子越しの脚」は、『猟奇』一九三二年四月号（四年二輯）に、特集「足」の一編として掲載された。単行本に収められるのは今回が初めてである。

冒頭の「丸尾氏」とは、当時『猟奇』の同人だった丸尾長顕《ちょうけん》（一九〇一～八六）のこと。

「支那街風景――Mucden and Antung」は、『猟奇』一九三二年七月号（四年五輯）に掲載された。単行本に収められるのは今回が初めてである。

副題のMucden《ムクデン》は奉天（現・瀋陽）の旧名・盛京の満洲語名。Antungは安東（現・丹東）である。奉天・安東間は、当時すでに満鉄線が開通しており、本エッセイを読むと、『新青年』デビュー作「第三の証拠」が実体験を基にした創作であることが分かる。大庭武年の「小盗児《しょうとる》市場の殺人」（三三）なども併せ読まれたい。

「**ポーの怪奇物語　二三**」は、『ぷろふいる』一九三三年八月号（一巻四号）に、特集「怪奇・犯罪／千夜一夜物語」の一編として掲載された。単行本に収められるのは今回が初めてである。

「**夢の分析**」は、『ぷろふいる』一九三三年一〇月号（一巻六号）に掲載された。単行本に収められるのは今回が初めてである。

フロイト Sigmund Freud（一八五六～一九三九、墺）の夢分析をネタにした軽い読物。この年の初めに『フロイド精神分析大系』全十五巻（アルス）と『フロイド精神分析学全集』全十巻（春陽堂）という二つの全集が共に完結しており、江戸川乱歩はこの「両方とも購入して愛読した」という（『探偵小説四十年』桃源社、六一。引用は『江戸川乱歩全集』第28巻、光文社文庫、二〇〇六から）。

「**雑草庭園**」は、『ぷろふいる』一九三三年一〇月号（一巻六号）に掲載された。単行本に収められるのは今回が初めてである。

「雑草庭園」は三三年八月号から三五年八月号まで、断続的に掲載された秋野菊作（西田政治）による時評コラムだが、なぜか三三年一〇月号に限っては戸田の執筆だった。「経済往来の卅三人集」とは、同年七月に出た雑誌『経済往来』夏季増刊号（八巻八号）「新作三十三人集」のこと。

「**探偵小説は大衆文芸か**」は、『ぷろふいる』一九三四年六月号（二巻六号）に掲載された。単行本に収められるのは今回が初めてである。

戸田の探偵小説観をうかがうことのできる数少ない論考のひとつとして貴重である。水谷準の言葉は、『ぷろふいる』前年一二月号に掲載された「ユーモアやぁい！」からの引用である。

「**寝言の寄せ書**」は、「神戸探偵倶楽部席上にて」と脇書きをつけて、『ぷろふいる』一九三四年八月号（二巻八号）に、「**神戸探偵倶楽部寄せ書**」は同誌の同年一〇月号（二巻一〇号）に掲載された。単行本に収められるのは共に今回が初めてである。

「寝言の寄せ書」は、他に山本禾太郎、九鬼澹、藤田優三（蒼井雄）、西田政治、仁科四郎、酒井嘉七郎（酒井嘉七？）、伊東利夫らが寄せており、山本の寄せ書きについては『山本禾太郎探偵小説選Ⅱ』（論創ミステリ叢書、二〇〇六）に収録されている。**「神戸探偵倶楽部寄せ書」**は、他に九鬼澹、藤田優三、白魂洞主人、仁科四郎、左頭弦馬、伊東利夫、井上良夫、西田政治らが寄せている。

「四谷怪談の話」は、『神戸新聞』に断続的に連載されたシリーズ「銷夏よみもの」のひとつとして、一九三四年八月三日号に掲載された。単行本に収められるのは今回が初めてである。

同シリーズは神戸探偵倶楽部の面々が依頼を受けて参加したと思しく、山本禾太郎、西田政治、九鬼澹、酒井嘉七郎らの作品を確認することができる。なお、そのうち、山本禾太郎「涼み床机の怪談三つ」は、細川涼一「山本禾太郎における事実と虚構――「窓」「小坂町事件」を中心に」『京都橘大学大学院論集　文学研究科』五号、二〇〇七年三月）に付録として採録されている。

「読後感少々」は、『ぷろふいる』一九三六年五月号（四巻五号）に掲載された。単行本に収められるのは今回が初めてである。

山本禾太郎『小笛事件』（三六）がぷろふいる社から刊行されたことを祝しての特集「〝小笛事件〟の反響」に諸家が寄せたエッセイのうちのひとつ。

戸田和光、細川涼一、湯浅篤志の各氏から資料の提供および御教示をいただきました。記して感謝いたします。

［解題］**横井 司**（よこい つかさ）
1962年、石川県金沢市に生まれる。大東文化大学文学部日本文学科卒業。専修大学大学院文学研究科博士後期課程修了。95年、戦前の探偵小説に関する論考で、博士（文学）学位取得。『小説宝石』、『週刊アスキー』等で書評を担当。共著に『本格ミステリ・ベスト100』（東京創元社、1997年）、『日本ミステリー事典』（新潮社、2000年）など。現在、専修大学人文科学研究所特別研究員。日本推理作家協会・日本近代文学会会員。

戸田巽氏の著作権継承者と連絡がとれませんでした。
ご存じの方はご一報下さい。

戸田巽探偵小説選 I　〔論創ミステリ叢書25〕

2007年4月10日　初版第1刷印刷
2007年4月20日　初版第1刷発行

著　者　戸田　巽
装　訂　栗原裕孝
発行人　森下紀夫
発行所　論 創 社
〒101-0051 東京都千代田区神田神保町2-23 北井ビル
電話 03-3264-5254　振替口座 00160-1-155266

印刷・製本　中央精版印刷

Printed in Japan　ISBN978-4-8460-0713-3

[解題] **横井 司**（よこい つかさ）
1962年、石川県金沢市に生まれる。大東文化大学文学部日本文学科卒業。専修大学大学院文学研究科博士後期課程修了。95年、戦前の探偵小説に関する論考で、博士（文学）学位取得。『小説宝石』、『週刊アスキー』等で書評を担当。共著に『本格ミステリ・ベスト100』（東京創元社、1997年）、『日本ミステリー事典』（新潮社、2000年）など。現在、専修大学人文科学研究所特別研究員。日本推理作家協会・日本近代文学会会員。

戸田巽探偵小説選 I　〔論創ミステリ叢書25〕

2007年4月10日　初版第1刷印刷
2007年4月20日　初版第1刷発行

著者　戸田　巽
装訂　栗原裕孝
発行人　森下紀夫
発行所　論 創 社
〒101-0051 東京都千代田区神田神保町2-23 北井ビル
電話 03-3264-5254　振替口座 00160-1-155266

印刷・製本　中央精版印刷

Printed in Japan　ISBN978-4-8460-0713-3

論創ミステリ叢書

久山秀子探偵小説選Ⅰ【論創ミステリ叢書9】
ミステリの可能性を拡げる匿名作家による傑作群！　日本最初の女性キャラクター＜隼お秀＞が活躍する痛快な短編を20編収録。〔解題＝横井司〕
本体2500円

久山秀子探偵小説選Ⅱ【論創ミステリ叢書10】
叢書第Ⅰ期全10巻完結！　隼お秀シリーズに加え、珍しい捕物帖や、探偵小説に関する随筆を収録。９巻と合わせて、事実上の久山全集が完成。〔解題＝横井司〕
本体2500円

橋本五郎探偵小説選Ⅰ【論創ミステリ叢書11】
恋するモダン・ボーイの滑稽譚！　江戸川乱歩が「情操」と「文章」を評価した作家による、ユーモアとペーソスあふれる作品を戦後初集成する第１弾。〔解題＝横井司〕
本体2500円

橋本五郎探偵小説選Ⅱ【論創ミステリ叢書12】
少年探偵〈　ノ〉シリーズ初の集大成！　本格ものから捕物帖までバラエティーあふれる作品を戦後初集成した第２弾！評論・随筆も多数収録。〔解題＝横井司〕
本体2600円

徳冨蘆花探偵小説選【論創ミステリ叢書13】
明治30～31年に『国民新聞』に載った、蘆花の探偵物を収録。疑獄譚、国際謀略、サスペンス……。小酒井不木絶賛の芸術的探偵小説、戦後初の刊行！〔解題＝横井司〕
本体2500円

山本禾太郎探偵小説選Ⅰ【論創ミステリ叢書14】
犯罪事実小説の傑作『小笛事件』の作者が、人間心理の闇を描く。実在の事件を材料とした傑作の数々。『新青年』時代の作品を初集成。〔解題＝横井司〕
本体2600円

山本禾太郎探偵小説選Ⅱ【論創ミステリ叢書15】
昭和６～12年の創作を並べ、ノンフィクション・ノベルから怪奇幻想ロマンへの軌跡をたどる。『ぷろふいる』時代の作品を初集成。〔解題＝横井司〕
本体2600円

久山秀子探偵小説選Ⅲ【論創ミステリ叢書16】
新たに発見された未発表原稿（梅由兵衛捕物噺）を刊行。未刊行の長編少女探偵小説「月光の曲」も併せ収録。
〔解題＝横井司〕
本体2600円

論創ミステリ叢書

刊行予定

★平林初之輔Ⅰ
★平林初之輔Ⅱ
★甲賀三郎
★松本泰Ⅰ
★松本泰Ⅱ
★浜尾四郎
★松本恵子
★小酒井不木
★久山秀子Ⅰ
★久山秀子Ⅱ
★橋本五郎Ⅰ
★橋本五郎Ⅱ
★徳冨蘆花
★山本禾太郎Ⅰ
★山本禾太郎Ⅱ
★久山秀子Ⅲ
★久山秀子Ⅳ
★黒岩涙香Ⅰ
★黒岩涙香Ⅱ
★中村美与子
★大庭武年Ⅰ
★大庭武年Ⅱ
★西尾正Ⅰ
★西尾正Ⅱ
★戸田巽Ⅰ
戸田巽Ⅱ
山下利三郎Ⅰ
山下利三郎Ⅱ
林不忘
牧逸馬 他

★印は既刊
論 創 社